[美]刘墉 著

点一盏心灯(第一册)

花山文艺出版社
河北·石家庄

图书在版编目（CIP）数据

人生海海，自在独行 . 点一盏心灯 ／（美）刘墉著 . 一石家庄：花山文艺出版社，2023.7
ISBN 978-7-5511-2377-8

Ⅰ.①人… Ⅱ.①刘… Ⅲ.①散文集－美国－现代 Ⅳ.① I712.65

中国国家版本馆CIP数据核字（2023）第 136330 号
经刘墉授权在中国大陆地区独家出版发行

书　　名：**人生海海，自在独行**
Rensheng Haihai, Zizai Duxing
著　　者：[美] 刘墉

责任编辑：梁东方　王李子
责任校对：李　伟
美术编辑：王爱芹
装帧设计：赵银翠
出版发行：花山文艺出版社（邮政编码：050061）
（河北省石家庄市友谊北大街330号）
销售热线：0311-88643299/96/17
印　　刷：大厂回族自治县德诚印务有限公司
经　　销：新华书店
开　　本：787 毫米×1092 毫米　1/32
印　　张：19
字　　数：231 千字
版　　次：2023 年 7 月第 1 版
　　　　　2023 年 7 月第 1 次印刷
书　　号：ISBN 978-7-5511-2377-8
定　　价：90.00 元（全三册）

（版权所有　翻印必究·印装有误　负责调换）

前言

当训话变成说故事

这本书是我二十五年前的作品,那时我白天在圣约翰大学教书,晚上在哥伦比亚大学修课,周末在自然历史博物馆研究,还要写升等论文。工作是忙碌的,时间是破碎的,使我无法写长篇小说。但我很爱说故事,许多灵感不吐不快,于是只要偷到一点儿闲暇就动笔,甚至在地铁上写作,终于以"极短篇"的方式,集成本书。

大概是因为生活多样化,灵感的触动也多:总追着我玩的邻居的狗、办公室窗外的海鸥、公园里放风筝的孩子、博物馆外可怜的乞丐、华府刚建成的"越南阵亡将士纪念碑"、张大千家里淹水的新闻、公共汽车上乘客对司机抽烟的议论,还有上课时跟美国孩子的对话,都到了笔下。

我发现跟大孩子们讲道理，最好的方式不是说教，而是说故事。只要我说故事，连最顽皮的孩子都会安静下来瞪大眼睛。

《点一盏心灯》《破庙之争》《隔山打牛》《满了吗》《师父的葫芦》……都是这么来的。如今当我重读旧作，浮上脑海的不只是那些故事，而是那些学生，以及我扮老和尚、学生做小沙弥的画面。

或许因为那些逗趣的故事，都有着教育的动机，这本书出版之后引起热烈的反响，甚至应读者之请，制作了烫金封面的精装本。而且常销二十五年，直到今天还总是看到网友以书中内容，自行配上图片和音乐制作的短片。

当然经历四分之一个世纪，也有些东西显旧了，当年的"活版铅字"跟今天的平版印刷比起来，更显得粗拙，正巧有出新版本的构想，于是趁机全面修订，改完之后连自己都吓一跳，竟然近三千处。

希望本书能像全面翻修的老宅，在古朴中焕发新意，吸引更多朋友进来游览。

生命的顿悟

点一盏心灯 _002　　天鹅与海鸥 _005

顺风与逆风 _007　　灯罩 _008

自寻死路 _010

福人自有福宅 _012

细节与结论 _015　　平凡 _018

且慢下手 _020　　菩提树 _022

神方妙法 _024　　疼痛 _027　　道不远人 _028

海风与陆风 _029　　最高滑雪者 _031

人 生 海 海 / 自 在 独 行

一念之差

扶树与扶人 _036　　造就与迷失 _038

人生的棋局 _040　　放炮 _043

哈喽 _045　　火警 _047　　离婚的原因 _049

先做朋友 _050　　刮胡子 _052

真善人 _053　　君子报仇 _055

度假的悲剧 _057

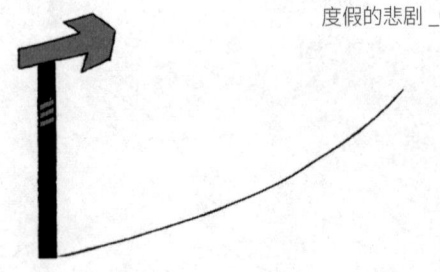

点 / 一 / 盏 / 心 / 灯

牺牲越大，爱得越深

只怪失手 _060　　先奉献的爱 _062

节俭难致富 _064

阎王与老温 _065　　木鱼 _067　　送终 _069

破财消灾 _070　　知音 _072

后悔 _074　　不能停课 _076

猴人 _078

人 生 海 海 / 自 在 独 行

走出去,看更大的世界

龙游深水 _082　　包子有肉,不在褶上 _084

怀才不遇 _086　　我亦无争,天亦美 _088

天才 _090　　痛苦的抉择 _091　　古董 _093

深藏的愧疚 _096　　一 _099　　最成功的愿望 _101

破庙之争 _102　　谢天不尤人 _105

瘾与癖 _107　　小孙的抱怨 _110　　路与方向 _112

十二个孩子 _114

反败为胜 _116　　厉司河卜者 _122

点 / 一 / 盏 / 心 / 灯

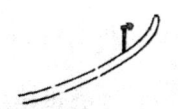

无利不起早

利益团体 _130　　商场之战 _132

老曹的道理 _134　　名利中人 _135

维生素的奇效 _136　　接近问题 _138　　持久的表现 _139

戒赌之道 _141　　食人族 _143

新画蛇添足 _145　　自度 _147　　何太太的心事 _149

众口铄金 _151　　坏邻居 _153

灾变 _155　　爱的逻辑 _156

人生海海 / 自在独行

处世是一门学问

好莱坞的禁忌 _158　　戒指 _160　　取与舍 _162

放风筝 _164　　亲爱、恩爱、怜爱 _165

剪烛西窗 _167　　纵身入水 _170

纪念碑 _172　　新式警铃 _175　　誓死不"偷" _177

新人新政 _178　　切玉的哲学 _180

治视与治世 _183　　老兵的故事 _184

庭园 _186　　麦门冬 _189　　荷 _191　　命不重要 _193

迟 _194　　看海 _197

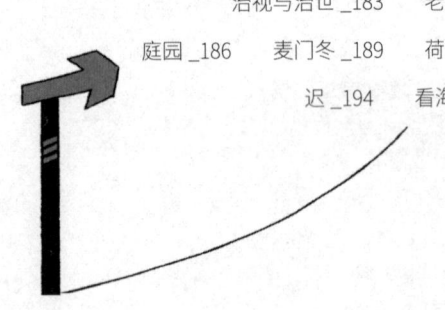

生命的顿悟

身外的成就再高,灯再亮,却只能造成身后的影子。唯有一个方法,能使自己皎然澄澈,心无挂碍。

她点了一盏心灯!

点一盏心灯

小尼姑去见师父:"师父!我看破红尘,遁入空门已经多年,每天在这青山白云之间,茹素礼佛,暮鼓晨钟,经读得愈多,心中的杂念不但不减,反而增加,怎么办呢?"

"点一盏灯,使它非但能照亮你,而且不会留下你的身影,那样你就可以通悟了!"

数十年过去……

有一所尼姑庵远近驰名,大家都称之为万灯庵;因为其中点满了灯,成千上万的灯,使人走入其间,仿佛步入一片灯海,灿烂辉煌。

这所万灯庵的住持,就是当年的小尼姑,虽然如今年事已高,并拥有上百的徒众,但是她仍然不快乐,因为尽管她每做一桩功德,都会点一盏灯,但无论把灯放

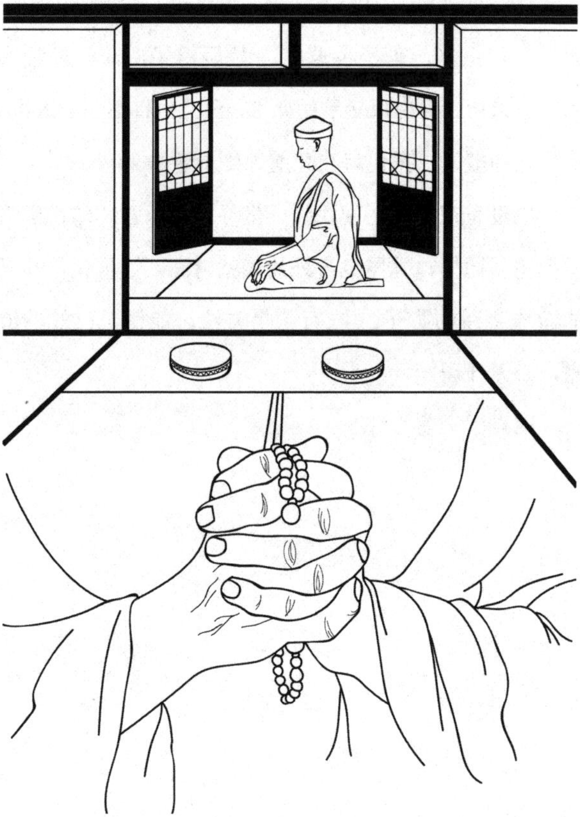

在脚边，悬在顶上，乃至以一片灯海将自己团团围住，还是总会见到自己的影子，甚至可以说，灯愈亮，影子愈显，灯愈多，影子也愈多。她困惑了，却已经没有师父可以问，因为师父早已死去，自己也将不久于人世。

她圆寂了，据说就在死前她终于通悟。

她没有在万灯之间找到一生寻求的东西，却在黑暗的禅房里通悟，她发觉身外的成就再高，灯再亮，却只能造成身后的影子。唯有一个方法，能使自己皎然澄澈，心无挂碍。

她点了一盏心灯！

天鹅与海鸥

我家附近有一个湖,上面总游着几只天鹅,许多人专门开车过去,就是为了欣赏天鹅的翩翩之姿。

"天鹅是候鸟,冬天应该向南迁徙才对,为什么这几只天鹅却终年定居在此,甚至可以说,从未见它们飞翔呢?"有一天我不解地问湖边垂钓的老人。

"那还不简单嘛!只要我们不断地喂它们好吃的东西,等到它们长肥了,自然无法起飞而不得不待下来。"

我在圣约翰大学办公室的窗口,正对着停车场,每日总看见成群的灰鸟在场上翱翔,只要发现人们丢弃的食物,就俯冲而下。

起初我以为那必定是鸽子,但是日子久了,细细察看,才发觉竟然全是海鸥。它们有着窄窄的翅膀、长长的嘴、带蹼的脚,理当在那浩渺的烟波之间,享受

"飘飘何所似,天地一沙鸥"的悠然无羁才对,何苦挤在这喧嚷的城市里,与鸽雀争食呢?

终于有一天我阅读介绍鸟的书,找到这种"黑鸥",才发现它们原本确实是海鸟,只为城市的垃圾易得,而宁愿放弃属于自己的海洋,甘心做个清道夫。

湖上的天鹅,确实有着翩翩之姿,窗前的海鸥也实在翱翔得十分优美,但是每当我极目高空,列队飞过的鸿雁仿佛摇摆着的音符,远望海面,乘风的鸥鸟好像凌空的波纹,就对前者有着许多悲悯,有时竟会慷然而惊,恐怕自己也正是它们当中的一个。

顺风与逆风

上国画课,教授说:

"画柳,要表现顺风的美;画松,要表现逆风的美;画牛,要顺风而走;画马,要逆风而奔。"

"那么画人呢?"学生问。

"王维的'请留磐石上,垂钓将已矣'以顺风为佳。"

"文天祥的'风檐展书读,古道照颜色'以逆风为好。"

"有没有又顺又逆的?"

"陶渊明的'登东皋以舒啸,临清流而赋诗',前一句逆风,后一句顺风。"

"人在顺风和逆风中的表现,有没有什么当然的道理可以依循?"

"风大时,要表现逆的风骨;风小时,要表现顺的悠然。"

灯罩

大概在人们使用灯不久，就发明了灯罩。早期的灯罩是为了保护其中的火苗，所以提着的灯笼有罩、拿着的电石灯有罩、固定的煤气灯有罩，连煤油灯也常加个罩子。

后来电灯被发明了，按说外面已经有层玻璃，应该不必再多加一层罩子才对。但是那灯罩的式样反而更多了。

为了小范围地强调照明，灯后被加上圆形反光的罩子，或在前面装设凸透镜，成了聚光灯。

为了给人灿烂辉煌的华丽感，灯的四周被缀上颗粒或条状的水晶，使那光线再三折射，成了装饰灯。

为了使光线全部经过折射，予人一种柔和感，发明了不透明的筒状灯罩，使光线只照射地面和天花板。

点 / 一 / 盏 / 心 / 灯

为了既可在灯下阅读,又能由透过灯罩的光线提供室内照明,发明了伞形半透明的灯罩,使灯下明亮,而四周柔和。

至于学生们书桌上专供读书的灯,则有槽形或碗形不透明的灯罩,因为它提供了定点的照明,除了灯下,其他处都不照,所以有利于集中注意力。

每个人都是一盏灯,为了保护自己,为了不刺伤别人,为了集中光芒,也为了制造韵味,请别忘了加上一层灯罩,它虽然可能减弱你的光度,却足以增添你的光彩。

自寻死路

窄巷里发生了惊人的命案,一个汽车驾驶员的头被扭断后垂在窗外,手却仍紧紧地抓住驾驶盘。

警探经过仔细的调查,发表了没有他杀嫌疑的结论:

"命案发生的时间是深夜,由于巷里没有路灯,天上又不见星月,所以漆黑一片。死者因为向后倒车看不清,于是将头伸出窗外,岂知当他紧贴着车子时,正有一个黑色的电线杆出现,死者虽然探头到窗外还是看不清,却仍然猛踩油门向后倒,当头被电线杆和车窗夹住时,却已经来不及了。"

人们往往在对前途不明时,会先观察,但有许多人不等观察出结果,就已经冒失地前进。这好比在打仗时,放出探子到前面了解敌情,却不等探子回来,就贸

点 / 一 / 盏 / 心 / 灯

然进袭一般，结果很可能是由于探子被抓，部队反而落入敌人的埋伏。

只知起步时小心，而没有等待的耐心，结果往往更糟。

福人自有福宅

中国人大概是世界上最讲究风水的民族，不但活人的"阳宅"，要讲究位置坐向，死人的"阴宅"，也要堪舆以利子孙。

其实讲究风水，最好的解脱应该是适合人类生活的环境；至于风水之学，则是人类经过几千万年，由生活的实际经验归纳出来的。比如大家最常说的好风水"左青龙右白虎，前朱雀后玄武"，翻译成白话是"左边有河，右边有路，前有广场，后有山陵"。这种地方，谁不喜欢呢？不必风水先生指点，人人都可以看得出。所以风水与生活是息息相关的。风水改变可以影响生活，生活方式的改变，也足以影响风水。

旧时的风水家常说：厨房不宜建在屋子的西南侧，屋子北面墙有缺损要立刻修好，南边则无妨。这理论乍听有些玄，实际是因为中国位于北半球，西南边的房子最受阳光，旧时没有冰箱，食物容易坏，所以不宜做厨房；至于北边的墙有洞，是因为冬天刮北风，所以应该修好；相反地，南边受夏天的暖风，则可以不急。说穿了，根本是卫生及健康问题，避免人吃坏东西及受寒。问题是如果有了冰箱、冷气，或房屋在南半球，这风水的定理，是不是就得改了呢？

"山南为阳，山北为阴；水南为阴，水北为阳"，我们从小就知道地理与阴阳的关系。但是如果有一天搬到澳大利亚、南美或非洲去居住，这阴阳的定理是不是就得全盘调反了呢？如果山水阴阳都改。那古人的风水之说能不变吗？

前人说"择吉而居"，这吉应该解释为方便、舒适，只要住得安稳、进出顺当，就是好风水。

古人又说"福人福宅"，这福应该解释为善良、喜乐。能事事泰然、逆来顺受，住哪里，哪里就是福宅。

最重要的：

人们只知活着的时候，房子是宅；死了之后，墓穴是宅。岂知道，生时，身体是心的宅院；死后，宇宙是灵的宅院。不注意修身与环境的保护，只晓得今天改一门，明日动一窗，后日悬一镜，这是自私，也是舍本逐末，哪里能算得懂风水呢？

点 / 一 / 盏 / 心 / 灯

细节与结论

有位医学院的教授,在上课的第一天对他的学生说:"当医生,最要紧的是胆大心细!"说完,便将一只手指伸进桌上的一杯尿液里,再把手指放进自己的嘴中,接着便将那杯尿液递给学生。

看着每个学生都忍着呕,却照样把探入尿杯的手指塞进嘴里。教授笑嘻嘻地说:"不错,你们每个人都够胆大,只可惜不够心细,没有注意到我探入尿杯的是食指,放进嘴里的却是中指啊!"

有位法学院的教授,上课时说了一个故事:有三只猎狗追一只土拨鼠,土拨鼠钻进一个树洞,树洞的另一边居然跑出了一只兔子。兔子飞快地向前跑,并跳上另一棵大树,却在树枝上没站稳,掉了下来,砸晕了正仰头看的猎狗，兔子终于逃脱。

故事说完，许多学生提出他们的疑问：

兔子为什么会爬树呢？

一只兔子怎么可能同时砸晕三条猎狗呢！

"这些问题都不错，显示了故事的不合理。"教授说，"可是更重要的事情，你们却没问——土拨鼠到哪里去了？"

有位教美术史的教授，在谈到古代国画家使用的颜料时说："将贝壳烧烤之后，磨成细粉，再以胶水调和，可以做成白色的颜料。"

接着，教授便举行考试，其中有一个是非题：

如果你在海边捡到了贝壳，带回家放进烤箱，以五百度烤上三十分钟，再拿出来磨成细粉，以胶水调和，可以做成黑色颜料。

结果大部分学生都没有看完这个题目，便十分自信地答"是"。

点 / 一 / 盏 / 心 / 灯

注意结论,而忽略细节;或专注细节,而忽视结论。匆匆忙忙地,以自己想当然的方法去思想,却忽略了查证,这是人们常犯的错误啊!

平凡

我们常说一个人很平凡,或是很不平凡,其实每个人都兼具"平凡"与"不平凡"这两者。一个人平凡,因为他是一个人,所以人性所具有的,他都应该有;一个人不平凡,因为他不是别人,古往今来就他这一个人,是为真正的他。

也就在这既平凡又不平凡的矛盾之间,在这既具备基本的人性,又有着天生不同的特性间,平凡人使自己成为不平凡,再以这些不平凡来影响平凡,造成更多的不平凡。于是:

伟大的哲学家,在平凡的人生中,找到不平凡的思想理论,使平凡的人们读了,能找到生命不平凡的意义。

伟大的艺术家,在平凡的生活中,找到不平凡的创作题材,使平凡的人欣赏之后,将心灵提升到不平凡的

点 / 一 / 盏 / 心 / 灯

境界。

伟大的科学家,在平凡的事务中,找到不平凡的秩序与方法,使平凡的物质,能化腐朽为神奇。

最重要的是,这些伟大的人,在创造那许多不平凡之后,却仍然跟我们一样,有爱、有憎、有喜、有悲,是那么平凡!

且慢下手

大多数的同人都很兴奋,因为单位里调来一位新主管,据说是个能人,专门被派来整顿业务。可是日子一天天过去,新主管却毫无作为,每天彬彬有礼地进办公室,便躲在里面难得出门,那些本来紧张得要死的坏分子,现在反而更猖獗了:

"他哪里是个能人嘛,根本是个老好人,比以前的主管更容易唬!"

四个月过去,就在真正努力为公的人感到失望时,新主管却突然发威了——坏分子一律开革,能人则获得晋升。下手之快,断事之准,与四个月来表现保守的他,简直像是全然换了个人。

年终聚餐时,新主管在酒过三巡之后致辞:

"相信大家对我新到任期间的表现和后来大刀阔

点 / 一 / 盏 / 心 / 灯

斧的开革，一定感到不解，现在听我说个故事，各位就明白了。

"我有位朋友，买了栋带着大院的房子，他一搬进去，就将那院子全面整顿，杂草野树一律清除，改种自己新买的花卉。某日原先的屋主造访，进门便大吃一惊地问：'那最名贵的牡丹哪里去了？'我这位朋友才发现，他竟然把牡丹当野草给铲了。后来他又买了一栋房子，虽然院里更是杂乱，他却按兵不动。果然冬天以为是杂树的植物，春天里开了繁花；春天以为是野草的，夏天里成了锦簇；半年都没有什么动静的小树，秋天居然红了叶。直到暮秋，他才真正认清哪些是无用的植物，而大力铲除，并使所有珍贵的草木得以保存。"

说到这儿，主管举起杯来："让我敬在座的每一位，因为如果这办公室是个花园，你们就都是其间的珍木，珍木不可能一年到头开花结果。只有经过长期的观察才认得出啊！"

菩提树

我家巷口的路边种了一棵菩提树，这是在纽约少见的一种树，大概也正因此，树旁特意支撑了木架，使它能不怕强风，长得郁郁葱葱。

今年夏天，正该是菩提树最繁茂的季节，不知怎的，那树却突然枯死了，似乎每个路过的人，都为它的凋零而投以惋惜的目光。

这一棵从小就被特别照顾，向来因为木架支撑，而未曾倾倒过的树，为什么长了十多年，几乎要成为一棵大树时，却一下子死去了呢？

有一天我特意走近它，抚摸着它那依然细腻光滑的树皮，深深地悼念。突然发现树皮上竟被人割了一小圈裂口。"是谁杀了菩提树？"我沿着刀痕转到树的另一侧，发现居然是一根绑在支架上的铁丝，想必是当菩

点 / 一 / 盏 / 心 / 灯

提树幼小时,为了保护它而拴上的,岂料随着树的生长,人们竟忘了那一圈铁丝已经不再适用,铁丝渐渐陷入树皮,大家更难以觉察,直到此刻我发现,却已经迟了。

许多对孩子的呵护,或当孩子幼小时,为了保护他们,所灌输的片面观念和加诸的束缚,如果不能在他成长中,逐渐给予解释,常会对孩子造成终身的伤害。对树、对人,道理都是一样的。

神方妙法

有位小学老师,从针灸中研究出一套防治近视的指压法,并在班上施行,由于效果不错,进一步推广到全校。每天上、下午定时广播,以一、二、三、四的口令,指示教师和学生们放下书本、闭上双目,并依序在眼眶上下、眉心和两颊指压三分钟,所费时间虽不长,成果却非常卓著,不但学生近视的比率大为降低,教师们也觉得眼睛比较舒爽。

学校公布了成果,新闻界大加宣扬,教育单位派员学习、计划推广,甚至国外也有医生赶往研究,但是调查的结论却出人意料:

"穴道的指压法,收效非常微小,甚至根本难以证实它有防治近视的功效。"

但是为什么学生近视的比例大为降低呢?

点 / 一 / 盏 / 心 / 灯

"因为上、下午各一次的指压时间,使大家闭上眼睛,让疲劳的眼睛获得休息。所以成功的是休息,而不是指压。"

有位老太太患了高血压,儿媳妇从邻居处弄到一个偏方——将鱼翅放在剥了皮的鸡肚子里清蒸,连汤带肉吃,七七四十九天,保证可以治愈。

一个月又十九天之后,吃完最后一服药,老太太去量血压,果然正常了。邻居的偏方真是灵验,媳妇的孝心没有白费,一家人高兴地庆祝。

"既然这药如此灵验,而且味道不错,以后就常做给妈吃,使得效力能够持续,保证不再犯。"儿子说。问题是,两个月后老太太的血压又高了起来,偏方既不管用,只好去看医生。

"后来做的鱼翅蒸鸡与前面四十九天有什么不同?"医生问。

"材料火候完全相同。"媳妇说,"唯一不同的地方是加了盐。"

"这就是了,令堂血压高必是吃盐太多所引起,前面四十九天不加盐的鱼翅鸡之所以见效,不是因为鱼翅鸡,而是由于不加盐哪!"

人们常看不见事情的主因,却把旁边的枝节当作关键,这是在吝于求证的社会中,最常见的现象。

点 / 一 / 盏 / 心 / 灯

疼痛

当我们还是幼儿的时候，对疼痛非常敏感，轻轻跌一跤，就会忍不住地哭叫，但是只要父母的几声安慰和爱抚，就好了。即使真受伤，也因为年纪小，很快就能痊愈。

可是随着年龄的增长，身体各方面都变得迟钝，有时不经意间觉得某处疼痛，细细检视才发现撞得青紫了一块，但何时受伤，却完全没有印象。而且由于年纪大，常要好一段时间才能恢复。

人就是如此，当我们幼年时，受不了些许伤害，但是疼痛来得急，也去得快，仿佛极重的伤害，一下子就能消失。而当我们年长，对什么都变得迟钝，虽是那不经意间给予我们的打击，却要许久才能康复，且依然在天阴雨湿或夜阑人静的时刻，带给我们身体与心灵上的隐隐作痛。

道不远人

莲子吃多了，可能会上火，但是吃了莲心，则能退火。人参多半能使人上火，但是人参头，却可以退火。椰子肉使人上火，但是椰子水却最清凉。

柏油又黑又脏，但是用汽油就能洗净。猪油、牛油弄到手上不易洗，但是擦上肥皂，则能轻易地去除。

解决问题的方法，常就在离那问题不远的地方。

点 / 一 / 盏 / 心 / 灯

海风与陆风

如果你夏天常去海滨，或许会注意到，当沙滩被晒得烫脚的时候，总有那习习的风，从海上吹来；而当夜晚较凉爽的时刻，又有那来自大地的清风，向海面拂去。

这是为什么呢？

因为陆地吸热快，海洋受热慢，太阳晒不了多久，大地的温度就迅速腾升，变得远比海水炙热。

相对地，陆地散热快，海水散热慢，所以当大地冷却的时刻，海水依然温暖。

因此，白天海上气压较高的冷空气，向陆地上吹；夜晚气压较高的陆风，则向海上吹。

谈到情感，许多人正像是陆地与海洋。有些人爱得快而炽烈，却也去得迅速，冷得惊人，属于陆地的形态；相反地，有些人，爱得慎重，热得缓慢，但是既然爱了，便执着而久长。

　　古人说"君子之交淡如水"，我则认为不妨讲："君子之交暖如水。"清清地来，缓缓地热，光明澄澈，历久犹存，或许不是那么"熨帖"，却是如此"温存"。

点 / 一 / 盏 / 心 / 灯

最高滑雪者

日本著名登山滑雪家三浦裕次郎,曾经在1970年率队攀登喜马拉雅山的珠穆朗玛峰,才爬到半途,六位队友就因雪崩而丧生,但是三浦裕次郎仍然继续向峰顶迈进,终于攀至顶峰,并由珠穆朗玛山谷滑雪而下,缔造了"最高滑雪者"的世界纪录。

在三浦裕次郎最危险的时刻,曾说出几句充满哲理而发人深省的话:

"不论成功与否,已经可以肯定的是,此行将不可能有个欣喜的结束(因为队友的罹难)。"

"此刻我已经不畏惧死亡,比死亡更可怕的是失败。"

"我已经无法将'危险的前进',转变为'困难的后退',所以只有选择前进。"

虽然这只是一位登山者,处于极度危险、已无退路

★ 8848.86米

（注：2020年最新测量高程为 8848.86 米）

点 / 一 / 盏 / 心 / 灯

的情况下所说的话；但是何尝不能用在我们的人生中呢？我们可以把自己的一生，看作这样一个旅途：不论成功与否，我们注定要死亡，所以必然不可能有欣喜的结束；但也正因为死亡已无可避免，所以成功变得更为重要；而当生命无法倒退时，唯一的选择，就是向前进。

按，由道格拉斯·雷恩（Douglas Rain）撰稿的纪录片《自珠穆朗玛滑雪下来的人》(*The Man Who Skied Down Everest*)，曾获得1975年奥斯卡最佳纪录片金像奖。

一念之差

人们常因建设自己而造就别人,又因别人的造就而改变自己。

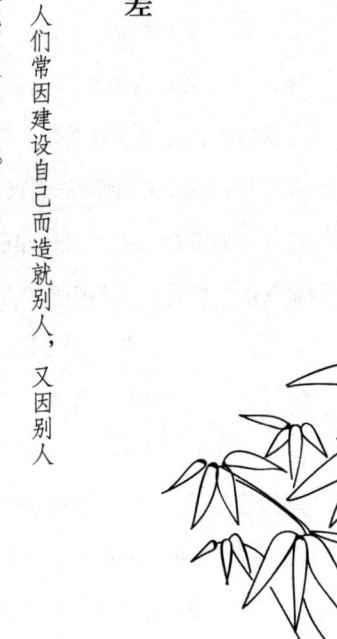

扶树与扶人

某人做生意失败了,但是他仍然极力维持原有的排场,唯恐别人看出他的失意。宴会时,他租用私家车去接宾客,并请表妹扮作女佣,佳肴一道道地端上,他以严厉的眼光制止自己久已不知肉味的孩子抢菜。虽然前一瓶酒尚未喝完,他却已"嘭"地打开柜中最后一瓶XO。但是当那些心里有数的客人酒足饭饱,告辞离去时,每一个人都热烈地致谢,并露出同情的眼光,却没有一个人主动提出帮助。

某人彻底失望了,他百思不解,一个人行于街头,突然看见许多工人在扶正那被台风吹倒的行道树。工人总是先把树的枝叶锯去,使得重量减轻,再将树推正。

某人顿然领悟了,他放弃旧有的排场和死要面子的毛病,重新自小本生意做起,并以低姿态去拜望以前商

点 / 一 / 盏 / 心 / 灯

界的老友,而每个人知道他的小生意时,都尽量给予方便,购买他的东西,并推介给其他的公司。没过几年,他又在商场上站立了起来,而他始终记得锯树工人的一句话:"倒了的树,如果想维持原有的枝叶,怎么可能扶得动?"

造就与迷失

醉心戏剧的某人，不顾亲朋的反对，毅然选择一处并不热闹的地区，兴建了一所超水准的剧场。

奇迹出现了，剧场开幕之后，附近的餐馆一家接一家地开设，百货商店和咖啡厅也纷纷跟进，没有几年，那个地区竟然发展得非常繁荣，剧场卖座率更是鼎盛。

"看看我们的邻居，一小块地，盖栋楼就能租那么多钱，而你用这么大的地盘，却只有一点儿剧场的收入，岂不是太吃亏了吗？"某人的妻子对丈夫抱怨，"我们何不将剧场改建为商业大厦，分租出去，单单租金就比剧场的收入多几倍！"

某人想想确实如此，就草草结束剧场，贷得巨款，改建商业大楼，怎料楼还没有竣工，邻近的餐饮百货店就纷纷迁走，房价下跌，往日的繁华又不见了。更可怕的是,当他与邻居相遇时,人们不但不像以前那样对他热情奉承,反而露出敌视的眼光。

某人终于想通了,是他的剧场为附近带来繁荣,也是繁荣改变了他的价值观,更由于他的改变,又使当地失去了繁华。

人们常因建设自己而造就别人,又因别人的造就而改变自己。在这改变中,某些人迷失了,不但迷失了自己,也迷失了那些曾被他造就的人……

人生的棋局

人生就像是一场棋，对手则是我们身处的环境。有的人能预想十几步，乃至几十步之外，早早便做好安排；有的人只能看到几步之外，甚至走一步，算一步。

与高手对招，常一步失策，满盘皆输。但是高手下棋，眼见的残局，却可能峰回路转，起死回生。

有的人下棋，落子如飞，但是常忙中有错；有些人下棋又因起初思考太多，弄得后来捉襟见肘。

有的人下棋，不到最后关头，绝不认输；有些人下棋，稍见情势不妙，就弃子投降。

棋子总是愈下愈少，人生总是愈来愈短，于是早时落错了子，后来都要加倍苦恼地应付。而棋子一个个地去了，愈是剩下的少，便愈得小心地下。赢，固然漂亮；输也要撑得久、输得少，才有些面子。

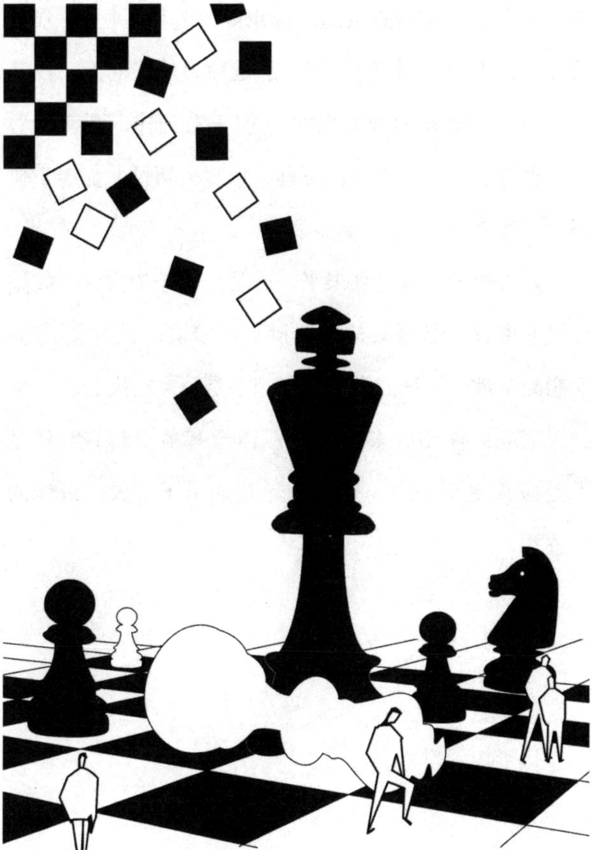

所幸者，人生的棋局，虽也是"起手无回"，观棋的人，却不必"观棋不语"，于是功力差些的人，找几个参谋，常能开创好的局面。但千万记住，观棋的参谋，也有他自己的棋局，可别只顾找人帮忙，而误了他枰上的厮杀。

如果你不知道计划未来，必是个很差的棋士；如果你没有参谋，必是很孤独的棋士；如果你因为输不起，而想翻棋盘，早早向人生告别，必是最傻的棋士。

请问：你还有多少棋子？你已有多少斩获？你是不是应该更小心地，把所剩无几的棋子，放在最佳的位置？

点 / 一 / 盏 / 心 / 灯

放炮

第一流合唱团的年度公演,著名的作曲家、声乐家、钢琴家、乐评家等全都到场欣赏。

一章又一章地过去,连缀紧密的歌声,每个字都仿佛从指挥棒尖倾吐而出,不只表现了严格的训练与歌者的水准,而且显示了团员们的心灵契合,更感动了到场的每一个人,大家陶醉在优美的歌声中,如痴如醉。

突然,一串高亢的歌声从女高音部发出,那是独唱,但来自非独唱的位置,指挥猛地抬头,差点儿乱了拍子。虽然这一切不过两三秒钟的光景,便又恢复正常。但是大家都知道有人放炮了,女高音部不知哪个人在不该她唱的时候开了口,这是合唱团最尴尬的事,何况出现在这首屈一指的团里。

演唱在安可声、如雷的掌声和献花行礼中闭幕,指挥却气急败坏地冲向后台，走进正在议论纷纷的团员间问："是谁放的炮？"

"是我……"一个新进不是太久的女团员躲在幕角啜泣。所幸这时，有贵宾走入后台，指挥快步趋前迎接。

"我想见见那位放炮的女团员。"受到举世尊崇的声乐大师说，"我已经很久没听过那么圆润美好，又高亢入云的声音，好好培植，必成大材。"

那个放炮被全团指责、无地自容的女孩子，居然成了大师的学生，果然在日后放出惊人的异彩。

有人只见别人的错处，有人却能在错误中发掘优点。唯有同时具有心胸与慧眼的人才能成为后者。

点 / 一 / 盏 / 心 / 灯

哈喽

王警官在家里养了一只大鹦鹉，每天下班第一件事，就是教鹦鹉说"哈喽"，但那鹦鹉奇笨，怎么教都学不会。

某日王警官看到一家名叫"热带丛林"的鸟店，走进去赫然发现里面有几十只大鹦鹉，最令他不解，甚至有些气愤的是：那些鹦鹉居然个个不断地说"哈喽"。

"你是怎么教的？"王警官问店老板。

"鹦鹉跟人一样，智力大有差异。起初它们都不会说话，我就不断重复地说'哈喽'，终于有一只最聪明的学会了，并从此不断地说，岂知别的鹦鹉跟着学，不久之后，竟然都会讲了。"老板说，"把你的鹦鹉带来放些时候，保证它也能说。"

王警官半信半疑地把自己的笨鹦鹉送进"热带丛

林",两个星期之后,果然"哈喽,哈喽"地朗朗上口。

"以前'哈喽'是人的语言,现在却成了这群鸟互相交谈的用语。"老板把鹦鹉交还王警官,"异类之间所能达到的感化和教育功能,远不如同类之间的有效啊!"

此后,当王警官遇到不良少年,总是请已经改过向善的少年人来帮助辅导。他发现少年人之间的一席谈话,往往比他苦口婆心,甚至恩威并施、又吼又叫地讲上一整夜,更有效果。

点 / 一 / 盏 / 心 / 灯

火警

电视台采访组的电话响了,是消防大队打来的:某处失火。

"有没有人死伤?"记者问。

"还好,没有!"

"太可惜了!"记者失望地说,"这种火警我们不感兴趣。"接着挂上了电话。

美国亚拉巴马州一个叫安德鲁斯的失业男子打电话给杰克森维尔的电视台:"我要在星期五晚上十一点于公共广场抗议失业问题。"

杰克森维尔电视台立即派了两位电视记者前去守候,安德鲁斯果然准时出现,先用煤油浸透牛仔裤,再蹲身点燃,轰的一声,他全身都蹿起熊熊的火苗。 历时八十二秒钟的实况全部摄入镜头之后,记者才起身去扑救,而安德鲁斯已经有一半以上的皮肤受到灼伤。

这种事,你听了之后会气愤吗?问题是记者采访的方向往往投观众或读者的所好,只要你在看火警新闻时,有些兴奋地高喊:"看啊,又有地方失火了,好大的火苗啊!"那么,需要检讨的,就不单是那些缺乏道义的记者,而且包括缺少同情心的你自己了。

离婚的原因

小李结婚没两年,突然宣布离婚了,听到的朋友无不惊讶,纷纷问他离婚的原因。

"因为她的脾气太坏。"小李回答。

过了几个月,仍有久未碰面的人,在知道消息后问同样的问题。

"因为我的脾气太坏。"小李答。

先前已经听过的人,不解地说:"为什么前后说法有这么大的差异呢?"

"是啊!离婚时我确实觉得是她脾气坏,但是几个月下来,冷静地想想,还是自己的性子不好。"

先做朋友

每次到酒庄（卖成瓶的酒给顾客的商店），总看见店里最醒目的位置，挂了一个大牌子：

"先做朋友，再做主人。"

而当酒庄老板知道有人要请客，也必然会在把酒交给顾客时，叮嘱似的说："先做朋友，再做主人。"对于这两句话，我一直不了解，有一天终于忍不住问老板，到底其中的意思是什么。

"就主人的观点，当你举行宴会时，自然要做到酒水无缺，客人能喝，你就能提供，甚至他要什么酒，你都能拿得出来，才能显示主人的周到与慷慨。"老板十分郑重地说，"这时问题就发生了，因为你只顾敬酒，却没想到当客人酒醉后开车有多危险，或对他的身体有多大伤害，结果是做了最好的主人，也成了最坏的朋友。

所以朋友比主人重要,先从朋友的角度考虑,再去做个好主人。"

中国人请客时的劝酒、罚酒、敬酒、拼酒,举世闻名。相对地,因常喝酒引起的肝硬化比例,也居世界之冠。当您做主人,给客人斟酒时,何不也说一声:

"先做朋友,再做主人!"

刮胡子

有个人到理发店,请小姐为他修面刮胡子,小姐为他涂上温温的泡沫,以那纤纤玉手,一边扶着他的脸颊,一边用剃胡子刀为他修面。

时值盛夏,当那位男士陶然地仰着脖子刮脸时,瞥见理发小姐丰腴的胸脯之间,突然起了邪念,偷偷地伸手去摸。

岂知小姐又惊又痒,自然反应地收肘,躲闪之下,竟然忘记手上的利刃。一刀便割断了那男人的气管,终于送医不治死亡。

人们常在享受安逸时,忘记了其间隐藏的危险,甚至得意忘形地兴起邪念,岂知那正是"最要命"的时刻!

真善人

汤姆以爱鸟闻名,每当大雪之后,唯恐鸟儿们找不到食物,他总会在院里摆上一盘谷子。但令他邻人不解的是,只有漂亮的红冠鸟和蓝鹊常在汤姆的盘里安然进食,至于乌鸦和麻雀则往往吃不了几口,便惊飞而去。

日久之后,大家才发现,原来只要不漂亮的鸟去吃食,汤姆就会又叫又跳地把它们赶走,遇有美丽的禽鸟光临,汤姆则躲在百叶窗后静静观察,唯恐惊扰了嘉宾。

南茜以爱小孩闻名,她甚至通过教会儿童福利基金会,认养了一个非洲的孩子,并定期汇款过去。但是每当朋友提起这件事,南茜就会长长地叹口气,十分遗憾地说:"只可惜我认养的是个黑小孩,如果他能长得白些该多好。"

查理以慈善闻名,经常带着糖果和玩具到孤儿院去。但是在路上遇见乞讨的人,他从不施舍,甚至阻止同行的人掏钱,他挡在乞丐面前大声地喊着:

"这人必定是假装可怜的样子,只怕给了钱,反让他拿去吃喝嫖赌。"

人们为什么即使在行善的时候,还常怀有偏见、歧视和猜忌?如果施善者不能坦荡无私,还能算是真善人吗?

点 / 一 / 盏 / 心 / 灯

君子报仇

有一个人对自己的工作感到很不满意,他愤愤地对朋友说:"我的长官一点儿也不把我放在眼里,改天我要对他拍桌子,然后辞职不干。"

"你对于那家贸易公司完全弄清楚了吗?对于他们做国际贸易的窍门完全搞通了吗?"他的朋友反问。

"没有!"

"君子报仇三年不晚。我建议你好好地把他们的一切贸易技巧、商业文书和公司组织完全搞通,甚至连怎么修理影印机的小故障,都学会,然后再辞职不干。"他的朋友建议道,"你把他们的公司,当作免费学习的地方,什么东西都通了之后,再一走了之,不是既出了气,又有许多收获吗?"

那人听从了朋友的建议,从此便默记偷学,甚至下班之后，还留在办公室研究写商业文书的方法。

一年之后，那位朋友偶然遇到他：

"你现在大概多半都学会了，可以准备拍桌子不干了吧！"

"可是我发现近半年来，老板对我刮目相看，最近更总是委以重任，又升职、又加薪，我已经成为公司的红人了！"

"这是我早就料到的！"他的朋友笑着说，"当初你的老板不重视你，是因为你的能力不足，却又不努力学习，而后你痛下苦功，担当日巨，当然会令他对你刮目相看。只知抱怨长官的态度，却不反省自己的能力，这是人们常犯的毛病啊！"

点 / 一 / 盏 / 心 / 灯

度假的悲剧

有一个菲律宾人到日本观光，正碰上大雪之后，路边积雪足有两尺多深。一生从未见过白雪的菲律宾人，真是兴奋到了极点，才下游览车，便欢呼着飞身跃进雪堆，但是跟着便被送进医院，原因是：他只以为那白雪松软得如同鹅绒被，却不晓得下面掩埋着尖头的铁栅。

有一个住在北海道的人，到夏威夷避寒，到达旅馆时已是深夜。从冰封雪冻的北国进入热带的海岛，日本观光客真是太高兴了，他走到阳台，深深地吸了几口带着海水味的熏风，低头正看到月光下有一个蔚蓝的游泳池。已近半年不曾戏水的他，狂喜地飞奔进屋，立刻换上泳装，三步并作两步地跑下楼，到达池边的深水区，看也没看就一个飞跃，进入池子——见了阎王。

原来那池子正在维修,虽然远看白瓷砖在月下泛着蓝光,里面却没有水。

得意忘形,有时足以送命。

牺牲越大，爱得越深

人们的爱，往往并不一定起于别人爱自己之后的回报，却可能由于自己最先的奉献与牺牲。

只怪失手

三个登山老友,结伴攀登内华达州一处峭壁。前一天上山时天气晴朗,次日下山时却变天了,零下的气温将浓雾结为霜雪,使垂直的岩壁更是滑不唧溜了。

三个人以登山绳相连,分别敲开岩上的坚冰,再打入钢钉,钩上绳子,垂降到下一步。

突然,一个人的钢钉松脱了,手脚在无法攀缘的冰壁上滑开,霎时坠了下去,所幸身上的绳子与两侧的朋友相连,使他吊在空中。

两个人尽了一切力量救他,奈何垂直的岩壁上毫无可以使力的东西,而有限的钢钉,更因为那人下坠及眼前增加的重量而随时有滑脱的可能。

"你们不可能救得了我,把绳子割断,让我走!"悬在半空的人嘶声哀求,"与其一起摔死,或留在这儿

点 / 一 / 盏 / 心 / 灯

冻死,还不如我一个人走!只怪我失手!"

他们割断了绳子,那人笔直地跌下去,没有哀号。

剩下的两个人终于安返地面,他们一起到死者的家中。那人的妻子瞬间苍白了面孔,她颓然坐下,没有多问,也没有号哭,只淡淡地说了一句话:

"只怪他失了手!"

这是一句多么洞悟人生的话,许多难以挽回的悲剧,我们无法责求任何人,只能怪自己失了手。这是命,也是运,因为命运都在我们自己的手中。

先奉献的爱

王太太是个孤僻的人,跟邻居从不往来。有一天她正在烧饭,突然听见邻居李小妹尖声哭喊,她从窗子望出去,发现一股浓烟正从李家的屋里冒出来。

王太太慌忙地跑出去,孩子的哭叫声更大了。想必父母不在家,眼看浓烟并未夹带着火苗,一向胆小的王太太居然鼓足勇气冲了进去。岂知才抱起小女孩,身后突然蹿起熊熊的火焰,当她用毛毯把小女孩包着冲出火窟时,已经头发全焦,灼伤片片。

就在这次火灾发生之后,王太太的孤僻脾气居然改了,她尤其关心李小妹,总是买些东西送给她,并问长问短,有时候李小妹不用功、不听话,王太太甚至被气哭了。许多朋友不解地问:"你以前从来不关心邻居,为什么现在对李小妹好得超过了自己的孩子呢?"

点 / 一 / 盏 / 心 / 灯

"因为我差点儿为她送了命!"

"差点儿为她送了命",这是一句多么意味深长的话。人们的爱,往往并不一定起于别人爱自己之后的回报,却可能由于自己最先的奉献与牺牲。牺牲愈大,爱得愈深。这也就是许多并非心甘情愿被迫征召入伍的青年,在经过保国的殊死战斗之后,变成爱国斗士的原因。

节俭难致富

一位亿万富翁接受记者访问。

"听说您是因节俭而致富。"某报记者问。

富翁一笑:"我从未听说这世界上有人会因节俭致富。"

所有的记者,都怔住了。

"节流而不开源,顶多只能拥有半潭死水;守成而不创业,顶多只能保住一片祖产,如何能致富呢?"富翁说,"所以只有勤俭致富,而无节俭致富,一字之差,差之远矣!"

点 / 一 / 盏 / 心 / 灯

阎王与老温

严老板和温老板都从事出版事业，他们虽然是好朋友，脾气却完全相反。严老板做事一板一眼、绝不吃亏。印刷厂为他印书，即使出一点点的小毛病，或迟两天交货，严老板绝对会扣他的钱，所以印刷界给他个外号叫"阎王"。

至于温老板则正如他的姓，做事总是十分温缓，脾气更是温和，每次印刷厂出错或拖工，虽然温老板的生意大受影响，他却从不扣印刷厂的钱，大不了板起脸抱怨两声，所以印刷界称他"老温"。

其实严老板真是阎王吗？不是！而应该说他情理分明，除了理直的时候绝不退让之外，他是十分讲情的，有时明明可以付期票，当他知道印刷厂急用时，常会主动付现款。

温老板真是那么和善吗？也不是！他虽然吃了亏之后，不当面骂人，背地里却总是咒骂对方："钱拿去让你买药吃！"这样心里咒几句，温老板就变得很平和了。

问题是：只要严老板印书，几乎很少出错，难得误期；温老板印书则常不够水准，而且总是拖班。原因很简单——就算为老温印坏了也没什么关系。

有一次上级选派印刷厂参加国际印刷大展。严老板的特约印刷厂挑了几本为他印的书送审，立刻获得通过。温老板的承印厂则落了选，那印刷的负责人逢人便骂："只怪我为那个无能的老温印刷，怎么可能出来好成品！"

点 / 一 / 盏 / 心 / 灯

木鱼

年轻的父亲严厉地责打孩子,惊动了正在里屋念经的祖母。

祖母把怒不可遏的父亲带到自己屋里,指着木鱼说:"下次你要打骂孩子之前,先来敲敲这木鱼,我不要你念经,只要敲几下木鱼就够了。"

孩子又犯了错,火冒三丈的父亲,决定不惜打断一根棍子,也要严加惩戒。但是突然想起自己母亲的话,便提着棍子走到母亲读经的地方。

"敲几下木鱼就成了?"他实在想不出道理,但仍拿起了那小小的木槌。

喀!木鱼发出清脆却又非常圆柔的声音,平常母亲关着门念经,只觉得木鱼的节奏十分清晰,却没想到眼前敲打起来,是这般响亮——响亮却不炸耳。

"看看木槌,在那硬硬的槌头上包着布;再看看木鱼,在那下面有着厚厚而柔软的锦垫,所以你敲它,不必用多大力气,便能发出深远而厚实的声音。"母亲说。

父亲放下木棍走出去,把跪在地上的儿子叫到沙发旁……他甚至买了一个木鱼放在办公室,门外的部属常听见里面偶尔发出两三声喀喀的音响,认为这位最近大大改变刚烈脾气的主管,必定是因为信了佛教。

点 / 一 / 盏 / 心 / 灯

送终

嗜酒如命的老王死了,许多他生前的酒友前去送终,为失去一位最好的饮者而同声一哭。

"我们去老李家共醉吧!想办法用酒来冲淡哀伤。"一位酒友建议,立刻得到众人的附和。

没想到老李的太太居然说:

"为纪念你们死去的酒友,今天不准喝酒。你们去送朋友的终,岂知他正是由你们送上终途,而现在竟然又想再来彼此送终。"

破财消灾

"你的妻女都被我们绑架了,四十分钟之内,如果你胆敢声张,而不付出两万元的赎金,就准备收尸吧!"歹徒讲完付款地点,就挂断了电话。

身为纽约诚信联合信托公司经理的理查,知道事情断断不可耽搁,立刻交代公司里的职员准备现款,匆匆赶往纽瓦克的一个电话亭。他知道歹徒是杀人不眨眼的,即使迟到一分钟,都可能遗憾终生。

他及时交付了赎金,收款的歹徒说会立刻放人,而当理查匆匆驱车赶回家时,应门的果然就是他抱着小女儿的妻子。

"感谢上帝,你们平安地被释放了,一定受了不少惊吓!"理查上前拥抱。

"你说什么?我们好好的,根本没有出门哪!"理

点 / 一 / 盏 / 心 / 灯

查的太太说,"你为什么不先拨个电话回来呢?"

"遇到这么大的事,我哪里还会想到查证?"

知音

黄老先生很爱说笑话，但是讲来讲去都是同样的内容，而且最麻烦的是，他永远记不得对什么人说过，于是才对某人讲完，过两天又会再说一遍。起初大家都装作没听过的样子，勉强笑几声，次数多了，渐渐变得不堪其扰，一个个躲着老先生，不得已地撞上，也都装作有急事地匆匆走开。连他自己的儿孙，都在老先生刚开口时，便道出笑话的结尾，硬把老先生的兴致顶回去："您的笑话，已经讲了一万遍了。大家都会背了。"

一盆接一盆的冷水浇下来，一双又一双带着嘲笑的眼神送过来，最亲切、幽默，而爱说笑话的黄老先生，反而成为世界上最寂寞的人。

偶然的场合，黄老先生遇见了一位高瘸子，两人居然不但年纪相若，而且出奇地投缘。高瘸子正是个最

点 / 一 / 盏 / 心 / 灯

爱听笑话的人，不论黄老先生说什么笑话，也不在乎他重复了多少遍，高瘸子都会笑得前仰后合，甚至敲桌子、打板凳，把茶喷得满身满地，再频频追问："到底哪里得来这么精彩的笑话，怎么我从来都没听过？"其实他听过，而且听过了几十遍，只是因为健忘症，不出两天，便忘得一干二净。

从认识高瘸子，黄老先生便快乐了起来，无论刮风下雨，每天总要去找高瘸子摆上一阵龙门，否则连睡觉都不安稳。岂料某日雷雨大作，老先生过街的行动稍慢，被一辆疾驶的摩托车撞倒，当场昏迷，送医院没几天便死了。

出殡那天，不常见的朋友都到场，唯独不见高瘸子。有人事后打听到地址，跑去问这位黄老先生不可一日不见的知音，为什么这样没有人情。

"黄老先生？我不认识他啊！我从来没见过这么一个人。"高瘸子迷惑地说，"我已经多年不曾听过笑话了！"

后悔

人们常用"后悔"这个词,问题是为什么大多数人不"中悔",而要"后悔",不中途憬悟,而要事后悔恨呢?

作奸犯科的人,常在被捕之后,才痛悔前非;考试作弊的学生,常在记过之时,才幡然悔悟。问题是如果奸宄欺骗的行为不被发现,恐怕他们仍然在继续那"明知不可为之事",或沉溺于那罪恶的渊薮之中。所以他们的后悔,不只是受到教训之后的醒悟,也可能是走投无路、逼不得已的唯一选择。

其实这世间的动物常都是如此。猎食家鸡的山鹰、四处窃掠的野狗,被人抓到之后,总要好好关上一阵,才能束其凶性、加以训练,由一方之害物,转为忠实的猎鹰和家犬,这中间若没有笼子的约束、绳子的捆绑,

点 / 一 / 盏 / 心 / 灯

如何能制造一百八十度的大改变呢?

后悔!后悔,总是受到了教训,遭遇了痛苦,蒙受了损伤之后,才能悔悟。怪不得佛家有所谓"当头棒喝",这当头的棒击和呵斥,真不知曾使多少人从迷惘和罪恶中醒转哪!

不能停课

纽约位于寒带，所以冬天常有大风雪，扑面的雪花不但令人难以睁开眼睛，甚至呼吸都会吞入冰冷的雪水。有时前一天晚上还是一片晴朗，第二天拉开窗帘，才发现积雪已经盈尺，连门都推不开了。

遇到这样的情况，公司行号常会停止上班，学校也通过广播宣布停课。可是令人不解的是，唯有公立小学，即使那雪已经积得难以举步，却仍然开放。只见黄色的校车，艰难地在路边接送小孩子，老师们则一大早就喷着白烟，铲开车子前后的积雪，小心翼翼地开车去学校。

据统计，十年来纽约的公立小学只因为超级暴风雪而停过七次课。这是多么令人不解的事，犯得着在大人都无须上班的时候让孩子去学校吗？小学的老师也太倒霉了吧？于是每逢大雪而小学不停课时，都有家长打电话去骂，妙的是，每个打电话的人，反应全一样——怒气冲冲地责问，再满口道歉，最后笑容满面地挂上。

原因是，学校告诉家长：

纽约充满着百万富豪，但也有不少赤贫的家庭，后者白天开不起暖气，供不起午餐，孩子的营养全靠学校的免费中饭（甚至多拿些回家当晚餐）。学校停一天课，穷孩子就受一天冻、挨一天饿，所以老师们宁愿自己吃苦，也不愿意停课。

或许有家长会说：何不让富裕的孩子留在家里，贫穷的孩子去学校享受暖气和营养午餐？

学校的答复是：我们不愿让那些穷苦的孩子感觉他们在接受救济。因为施善的最高原则，是保持受施者的尊严。

猴人

四十多年以来，每到春夏两季，在华府闹区的小木台子上，都可以看见没有两条腿的艾迪在那儿行乞。将近八十的他不必讲话，只要以求助的眼光看着过路的人，便不断有钱投入他的碗里，落到外面的，则由他养的小猴子过去捡起来。因此，人们叫他"猴人"。

但是到了秋冬寒风密雪的季节，猴人便不见了，他不是躲在华府贫民区的角落，而是搭机前往佛罗里达的度假胜地潘赛柯拉。在那里他是红袜带酒吧的主人，穿着丝质的衬衫，笔挺的长裤，裤子里则是他的义腿。他常在街头散步，济助穷人，街坊尊称他为慈善家艾迪·贝恩斯坦先生。

艾迪·贝恩斯坦在最近逝世了，留下六十万美金的遗产以及一只小猴子，他在临死前说出了他的秘密。

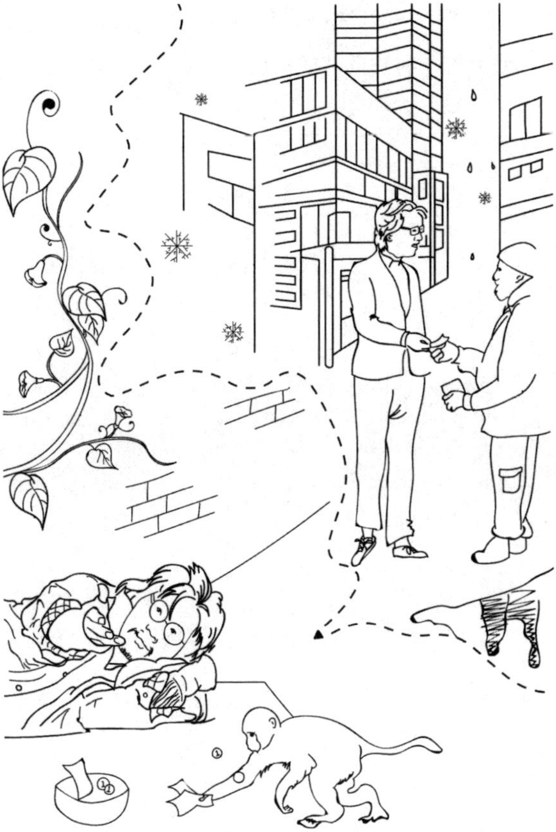

有人问他为什么这样做。艾迪说:

"残障者,有被同情的权利。"

"丰余者,有施舍的义务!"

走出去，看更大的世界

这社会上诚然有许多不公平的事，打破的方法，是加倍地努力，以求出头，使自己有能力，创造一个未来公平的社会。

龙游深水

阿忠从事写作多年，自认文笔已经达到相当高妙的境界，但是每次参加地方上的写作比赛，总是无法获奖。

"既然在这个小城市里无法出头，你最好参加全国性的比赛，说不定就会获得青睐了。"阿忠大学时代的教授对他说。

"我在小地方尚且无法得奖，参加全国比赛又怎么可能获胜呢？"阿忠不解地问。

阿忠果然在全国性的文艺比赛中获奖，并兴奋地前去谢师："没有想到真如教授所料！但是说实在话，我至今仍不明白为什么在大地方反而能出头。"

"因为在全国性的比赛中，评委来自不同的省份，他们绝大多数不认识你这个人，所以全看你的作品。"教授说，"至于在本城的比赛，那些评委自己既有学生、

点 / 一 / 盏 / 心 / 灯

朋友参加,又可能曾经与你有些过节,你平素的言行举止乃至交游,全在他们的眼中,只怕由于你是我的学生,而某些人忌我,也可能对你造成影响,结果评的不仅是作品,也多少加入了印象、恩怨与私心,自然难以公允。"教授叮嘱他说,"不要以为小地方出不了头,在大地方也会一筹莫展,有真本事的人,往往在大场面里,更能有所发挥呀!"

包子有肉，不在褶上

有个年轻人，在与人争强斗狠时吃了亏，于是拜师习武，一心雪耻。

初学武，才没练几招，年轻人就摩拳擦掌地打算寻仇，但是被师傅拦了下来。

"要教训对方，就给他几下厉害的，所以等功夫高了再去，三两下将他撂倒，才有面子啊！"师傅说。

年轻人觉得很有道理，便继续苦练，但是当他的功夫真练成了，却再也没有昔日的争强斗狠。因为他发觉只要自己出手，对方根本不堪一击，而当人们知道他武艺高强，却不计早年恩怨时，更是尊敬有加，连那曾经欺侮过他的人，也偷偷地跑来请罪。所以他虽不动手，却早已赢了。

有位著名的学者，小时候从未进过学校，除了少年时赴日，在偶然的机会下，上过一个短期补习班外，完全靠自修成功。

但是当他早期未成名时，不论自我介绍或写履历表，总极力掩饰自己未曾进过正式学校这件事，并将日本的短期补习班夸张为正式的学校，强调自己大部分的学问，都是得自那里。

后来他成名了，真才实学获得世人的肯定，他却再也不提日本的往事，反而坦白地说，自己根本从未进过正式的学校，甚至连小学都没念过。因为他知道，人们此时非但不会因为学历低而轻视他，反而对他的自学有成加倍尊敬。

北方有句俗语，"包子有肉，不在褶上"，意思是真有内容的人，不必彰显在外面，但不争的事实是：往往只有有肉的包子，才能不计较褶子；只有具实力的人，才能不计较攻讦。

当我们不能做到"大人不计小人过"和"富而无骄"时，真正的原因，常由于我们不是"大人"，也不够"富"。我们不是缺乏那份修养，而是少了那份实力与具有实力之后的泰然。

怀才不遇

小王和小李是艺术系的同班同学,小李毕业后因为父亲的关系,立刻进入某大报社担任美术设计的工作。

不甚如意的小王,每次看见小李在报上刊出的作品,就痛骂报社只认人情,不长眼睛。

但是原本远不及小王的小李,由于报社的工作环境好,经常能接触最新的材料与作品,加上困而后学的努力,几年后树立了独特的风格,也闯出了不小的名气。

小王终于不再讥评小李,因为长久地怨天尤人,使他由一时的怀才不遇,变为真正的外强中干,作品的水准,已经远远瞠乎小李之后了。

这社会上诚然有许多不公平的事,打破的方法,是

点 / 一 / 盏 / 心 / 灯

加倍地努力,以求出头,使自己有能力,创造一个未来公平的社会。如果只知自怨自艾,恐怕原本短期的时运不济,终要成为长期的命途多舛了。

我亦无争,天亦美

孙先生是一位登山摄影家,爬遍了国内的大小名山,也拍摄了成千张的风景照片,可是当朋友欣赏他的作品时,他总是遗憾地说:"就是那么巧,每次看到最美的风景,都是在我底片用完的时候。"听到的人则在背地里说,他那样讲,是与歌星的自称感冒喉咙不好,有着相同的心理。

问题是,在爬山时,大家确实看见他底片用完,又遇到美景时跺脚捶胸的表现,有时在下一站买到胶卷,他甚至会沿原路跑回去补拍,只是多半怅然而返。天光云影,才隔一下子,居然全变了。

有一次,同行的人特意暗地为他带了一卷底片,果然他底片用完,又遇到十年难见的美景,那人便将底片交给孙先生,岂知当他装妥,从取景框望出去,又是频

点 / 一 / 盏 / 心 / 灯

频摇头,洗出来之后,还是不满意。

恨那大自然总是跟他的照相机过不去,孙先生终于放弃了摄影。妙的是,从他不带照相机起,每一次的旅行,从头到尾都有数不完的美景。

"恐怕只有在我不汲汲营营的时候,才能无拘无束地欣赏。"孙先生说,"我亦无争,天亦美!"

天才

在美国有一个"天才人协会"组织,参加者必须智商高达一百五以上,还要再通过特别的入会审核,所以目前只有两万八千个会员。

1966年加入,现年四十二岁的布克,是康涅狄格州"天才人协会"的会员,但是他连高中都没有毕业,原因是成绩过度低劣。有人问他为什么。

布克回答:"学校里的东西都是为低智商的学生准备的,所以太没有意思。"

布克现在是一个清道夫。

点 / 一 / 盏 / 心 / 灯

痛苦的抉择

残暴的敌人,一步步地接近,躲在树林里的人们知道,只要被发现,就将全部遭到屠杀。男人蓦地抽出尖刀,将幼小孩子的喉管割断,以免他们发出惊恐的哭声。黑暗屏息中,可以听见仍然被抱在母亲怀中,却已发不出一丝声音的幼儿滴血的声音。

这是一段第二次世界大战时的真实故事。由于这个被割断喉咙丢弃的孩子,后来为善心人救活,成年之后寻亲,才被世人知晓这段骇人听闻的往事。

有人问那孩子,你恨不恨你的父母?

孩子说:如果当时我是父母,也会那样抉择。而且若不那么做,今天也就谈不上亲人重聚这件事了。

有人问那母亲:当你的孩子被割断喉管时,你为什么能不痛哭?

母亲答:因为我当时已经想不到悲哀这件事,更被剥夺了哭的权利。

当人们做最痛苦的抉择时,常没有痛苦的权利。而当痛苦被唤起时,抉择却已经成为往事。

点 / 一 / 盏 / 心 / 灯

古董

某日,一位古董商到我家里做客,我便尽出所藏,请他鉴赏评价。

我拿出的第一件东西,是块田黄印石,长约四寸。

"这值不了什么钱!"古董商说,"因为上一段有裂璺,下半截有杂质,只有中间一小块完美。"

"我当年是以高价买的!"我大吃一惊。

"你听我说完哪!"古董商笑着说,"你如果把上下两截锯掉,只留中段,价钱就倍于此了。"

接着他展开我收藏的一幅古画:"是名家手笔,可惜右边破损了一块,修补之后总是看得出来,倒不如将右侧整个切除,价钱要比补了之后还高得多。"

最后,我取出了传家之宝——黄瓷盖碗。

"这个盖子早该扔了。"古董商一见便说,"不连盖子，要比连盖子容易卖，价钱也好。"

"怎么会有这种道理呢？"我很不服气，"有盖反比无盖来得便宜？"

"当然！因为盖子有缺损，你想想看，当买主看到这件东西，发现盖子已破，还会买吗？"他把盖子放在案上，并将碗捧到我的面前，"可是这样子，几人知道还有个盖子呢？于是买主只当那是只完美无缺的碗，而会爱不忍释了！"

"同样的道理！"他又指着印石和画说，"你切去杂质之后，大家只见那是块难得温润美好的田黄，有谁知道原来要大得多；而那画没几人看过，切了边仍是不错的构图，谁会想到已比原作少了半截？"

"人们为什么总会注意那小小的瑕疵，而忽略大体的美好；为什么宁可被骗，也不愿接受那有缺陷的事实呢？"我感慨地说。

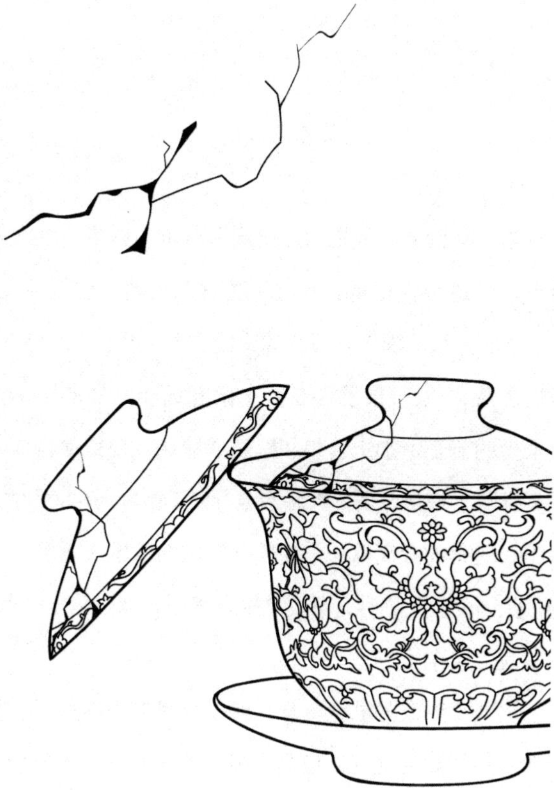

深藏的愧疚

第二次世界大战期间，德国军队抢去许多波兰人的孩子，经过头骨测量，凡合于德意志民族"脸孔角度"的，全部分给德国没有子女的家庭收养，至于不合格的，则送入集中营。孩子们在营中做着远非他们的年龄能够承受的苦工，加上食粮和医药的缺乏，使得他们成为一具具包了皮的枯骨，颤悠悠地行走，辗转无声地死亡。德国人的目的很简单——使膝下犹虚的德国夫妻能有子嗣，并让波兰人绝种，不致产生与德国人竞争的下一代。

战争结束了。

哭红了双眼的波兰父母，纷纷寻找失去的孩子，他们拿着照片到处询问，但是许多文件被毁，使得他们无从找起。偶有些幸运的人寻到骨肉，但德国父母视同己出地死不放手，孩子更常拒绝回到亲生父母的身边，因为他们早已认为自己是高贵优良的德意志血统,且安于德国那远较波兰优裕的生活。

据说那些养父母,对孩子的宠爱,远其于一般德国家庭,因为他们知道孩子是以不义的手段夺来的,孩子亲生的父母有许多已被杀害。那难以弥补的亏欠、深藏心底而不敢诉说的愧疚,使他们想加倍地补偿在孩子身上。

相反地,那些曾经在波兰孩子集中营工作的德国人,则普遍对自己亲生的子女特别严厉,因为每当他们看见自己孩子的笑靥,便想起被害死的波兰儿童,他们的心情正如一位德国妇女所说:

"每当我的孩子要这个、要那个,我就会想起集中营里无辜死亡的波兰儿童,临死前,躺在地上,张着一双双惶恐无助的眼睛,乞求一小片面包,而我没有给。他们最终一个个无声地死去。而今,我恨自己的孩子,恨他们不知足,也恨自己的卑鄙与私心。我打他们,自己却浑身颤抖、落泪,泪眼里闪动的却是波兰孩子临死的一瞥。"

　　战争留下了无数难愈的创伤,那不仅是失落的难以挽回、死去的难以复生,且包含着太多的矛盾——在人们心灵的深处。

点 / 一 / 盏 / 心 / 灯

一

台南市的"天坛"[1]内有一块"奇匾",上面只有一个大字,而且简得不能再简——那是个"一"字。

"一"看起来虽然普通,其中的学问却大极了。它代表起头的数字,也形容从头至尾的完全;是极小,也是至大。

人不过一口气,一条命,从一步步地习走,一日日地长大,一心一意地追求理想,一仰一俯、一吞一吐地生活,到有朝一日的功成名就,或一失足成千古恨的落败,而后一天天地老去,终于一了百了地完此一生,一无所有地归向一片虚无……

一,不可一以观之。

---

[1] 台南天坛,简称"天坛",也称首庙天坛。

一，不可以一观之。

一，不可以之一观。

一，不可观之以一。

一者，一也！

点 / 一 / 盏 / 心 / 灯

最成功的愿望

一家人吃年夜饭。

"谈谈你们的新年新愿望！"父亲对三个孩子说，"看看谁的最高明。"

"我的愿望是样样考第一！"刚进国中的大儿子说。

"我的愿望是希望能不惹爸妈生气！"就读高年级的二儿子说。

"我没有愿望……"小女儿讲。

大家都瞪大了眼睛。

"我只知道要存钱买一套故事书。"

每个人都报以最热烈的掌声，因为当别人还在"愿望"时，她却已经决定要"做"。

破庙之争

三个和尚在破庙里相遇。"这庙为什么荒废了？"不知是谁提出问题。

"必是和尚不虔，所以菩萨不灵。"甲和尚说。

"必是和尚不勤，所以庙产不修。"乙和尚说。

"必是和尚不敬，所以香客不多。"丙和尚说。

三人争执不下，最后决定何不留下来各尽所能，看看谁最成功。

于是甲和尚礼佛念经，乙和尚糅沐重建，丙和尚化缘讲经。破庙果然香火渐盛，访客不断，恢复了旧观。

"都因我礼佛虔心，所以菩萨显灵。"甲和尚说。

"都因我勤加管理，所以庙务周全。"乙和尚说。

"都因我劝世奔走，所以香客众多。"丙和尚说。

三人日夜争执不休，庙里的盛况又逐渐消失了。

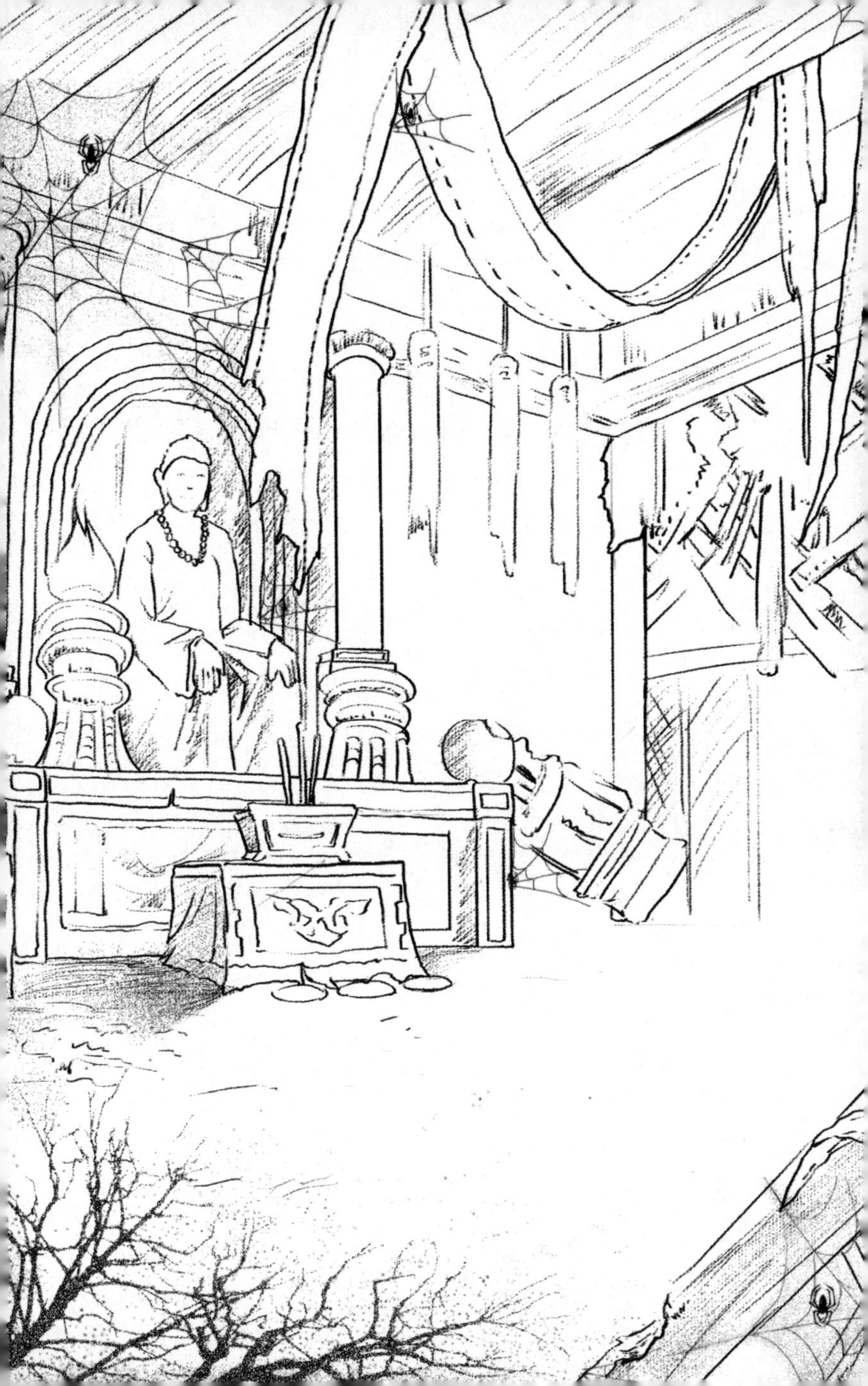

各奔东西的那天,他们总算获得了一致的结论——

　　这庙的荒废,既非和尚不虔,也不是和尚不勤,更非和尚不敬,而是和尚不睦。

点 / 一 / 盏 / 心 / 灯

谢天不尤人

某人的孩子得了重病,医生摇着头对孩子的父亲说:"看样子我是救不了他了,你还是快点儿准备后事吧!"

孩子的父亲伤心地去定做了一个精致的小棺材,没想到在医生锲而不舍的努力之下,孩子的病居然好转了。出院的那天,大家都来向他们道贺,庆贺孩子的死里逃生,孩子的父亲在致答词时说:"只可惜定做的棺材不能退,平白损失了不少钱!"

某人患了癌症,群医诊视之后,都表示已经到了末期而无法挽救,未料经过病人自己的调养,病情日见起色,不久之后,居然完全康复了。

"那些医生全是草包,幸亏我不听信他们,靠自己坚强的求生意志,终于克服病魔,从此我再也不上医生的当了。"那人气愤地说。

某人参加大专联考,在考最后一科,也是他最拿手的一科之前,居然上吐下泻,结果他撑着虚弱的身体,考得不太理想。

放榜之前,他以为很可能因为这一科的不理想,而影响自己的录取,未料,仍然以极高的成绩,进入第一志愿的科系。

当亲友们都来向他道贺时,他不服气地说:"我唯一遗憾的,是最后一科没能考得很好,偏偏在那时生病,真是倒霉透了!"

以上三个故事,都是真实的。人们常在遭遇不幸时,会怨天尤人,但是也有许多人,在谢天的时候,仍然尤人,或在谢人的时候,还要怨天。其实天助何尝不经过人手,人助又何尝不成之在天,所以谢人时也当谢天,谢天时,便不当再计较人怨。

瘾与癖

"瘾"与"癖"似乎是同义字,瘾有酒瘾、赌瘾、烟瘾、毒瘾,癖则有酒癖、赌癖、钱癖、烟霞癖,大凡嗜好过深,都容易上瘾、成癖。但是细细考察起来,瘾与癖又好像不尽相同。譬如我们总是说"过瘾",但绝不会讲"过癖";我们称人有"洁癖",却绝不能说有"洁瘾";瘾接近于嗜好、享受,癖则近乎一种难改的习惯和固执;瘾比癖来得浅些,瘾能戒而癖难改。

古人造字,也确实高妙,瘾和癖同样属于"病"(疒)边,也都多多少少算是一种毛病,但是瘾里是"隐",是"外无明征而潜伏于内的隐疾",所以"瘾"是如人饮水、冷暖自知,属于自己消受的成分多,至于癖,则里面从"辟"。"辟"是刑罚、偏邪,也是退避,加在一起的意思,则有"中邪、被束而令人退避"之感。

因此，当我们谈到瘾的时候，多少还有些"过瘾"，谈到癖，就难免给人"怪癖"的联想了。

瘾和癖如果都不严重，应该算不得坏事，我们甚至可以说人类异于其他动物当中的一项，就是人类会不因为生理的需要，而爱上某些东西，甚至上瘾、成癖。譬如杜预对《左传》着迷，而有"《左传》癖"；米芾对石头着迷而有"石癖"；白居易对章句着迷而有"章句癖"。他们这些癖好并不干犯他人，所以倒是件雅事。

至于瘾癖太重，就不好了。瘾重的人，一发作便难以忍受，虽然是自己"犯瘾"，总难免影响工作或失态；至于痼癖成疾的就更麻烦了，洁癖深的人，变得对什么都疑心，别人碰过的东西他嫌脏，别人洗过的器皿，他还要重洗一遍，结果他的癖，变成孤"僻"，甚至令人"避"。

谈瘾癖之害的人不可计数，我觉得其中最一针见血的要算是美国篮球著名教练——北卡罗莱纳州立大学的迪恩·史密斯所说的：

"在这个社会上，能够自律的人，才是自由人。我抽烟抽得太凶，所以算不上是个自由人。"

人如果因为瘾癖而失去最宝贵的自由，就真是得不偿失了。

小孙的抱怨

小孙住在靠山顶的地方，每天早上都要搭乘从山另一侧开来的巴士，到山脚的工厂上班。

令小孙不解的是，早晨开下山的巴士似乎特别少，反而由山脚市区开上山的车子特别多。既令小孙不平，又跟小孙过不去的是，当傍晚下班时，上山的巴士少，反倒翻过山顶的车子又特别多。

小孙终于忍不住去找巴士公司理论，因为这未免太不合理，也太不公平了。

巴士公司经理在听完小孙的抱怨之后说："想必您住在离山顶不远的这一侧，又在山脚上班。"

并没有讲自己搭车地点的小孙暗暗吃惊："您怎么知道？"

"因为早上你要等越过山头开来的车，山头阻隔了

点 / 一 / 盏 / 心 / 灯

视线，只有车子在山顶出现，你才能见到，反而向山下看的视野更辽阔，所以车子远在几里之外，你就能发现。"经理说，"至于傍晚，由市区开来的车，因为建筑物的阻挡，你也不能在远处看到，反而自山下望山上的视线好，只怕车子刚从山头出现，你已在山脚见到。两相对比，在心理上自然是那不可企望的少、早在眼里的多，其实车子的班次完全一样。"

小孙开始不相信，但是看着表比较了几天，发现上下山的班次果然没有差异，从此他获得了一个信念：

看得远的人比较快乐。

路与方向

几个大学生结伴登山,天气突然变坏,却找不到路出山,所幸警察、驻军联合搜救,才免于山难。

"我们知道方向!"其中一位大学生躺在担架上对搜救者说,似乎觉得很不服气。

"只知道方向有什么用?"搜救者不客气地讲,"方向固然可以帮你找路,但是并不等于路。结果方向告诉你该往西走,说西边有村子,偏偏西边遇到山谷,你下不去;方向又指示你往北走,说北边有城镇,偏偏遇到一条河,你又无法渡过。到头来,方向没有错,路错了,唯有活活冻死饿死在山里。"

"只知道方向有什么用?"在人生的旅途中,这是一句非常受用的话。以为设定方向就能达到目标,却不衡量自己的能力,事先计划好路线的人,除非有那越

点 / 一 / 盏 / 心 / 灯

涧横溪、了不得的毅力与才具,否则极可能遭遇失败的命运。

十二个孩子

某地突然流行一种怪病，患者都是幼儿。由于过去从无那样的病历，症状又恶化得极快，群医束手，幼儿一个接一个地死去。

有位富翁的独子也染上这种病，富翁四处打听，终于发现那病是由国外传来，只有一种药可以救，而且能一剂见效。只是那种药非常昂贵，同时有效期极短，即使用干冰保存，也只能维持七十二小时，加上疫苗是特别培养，一次必须购买整打包装。

"我只需要一剂！"富翁打电报说。

"一剂不卖，必须订十二剂！"回电毫不通融。

虽然对富翁而言，整打的价格也是极大的负担，但为了救爱儿的命，他还是订了。特效的针剂立刻在国外制妥，装箱空运过来，但是就在到达的前一刻，富翁

点 / 一 / 盏 / 心 / 灯

的独子却已等不及而断气。

富翁的妻子抚尸痛哭,却见丈夫冲出门去,置爱儿的尸体于不顾。

原来富翁冲去了机场拿药,再昼夜不停地驱车到各地医院询问,遇见与他爱儿患同样病的孩子,便留下一剂药离开,两天两夜不食不眠,他终于把药在过期之前送给了十二个垂危的病童。但是当他苍白着脸跨进家门时,却被不知情的妻子狠狠打了一记耳光:"你这无情的东西,怪不得绝子!"

富翁并没有绝子,他有了十二个孩子,经常绕在膝下,全乡的人都说:那十二个孩子的命是他赐予的。

反败为胜

这是一个发生在美国新闻圈的真实故事,仿佛是个奇迹,却有它当然的因果:

麦克是电视记者,由于口齿清晰、相貌堂堂、反应又快,所以除了白天采访财经路线,晚上并播报七点半的黄金档。按说事业应该一帆风顺,却因为人不够圆融,而得罪了他的直接上司——新闻部主管。

"麦克报告新闻的风格奇特,不容易被一般观众接受,以后不准报黄金档,改报深夜十一点的收播新闻。"新闻部的主管突然在会议中宣布。

所有的人都怔住了,麦克当然更大吃一惊,他知道自己被贬了,但是极力镇定,甚至做成欣然接受的样子说:"谢谢长官,因为我早盼望运用六点钟下班后的时间进修,却一直不敢提。"从此麦克果然每天一下班

点 / 一 / 盏 / 心 / 灯

就跑去进修,并在十点多赶回公司,预备夜间新闻的播报工作。他把每一篇新闻稿都先详细过目,充分消化,丝毫没有因为夜间新闻不太重要,而有任何松懈。

渐渐地,夜间新闻的收视率提高了,观众的好评不断,而随着那些好评,观众也有了责难,为什么麦克只播深夜,不播晚间?一封封信寄到公司,终于惊动了总经理。

"麦克为什么只播十一点,却不播七点半?"总经理不高兴地把厚厚的信件摊在新闻部主管的面前。

"因为……他晚上六点钟以后有课,所以拒绝播报晚间新闻。"

"叫他尽快重回七点半的岗位,我下令让他播晚间新闻。"

麦克被新闻部主管"请"回了黄金时段,并在不久之后获选为全国最受欢迎的电视记者。

"虽然麦克是学财经的,但是由他采访财经新闻容易产生弊端，以后改跑其他路线。"心中愤恨难平的新闻部主管，终于想出修理麦克的办法，并故意当众宣布，给他难堪。

对跑财经新闻已颇有名气的麦克来说，这简直是当面的侮辱，不但蔑视他的专长，而且侮辱了他的人格。麦克怒火中烧，心在滴血，但是他强力压了下来，他知道只要自己爆发，就会落入敌人的圈套，所以，他默默地承受了。

日子一天天过去。

"后天有财经首长来公司晚宴，请麦克作陪，比较有得谈。"某日总经理打电话给新闻部主管。

"报告总经理，麦克已不跑财经路线！"

"不跑也得来参加，他是专家，饭后由他做个访问。"

从此，每有重要的财经界人士到公司去，都由麦克作陪，并顺便专访。渐渐地，外面的观众，甚至公司里的同事，都耳语着：麦克现在是大牌了，只有要人才由他出马，不重要的，则全由别人接手。而每一位

点 / 一 / 盏 / 心 / 灯

曾接受麦克采访的人，都以此为荣。没由麦克访问的，则有了怨言。

"不能厚此薄彼，以后财经一律由麦克跑，别人不要碰。"总经理终于下了令。

麦克被"请"回财经记者的位置。

电视界掀起了记者兼做益智节目的热潮，麦克获得了十三家广告商的支持，决定也开一个节目。

"我不准你做。"连吃两记闷棍的新闻部主管板下脸来对麦克说，"因为我打算要你制作一个新闻评论性的节目。"

"好极了！"虽然麦克知道新闻性的节目极不讨好，收入又微薄，仍欣然答应。

"你真是太笨了，这是主管在整你，把烫手山芋丢到你手上，钱既少，事又难，加上新闻性要赶时间，你麻烦大了！"麦克的亲友都提出警告，为他担心。

果然，第一集，中午才录完影，下午新闻部主管就认为内容不妥，不准播出。而节目的时段已定，使麦克疲于奔命地不得不赶做另一集来替代。但是他没有怨言，仍然做得十分带劲，有人说他傻，他也只是笑笑。

渐渐地节目上了轨道，有了名声，参加者都是一时的要人。

"以后每一集节目的脚本都请麦克直接拿来给我看！"总经理又下令给新闻部主管，"为了把握时间，由我来审核好了，有问题也好直接跟制作人商量！"其实，真正的原因是总经理发觉上节目的常常都是重要官员，他必须亲自到门口迎接。

于是从此，麦克每周都有直接与总经理当面讨论的机会，许多新闻部门的兴革总经理也往往征求他的意见，他由冷门节目的制作人、烫手山芋的持有者，渐渐成了热门人物。而且：

一年之后，他的节目获得了政府的颁奖。

两年后，原来的新闻部主管调职坐冷板凳，新任的主管上台——正是麦克！

点 / 一 / 盏 / 心 / 灯

麦克一次又一次地成功了,原因是当他遭受打击时,不论那是多么无情、无理,他都能秉持对自己的信心与敬业的态度而默默承受。如果他自怨自艾,一蹶不振,或在一气之下拂袖而去,怎么可能雪耻,又怎么可能出头呢?

能忍人所不能忍者,必能成人所不能成。麦克为这两句话做了最好的注脚。

厉司河[1]卜者

话说在那冥界之中,厉司河之畔,有位能洞测未来吉凶的算命先生。许多等着降世投胎的孩子,都要找他卜上一卦,知道自己来生福禄富贵的,自然要多塞个红包给卜者;至于获悉自己来世蹇滞短命的,则少不得要愁眉苦脸。所幸他们跟着便得饮那忘川之水,忘去了前生和来世,才能各自懵懵懂懂地奔赴娘胎。

最先去算命的,是一个叫孔丘的孩子。算命先生打量了一下这个眉清目秀的娃儿,长长地叹了口气:"你看起来十分聪明,口才也不错,天生是个做哲学家和老师的材料,只可惜生的时辰不对。虽然你的祖先曾

---

[1] 厉司河(Lethe),又名"忘川",希腊神话中冥界的一条河,亡魂饮厉司河水之后,即将前生一切遗忘。

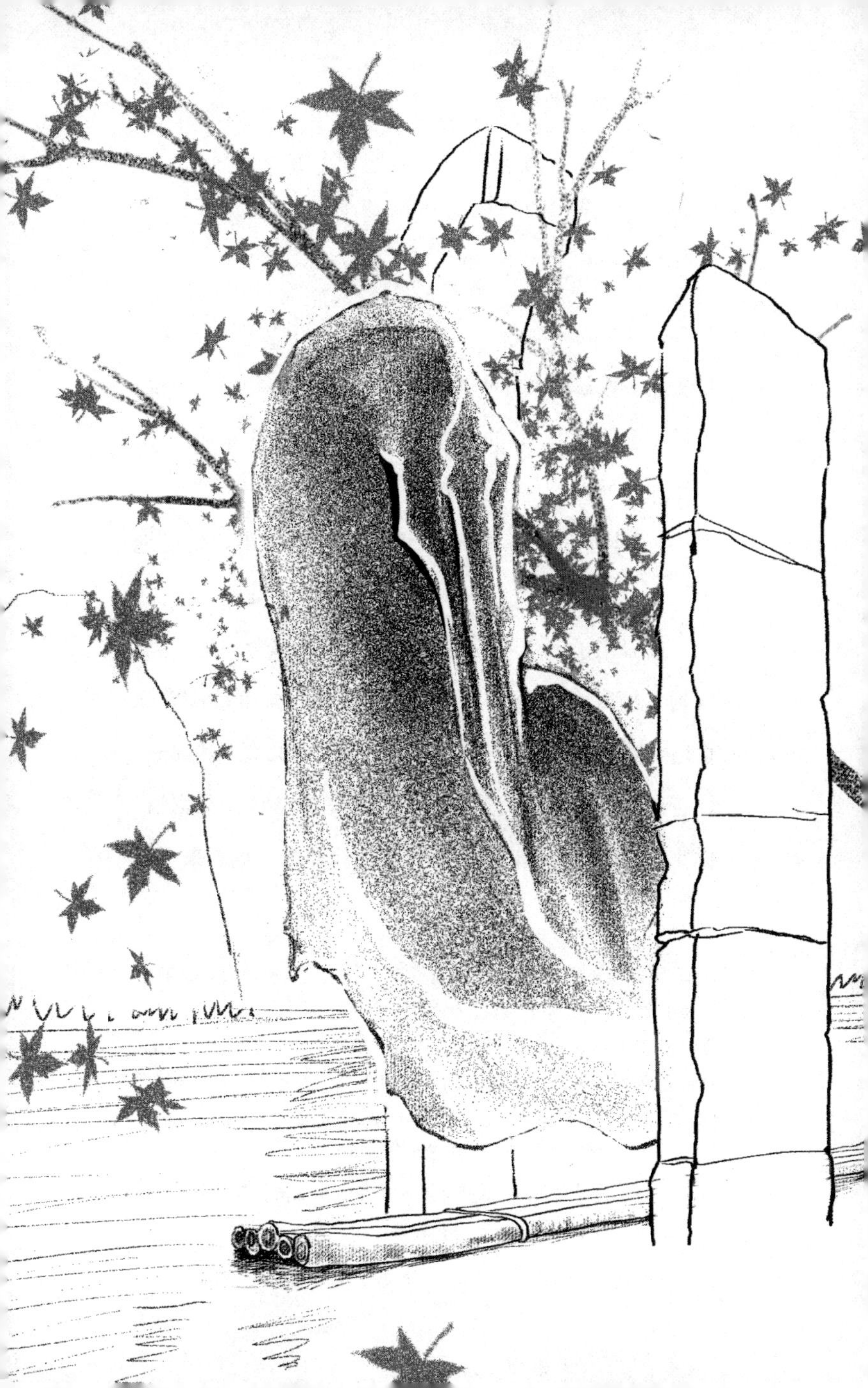

是贵族,你却是个贫贱的私生子[1];虽然你的学生不少,可惜得意的学生,有的被剁成了肉酱[2],有的又早死[3];虽然你四处讲学,可惜有时连饭都没得吃[4]……"

"成事不说,遂事不谏。"[5]孔丘鞠个躬,伤心地走了。

接着来了一个叫苏格拉底的孩子,算命先生一见,就抚掌而叹:"妙啊!妙!你怎么跟孔丘那么像呢?你也适合当老师、做哲学家,而且生在不怎么高贵的家庭,你爸爸是石匠,妈妈是接生婆,老婆是悍妇。只可惜,你比孔丘的命更坏,因太好辩论而得罪人,到后来不得

---

[1]〔西汉〕司马迁《史记·孔子世家》:"叔梁纥与颜氏女野合而生孔子。"
[2]〔西汉〕戴圣《礼记·檀弓》:"孔子哭子路于中庭。有人吊者,而夫子拜之。既哭,进使者而问故。使者曰:'醢之矣。'遂命覆醢。"
[3] 颜渊为孔子得意弟子,三十一岁卒。《论语·先进》:"颜渊死。子曰:'噫!天丧予!天丧予!'"
[4]《论语·卫灵公》:"(孔子)在陈绝粮,从者病,莫能兴。"
[5]《论语·八佾》:"成事不说,遂事不谏,既往不咎。"

点 / 一 / 盏 / 心 / 灯

好死[1],一生难得什么享受。"

"禁欲克己谓之善!"[2]苏格拉底也忍着泪,转身走了。

跟着又来了一个叫司马迁的孩子。

算命先生大笑:"真是绝了,又是一个好讲话而得罪人的孩子,不过你还算比较走运,能在死刑和宫刑之间,选择后者,你知道吗?"算命先生比了个手势,"那宫刑是切除生殖器,真是奇耻大辱啊!"[3]

"仆虽怯懦,欲苟活,亦颇识去就之分矣。"[4]司马迁红着脸,伤心地走了。

---

[1] 苏格拉底因公然反对当时腐化的民主政治,于公元前399年被控以传播异端邪说、毒害青年、反对民主之名,被判死刑。
[2] 苏格拉底主张"美德即知识,知识的对象即为善",又主张"快乐即为善","禁欲克己的生活即为善"。
[3] 司马迁为投降匈奴的李陵辩解,加以李陵为匈奴练兵的误传,使司马迁于约公元前99年受腐(官)刑。
[4] 〔西汉〕司马迁《报任安书》:"仆虽怯懦,欲苟活,亦颇识去就之分矣,何至自沉溺缧绁之辱哉!"

人生海海 / 自在独行

然后隔了好半天（天上一晨夕，人间一千年），算命先生才见两个孩子手牵手来了。

"你们大概是好朋友吧！只可惜到地上，前后差了一百多年，所以碰不到一块儿，不过这也没关系，反正你们两个都短命，没一下子，就可以回来见面了！"

两个孩子大惊失色："我们都短命？"

"是啊！"算命先生指指王勃，"你只能活到二十五岁！"又指指李贺："你比他多活一年，都是短命鬼。"

"嗟乎！时运不济，命途多舛！"[1] 王勃伤心地痛哭了起来，"老天为什么这样无情呢？"

"天若有情天亦老！"[2] 李贺恨恨地拉着抽搐的王勃走了。

又过了一会儿，居然有个漂亮的小女孩也来算命。

---

[1] 见〔唐〕王勃《滕王阁序》。
[2] 〔唐〕李贺诗《金铜仙人辞汉歌》："衰兰送客咸阳道，天若有情天亦老。"

点 / 一 / 盏 / 心 / 灯

"你真是个聪明的孩子,连你的丈夫[1]和公公都自叹不如[2],只可惜啊!你的命也不怎么样,四十多岁就守寡,改嫁又嫁得不好,大约离婚、打官司,样样都没少,只怕还要有囹圄之灾,要进监牢呢!"[3]

"这次第,怎一个愁字了得!"[4]李清照说完,就坐在地上,号啕大哭了起来。大概因为哭声太大,把正在睡午觉的天帝也吵醒了:"什么人在哭哭啼啼?"

"是……是……是……一个叫李清照的孩子!"算命先生吓得全身颤抖,"她来找老叟算命,听说命不好,

---

[1]〔元〕伊世珍《琅嬛记》:"易安以重阳《醉花阴》词函致明诚,明诚叹赏,自愧弗逮。"

[2] 李清照之夫赵明诚于建炎三年(1129年)卒,时李清照四十六岁,曾为文祭之,明诚之父赵挺之,原拟为文祭其子,恐文不及易安而罢。

[3] 绍兴二年(1132年),李清照再嫁张汝舟,未几反目。李清照讼张汝舟妄增举数入官,依宋刑法"妻告夫者虽属实,仍须徒二年",但李清照得綦崇礼之助,仅处"囹圄者九日"。见〔宋〕清照文《投内翰綦公崇礼启》。

[4] 见〔宋〕李清照《声声慢》。

所以伤心地哭了起来，不想惊扰了您的圣安！"

"谁说她的命不好？"天帝大怒，"举凡你说的坏命，八成都是好命，想想他们降世之后，不过人间几十年。命长的，能在其中多些遭遇，广些见闻，加些体验，恢宏其气度，磨炼其筋骨，增益其能力，甚而究天人之际，通古今之变，成一家之言，有什么不好；至于命短的，虽则来去匆匆，而能龙飞凤举，为鸿鹄之鸣，灿然千古而不朽，又有什么不好？你这术士胡言，终日鼓如簧之舌，以白为黑，以美为丑，惑彼无知小童，理当严惩，罚你下到凡间，入那所谓富贵人家，因无忧无虑，而不思不行，染得一身油腻铜臭，三世不得清净！"

无利不起早

当你说何必争名逐利时,岂知自己却正在名利之中啊!

利益团体

当我在学生时代,每天上下学,都要搭乘公共汽车,由于学生们总是同时下课,所以回程的车子,常常一到学校那一站,就挤得如同沙丁鱼罐头。因此,学校以下的几站,除非有人下车,否则司机常是不停车的。而这种情况,由于速度快,特别为车上的人所欢迎。每当掠站而过,看着下面等车的人气得大呼小叫,车上的群众反而会高声欢呼。

妙的是,当碰巧有人下车,硬挤上来几个人之后,他们往往会由望眼欲穿地盼车子停的态度,瞬间转向希望过站不停的一伙,也随着高声欢呼。

这虽然是件常见的事,但直到今天,我仍然经常思索:那司机应该顺从车上群众利己的意见而不停车呢,还是遵守公司的规定到站即停?原来也在车下咬牙切齿希望停车的人,有幸上车之后,应该己所不欲,勿施于

点 / 一 / 盏 / 心 / 灯

人呢,还是立刻加入利益团体?

这诚然是小事情,但有大道理。

商场之战

郑老板从国外进了一批香皂,每块进价十八元,而以二十元卖出,由于物美价廉,所以生意兴隆。

李老板看在眼里,心想这个买卖大有可为,但是先得在郑老板获得足够的市场保证及独家代理权之前把他打垮……

郑老板的电话今天响个不停,起初他还不相信,等到别人拿着李老板卖出来的香皂和收据时,他真是差点儿晕倒:"这怎么可能呢?卖价十八块,一样的东西,李老板能赚钱吗?什么?你听说他进价低得多?快!打电话给我在国外接洽业务的侄子,叫他责问香皂工厂,太不像话了!什么?美国工厂说给李老板的价钱也是十八块?我不信,非问李老板不可……"

"你看我像个会做不赚钱买卖的人吗?"李老板在

点 / 一 / 盏 / 心 / 灯

电话那头哈哈笑着,"要不要看看我新买的运货车?"

郑老板脸都绿了,立刻直拨美国:"必然是我那侄子搞的鬼……"

郑老板与他的侄子闹翻了,李老板趁机跟进,获得了独家代理权,并在通知郑老板时说:

"老郑啊!你可别怨我,说实在的,我当时并没有在电话里骗你,不信的话,你看我现在就要大赚钱了!喔,对了!你怎好宁可相信传言和推想,却不信任自己的亲侄子呢?"

第二天,李老板宣布:本公司独家代理的美国香皂,一律涨价四块钱。

老曹的道理

老曹的太太要上街买蛋做菜。

"挑双黄蛋!挑双黄蛋!"老曹在妻子身后喊着。

老曹的太太要上街买蛋孵小鸡。

"不要双黄蛋!不要双黄蛋!"老曹大声地叮咛。

老曹院里的苹果树结了苹果,邻居的孩子要去摘。

"挑被虫鸟咬过的,特别甜。"老曹好心地指道。

老曹的苹果树空了,自己的孩子要去别人的苹果园摘。

"不要摘被虫鸟咬过的,不好看!"老曹耳提面命。

老曹的儿子吃饭时将饭粒掉在桌上。

"不要掉饭粒,免得将来讨个麻脸老婆。"老曹警告。

老曹却不幸有个麻脸的女儿。

"这不怪你,只怪你未来的丈夫,小时候吃饭掉饭粒。"老曹安慰她说。

名利中人

某日与一位在商场十分得意的朋友在世界贸易大楼顶层共进晚餐,看着下面万家灯火、车水马龙,他感慨地说:

"人生就像这车马灯火,明明灭灭,飘游虚幻,何必争名逐利呢?"

我没有附和,却问他:"你为什么要选这个地方吃晚餐?"

"因为这是纽约最著名的餐馆之一,东西好吃、视野辽阔、服务周到。"

"很贵吧?!"我又问。

"当然!相当不便宜。"

"当你说何必争名逐利时,岂知自己却正在名利之中啊!"

维生素的奇效

啤酒厂要倒闭了,老板急得团团转,但是不论怎么改进品质,业务还是难有起色。

"在啤酒里加入维生素,并于瓶上标明。"老板的朋友建议。

老板照做了,果然生意大为改善,没有多久,不但渡过难关而且扩厂生产了汽水,只是汽水与以前的啤酒一样,打不开市场。

"在汽水里加入维生素,并于瓶上标明。"老板的朋友又建议。

果然汽水也大为畅销。

"为什么维生素这么神妙呢?说实在的,我加进去的量,根本微不足道。"老板问他的朋友。

"这还不简单吗?当人想喝酒,却又内心矛盾时,

点 / 一 / 盏 / 心 / 灯

他会告诉自己喝的不只是酒，更补充了有益健康的维生素，于是矛盾消失，啤酒畅销。至于汽水，当孩子要喝时，父母常会说，何不喝较有营养的果汁，灌些糖水有什么用。这时孩子则可以回嘴讲，这里面有维生素，跟果汁一样，于是阻力减弱，汽水畅销。"老板的朋友说，"人们做事，常爱找个借口或堂而皇之的理由，以求心安，我只是教你先帮他们找好借口罢了！"

接近问题

最近美国环境生态专家发表了一份惊人的报告：治疗癌症的是医院，制造癌症的也常是医院。原因是：

医院里常将报废的药品、材料随意抛弃，而其中许多化学物质都是有毒或带有放射性的，很容易对四周的居民造成伤害。

这份报告发表不久，电视新闻又做了一项调查，结果也非常令人惊心：艾滋病的散布源之一，是医院。原因是：

许多医院，在给艾滋病人注射之后，将用毕的针头随意丢入垃圾袋，造成处理垃圾的工人或护士，因为随时有可能被刺穿垃圾袋的针头扎伤，而造成感染。

防杜治疗的所在，也最容易成为产生其所防杜问题的所在，因为：他们最接近问题，问题自然也最接近他们。

点 / 一 / 盏 / 心 / 灯

持久的表现

华裔溜冰好手陈婷婷，在初次参加世界溜冰大赛之前，体育新闻评论员预测，就算陈婷婷表现得非常完美，也不可能获得最高分。原因是：陈婷婷过去参加国际比赛的经验不多，裁判们对她没有连贯下来的印象。

结果真是如此。

有个艺术系的学生，画了一张非常好的泼墨画，教授们都说好，但也一致认为如果他拿去参加展览，必定不会得奖。原因是：他的画龄太短，过去参加展览的机会又少，没有留给评审一贯的好印象。

结果他不但没有得奖，而且落选了。

有一个学生，参加学校里的演讲比赛，上台之后居然忘了稿子，只好从头到尾胡诌了一通，结果虽有别人表现比他好，他仍然获得第一名。

评审老师们的理由是，这个学生过去已经多次获得全校冠军，并在上一年代表学校，获得了全市的第一名，所以忘稿可以原谅。

某大报的副刊登了一篇名家的作品，令人惊讶的是水准极差，许多人都表示不平，有位作家甚至打电话问主编："如果我写这样水准的文章，你登不登？"

"不登！"主编毫不犹豫地说，"因为他是大名家，所以有偶尔写坏的权利。"

以上几个例子，或许都让人觉得不平，却告诉了我们一个共同的事实：

这个世界不会以一时的成功论英雄，也不会以偶然的失误判输赢。人若没有连续持久的表现，往往很难被肯定；即被肯定的人，也难在一时被推翻。

戒赌之道

甲乙二人的工作都是帮助赌徒戒赌,但是乙的成果卓著,大部分的赌鬼,都因为他的辅导而迁善,而甲却顶多只有五分之一的成效。

为了找寻其中的原因,他们的主管特意请甲乙二人报告工作的方法。

"我以最诚恳的态度,告诉赌徒们赌博的害处,并且举出许多实例,警告他们再不戒赌,就会倾家荡产、妻离子散、名誉扫地,再也无法重见天日。"甲说。

"我通常先不跟他们谈戒赌,只要求对方告诉我一共欠下多少赌债,再帮助他们拟出还债的计划。"乙说,"许多人在看到计划时,都会吃惊地讲:'我还以为一辈子也还不完呢,这样看来远景居然并不差!'而每当他们这样说之后,往往就自动戒赌了,因为他们不再自暴自弃,也不再做翻本的空梦,而愿意勇敢面对现实,开创明天!"

对那偏向虎山行的人,拦在他面前说一百句劝诫的话,也不如以半句话指点出一条安全的道路。

食人族

这是三十多年前的事,那时非洲尚未开化,敌人的肉仍然是部落里的佳肴……

一个白人探险家被非洲大陆中部的食人部族抓去,并遭剥光衣服,捆吊着抬到酋长面前。

奇怪,他的皮肤为什么那样白?从未见过白人的酋长十分不解,心想:"如果我那正在怀孕的妻子,也能生出这么个白皮肤的娃娃该多有意思。"

"如果你能让我太太在下月产下一个白皮肤的孩子,我就免你一死!"酋长对探险家说。

"没有问题!"探险家十分有把握地回答,"但是我要她吃一样东西。"

"只要是见过,而且能吃的,我一定办到。"酋长也很聪明。

"每天在她的食物中加一大把盐!"

探险家被释放了,因为酋长一时找不到那么多盐——在那里,盐是稀有而且无比珍贵的东西,他们距海太远了。

这世上有许多人虽然文明开化却会像那酋长一样,要求你做不可能的事。这时你不妨也学那探险家——找到对方的弱点,开出他不可能达到的条件。

点 / 一 / 盏 / 心 / 灯

新画蛇添足

有一个女人控告她的邻居，闯入她的房子，并且强暴了她。

"你曾经抗拒过吗？"男方的辩护律师在法庭上问。

"是的！"

"你曾经拉扯、踢打、推拒过吗？"

"是的！"

"你曾经猛力抓他头发吗？"

"是的！"

结果，虽然大家都知道那男的是个色狼，女人却败诉了。因为：那男的是个戴了整头假发的秃子。

有一个国家发生内乱，整村的居民都被反政府组织枪杀了，大批的国际记者前往采访，但是报道的结果却无利于执政者。

大家都知道反政府组织的恐怖与残酷,为什么却不相信这次的屠杀呢?

原因是执政者希望更加丑化叛乱团体,所以将全部尸体的衣服脱光,说他们是被赤身屠杀的。

前面两个故事中的女人及执政者,百分之九十的控诉都是真实的,只因他们为了加强力量,多渲染了一点点,结果造成全盘的失败,这何尝不是另一种画蛇添足呢?

自度

某人在屋檐下躲雨,看见一个和尚正撑伞走过。

某人说:"大师,普度一下众生吧?带我一程如何?"

和尚说:"我在雨里,你在檐下,而檐下无雨,你不需要我度。"

某人立刻跳出檐下,站在雨中:"现在我也在雨中了,该度我了吧?"

和尚说:"我也在雨中,你也在雨中,我不被淋,因为有伞,你被雨淋,因为无伞。所以不是我度你,而是伞度我,你要被度,不必找我,请自找伞!"说完便走了。

老孙和老吴在同一家公司上班,由于工作不愉快,老孙毅然辞职,自己出外创业,几年下来居然拥有了一家小公司。

早就觉得工作不愉快的老吴打电话给老孙:"帮帮忙,让我到你公司混口饭吃吧!"

"你在原公司不是正做得好好的吗?"老孙说,"你不需要我帮忙啊!"

老吴立刻辞去了原来的工作,并再打电话给老孙:"我现在失业了,可以收容我了吧?"

"我当初在那里做得不愉快,出来艰苦创业,才能有今天。"老孙说,"你应该也努力去开创自己的事业,怎好捡个现成的呢?"

老孙没有收容老吴。

点 / 一 / 盏 / 心 / 灯

何太太的心事

何太太最近心情十分不宁,何先生看在眼里好几天,终于忍不住问其原因。

"记不记得我们上礼拜参加小张喜宴时,有个人来敬酒?"何太太说,"那人多看了我一眼。"

"这有什么关系,难道他后来找到家里来了吗?"

"找到家里可就好了!"

"这是什么意思?"何先生火冒三丈。

"你先别急啊!"何太太说,"你要知道那人是有名的刘铁嘴,听说很会观气看相,他多看我一眼,准是我的气有了问题,却又因为彼此不熟,不好说,所以你一定得把刘铁嘴找到,好好向他请教,只怕能救我一命呢!"

眼看太太这么惶惶不安,何先生只好辗转托朋友邀到刘铁嘴吃饭。酒过三巡,刘铁嘴问请客的原因,何先生嗫嚅了老半天,总算想出了解释的法子:"您记不记得前两个礼拜小张的婚礼,您曾到我和内人坐的那桌向朋友敬酒,想必会记得内人和我。"

"我是敬过酒,但是不只到一桌,说实在话,我不记得。"刘铁嘴笑问,"您二位那天也在?"

何太太顿然松了口大气:"谢谢您!谢谢您!"

刘铁嘴一脸不解:"谢我什么呢?"

"谢谢您不记得看了我一眼!"

点 / 一 / 盏 / 心 / 灯

众口铄金

当我初到美国时,因为住在新泽西,每次来往曼哈顿总要搭一个小时的巴士。那巴士上的乘客,由于大多数都是每天同一时间搭乘,彼此知之甚详,简直亲如家人,跟司机更是称兄道弟,不但一路上话家常,而且向司机奉烟。

"前面牌子写着法律规定不准抽烟、不准与司机交谈,为什么你们都不遵守?"某日,一位坐在后面,想必是初次搭车的年轻人,大声地抗议。

全车的人都愕然了,并同时转过脸盯着他看,空气一下子凝固了。

"因为他是司机,路平而且直,如果不跟他说话,容易打瞌睡。"终于有人开口,并引起一连串的附和:

"因为他开车,需要提神,所以能够抽烟。"

"这是为了我们大家的安全,如果你看不惯,以后最好不要搭这班车。"

青年人沉默了,瑟缩了,退却的眼神移转向窗外。

车子里恢复了乘客与司机的高谈阔论,又有人奉上香烟。

点 / 一 / 盏 / 心 / 灯

坏邻居

在美国东部有一所非常著名的学府，它的名字几乎为全世界的知识分子所知晓。它的入学需要平均九十分以上的成绩，它一门课的学费，相当于普通家庭整月的开销，它的学生常穿着印有校名的T恤在街上招摇……

但是，这个学校有着严重的困扰，因为它紧邻一个治安极差的贫民区。学校的玻璃经常被顽童打破，学生的车子总是失窃，学生在晚上被抢已不是新闻，女学生甚至有遭到强暴的情况。

"我们这么伟大的学校，怎么能有那么糟糕的邻居！"董事会愤怒地一致通过：把那些不入流的邻居赶走！方法很简单——以学校雄厚的财力把贫民区的土地和房屋全部买下，改为校园。

于是校园变大了。但是问题不但没有解决,反而变得更严重,因为那些贫民虽然搬走,却只是家向外移,隔着青青的草地,学校又与新贫民区相接。加上广大的校园难以管理,治安变得更糟了。

董事会失去了主意,请来当地的警官共谋对策。

"当我们与邻居相处不来时,最好的方法不是把邻人赶走,更不是将自己封闭,反而应该试着去了解、沟通,进而影响、教育他们。"警官说。

校董们相顾半晌,哑然失笑,他们发现身为世界最著名学府的董事,自己竟然忘记了教育的功能。

他们设立了平民补习班,送研究生去贫民区调查采访,捐赠教育器材给邻近的中小学,并辅导就业,更开辟部分校园为运动场,供青少年们使用。

没过几年,这所学校的环境治安,已经大大地改善,而那邻近的贫民区,更眼看着步入了小康。

点 / 一 / 盏 / 心 / 灯

灾变

矿坑发生惊人的灾变，新闻快报报出来，许多家里备有氧气的人，把氧气筒送到警察局，许多计程车司机自愿将氧气载往矿坑。政府的要员前往医院探视、主管的官员整夜地守候，捐款和慰劳品如雪片般飞至……

矿坑旁一个妇人接受了记者的访问，她的丈夫死于一年前的灾变，弟弟又在这次坍方中死去，她哭着说，如果丈夫能晚一点儿死，该会好得多。

访问者怔住了，旁观者也愕然，等着那女人把话说完。

"因为我丈夫那次灾变太小，没有人注意，只好草草收埋，得到的抚恤和慰问，绝对无法与这一次相比。"

同样的苦难，不一样的同情，连那最悲惨的遭遇，居然也有有幸与不幸。

爱的逻辑

二十年前,当我住在台北金山街时,楼下开了一家女子秘书班。由于我每次出门,都得经过她们的教室,所以常听到女学生们交谈,其中印象最深的是,有一次她们谈论未来结婚的对象——

女生甲:我希望将来嫁给一个非常上进,而且能天天在家陪我的男孩子。

女生乙:我喜欢钩织,所以一定要嫁给有钱人,因为有钱人才能买得起大的沙发和餐桌,让我把钩好的东西放上去。

女生丙:我希望我嫁的人,或是父母不在身边,或是父母已经死了,因为这样我才能把自己的父母接去一起住。

我当时听了十分惊讶,不是惊叹自己不合乎她们的条件,而是讶异于她们爱的逻辑。

处世是一门学问

少年时取其丰,壮年时取其实,老年时取其精。

少年时舍其不能有,壮年时舍其不当有,老年时舍其不必有。

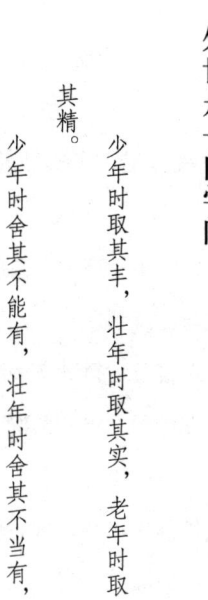

好莱坞的禁忌

据美国的电视报道,在影城好莱坞的演员有三大禁忌:

一、在电话铃响第一声时就去接。

二、说"我马上就到"。

三、让人看见自己忙得满身大汗的样子。

于是,虽然在闲得发疯的情况下,听到电话响,他们仍然要等一下,才去接听,表示自己正在忙着。

于是虽然获得演出机会,满心狂喜的情况下,他们仍然仿佛将就不就地拖上一刻。

于是虽然有燃眉之急,他们在人前仍然装作好整以暇的样子,甚至在身上喷擦防汗的药物,硬将汗水控制。

这些好莱坞的演员诚然矫饰得有些过分,但是谁能说他们的做法,不含有处世的道理呢?

点 / 一 / 盏 / 心 / 灯

交际是一种艺术，在这当中矜持、退让要有一定的分寸，甚至嬉笑怒骂都有相当的原则。最重要的是：不能让别人洞悉你的情绪，并在任何状况下维护自己的尊严。

戒指

戒指，只是小小的圈，却可能代表许多不同的意义。

如果你看见某人手上戴了一只光灿的钻石戒指，可能会想：那戒指是十分昂贵的。

如果你看见某人戴了一只古玉的戒指，可能会想：那戒指是温润护身的。

如果你看见某人戴了一只红宝石的戒指，可能会想：那戒指是用来装饰的。

如果你看见对方戴了一只大金戒指，可能会想：那是在他急需时，可以当钱用的。

如果你看见对方戴的是只细细的白金戒指，可能会想：那是结婚定情的信物。

如果对方戴的竟是只既不起眼，又不值钱的铁圈圈，你几乎可以肯定地说：那戒指对于戴的人，必然有着不平凡的意义。

灿烂的,常有市场价值;美丽的,常有装饰价值;平凡的,却常有情感价值。

平凡而能被肯定,必然因为它不平凡。也唯有在平凡中被肯定的情感,是最不平凡也最真实的。

取与舍

"取"是一种本事,"舍"是一门哲学。没有能力的人,取不足;没有通悟的人,舍不得。

舍之前,总要先取,才有得舍,取多了之后,常得舍弃,才能再取,所以"取""舍"虽是反义,却也是一物的两面。

人初生时,只知取。除了取得生命,更要取得食物,以求成长,取知识,以求内涵。

既然长大,则要有取有舍,或取熊掌而舍鱼,或取利禄而舍悠闲,或取权位而舍性命。

至于老来,则愈要懂得舍,仿佛登山履危,行舟遇险时,先得将不必要的行李抛弃;仍然嫌重时,次要的东西便得舍出;再有险境,则除了自身之外,一物也留不得。所以人到此时,绝对是舍多于取。不知舍、不

点 / 一 / 盏 / 心 / 灯

服老的人，常不得不最先落水坠崖，把老本也赔了进去。

如此说来，人生是愈取愈少，愈舍愈多，怎么办呢？

答案是：

少年时取其丰，壮年时取其实，老年时取其精。

少年时舍其不能有，壮年时舍其不当有，老年时舍其不必有。

放风筝

有一天经过台北中山纪念馆,看见许多人在放风筝,令人不解的是:大家都挤在场子的一侧,那密密麻麻的风筝线,似乎随时都可能绞成一团。

"为什么宁可让场子的一侧空着,却要傻傻地挤在一堆呢?"我心想,并买了一个风筝,走到场子空着的一侧去放。

风筝飞起,线放长了,但是不稳定的风,使我不得不随时向回卷线,卷不及时,只好向后退。

我的风筝终于飞得跟别人一样远,这时才发现,自己竟然也挤在场子另一侧的人群中。

当我们笑别人迂,或笑机构无能时,很可能应该笑的,是自己不曾参与所造成的无知。

点 / 一 / 盏 / 心 / 灯

亲爱、恩爱、怜爱

以前听人讲，随着年龄的增长，夫妻之间的情感，会由"亲爱"，进入"恩爱"，步入"怜爱"。当时很不能了解其中的道理，如今年岁渐长，观察经历多了，终于有了实际的领悟。

年轻的夫妻间，所有的是亲爱，由"亲"而"爱"，所以表面看，固然爱得炽烈，但是由于属于肉体亲近的程度高，往往也较经不起考验，造成了"不亲，就不爱"，也即是西洋人所说的"Out of sight, out of love"。

中年的夫妻间，应该拥有恩爱，因为在过去的相处中，彼此照顾、慰勉，共同奋斗，突破难关的"恩"，而加强了"爱"。也就因此，许多在"亲爱期"不能容忍的出轨行为，由于"恩"的遮掩，而能获得平复；相反地，年轻时过得太顺意，而夫妻间缺少"恩情"的，就往往在"爱意"上显得薄弱而经不起考验。

老年的夫妻，享受的是怜爱，是"夕阳无限好，只是近黄昏"的相珍，与"同穴窅冥何所望，他生缘会更难期"的相惜。此时儿女都已经长大自立，夫妻年老渐衰，却又落得二人相守，你病我扶、我仆你搀。而年轻的情欲已经淡远，旧时的怨怼早已释然，相望白头，彼此目光接触的一刹那，虽再迸不出火花，却有着多么蕴藉的、惺惺相惜的爱意呀！

由肉体接触的"亲"、实质帮助的"恩"，到相珍相惜的"怜"，仿佛用木片树枝升起熊熊的火苗，点燃坚硬的煤块，再散发出沉稳的热力，而那热力可以熔钢，也最为深长。

点 / 一 / 盏 / 心 / 灯

剪烛西窗

"何当共剪西窗烛,却话巴山夜雨时。"这是唐代大诗人李商隐名作《夜雨寄北》的诗句。想那西窗下,荧荧一烛,诗人促膝夜谈,几番风雨成隔世,共话白头到眼前,看那烛光由短而长,由高而低,执剪修心,是何等悠然?

你点过蜡烛吗?看过那跳动的烛光和飞舞的烛花吗?感受过那蕴藉中所含蓄的幽幽之情吗?

选蜡烛,实在有很大的学问,尤其是那"烛心":偏了的不能要,否则燃烧不会均匀;太粗的不可取,因那烛火虽强,却消逝得快,且少了情趣;太细的也不能用,因为一点儿微风,就会使它熄灭。至于点燃的时候,就更要讲究了:那烛台要正,免得炽泪自一边倾下;那烛心要直,免得一侧燃出个大缺口;那烛心要不长不

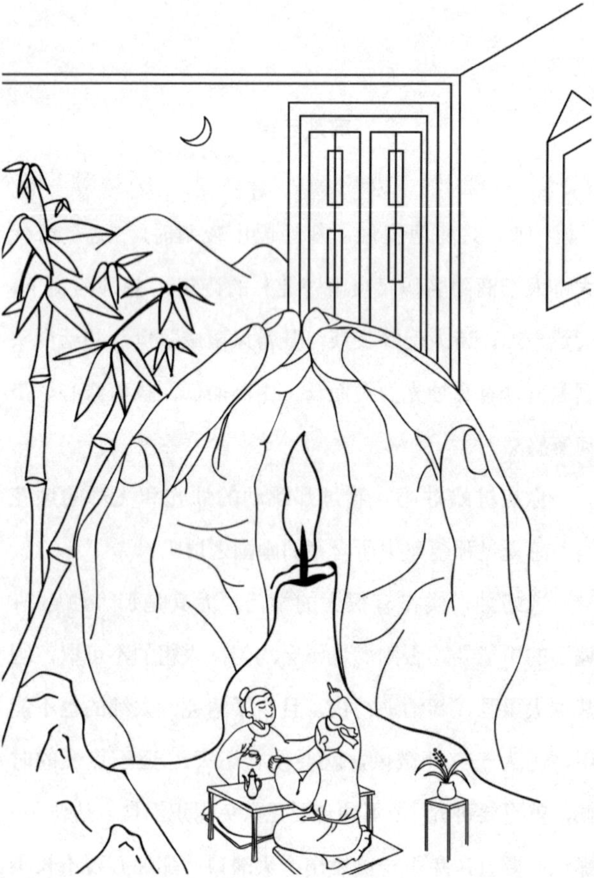

点 / 一 / 盏 / 心 / 灯

短,短了烛火太弱,长了则要跳动生烟。懂得调整烛心的人,常能使蜡烛多燃许多时间,甚至在熔成一小摊的时候,只要烛心不偏,还能多耗些时间。

听了这许多话,下次对着荧荧一烛,你一定会有许多新发现,而且即或没有烛火在前,何尝不能在自己的心中点起一盏烛光呢?

于是你的心,就是烛的心,要不粗不细,不偏不倚,且得常常修剪,剪得不长不短,恰恰托出一片蕴藉的光辉与温暖。

纵身入水

当人们在冷天游泳时，大约有三种适应冷水的方法。有些人先蹲在池边，将水撩到身上，使自己能适应之后，再进入泳池游；有些人则可能先站在浅水处，再试着步步向深水走，或逐渐蹲身进入水中；还有一种人，做完热身运动，便由池边一跃而下。

据说最安全的方法，是置身池外，先行试探；其次则是置身池内，渐次深入；至于第三种方法，则可能造成抽筋甚至引发心脏病。

但是相反地，最能感觉到冷水刺激的也是第一种，因为置身较暖的池边，每撩一次水，就造成一次沁骨的寒冷，倒是一跃入池的人，由于马上要应付眼前游水的问题，反倒能忘记了周身的寒冷。

与游泳一样，当人们要进入陌生而困苦的环境时：

点 / 一 / 盏 / 心 / 灯

有些人先小心地探测，以做万全的准备，但许多人就因为知道困难重重，而再三延迟行程，甚至取消原来的计划；又有些人，先一脚踏入那个环境，但仍留许多后路，看着情况不妙，就抽身而返；当然更有些人，心存破釜沉舟之想，打定主意，便全身投入，由于急着应付眼前重重的险阻，反倒能忘记许多痛苦。

如果是年轻力壮的人，我鼓励他做第三者。虽然可能有些危险，但是你会发现，当别人还犹豫在池边，或半身站在池里喊冷时，那敢于一跃入池的人，早已浪里白条地来来往往，把这周遭的冷，忘得一干二净了。在陌生的环境，也就由于这种人比别人快，较别人狠，而且敢于冒险，所以往往是成功者。

纪念碑

57692位美国军人,在越南战场上阵亡了。全美国的民众,都盼望有一座辉煌的墓碑能够竖立,让他们纪念这场惨痛的战争;所有阵亡者的亲友都在殷盼,亲人的名字能被镌刻,让他们去礼拜、献花、追悼。

七百万美金的预算通过,两万元的设计奖金已经设下,一个不朽的、伟大的越南阵亡将士墓,征求最好的设计图。

一千四百二十一件设计图寄到了华府,应征者包括著名的建筑师、艺术家和大学教授,他们的目的不在那两万元的奖金,而在这不朽的盛事,因为设计者的名字必将与这纪念碑一起长存,这是最高的荣誉,当归于最好的设计家。

经过审慎的评选,名次终于公布了,闻者无不惊讶,

点 / 一 / 盏 / 心 / 灯

获奖的竟然只是一个耶鲁大学二十一岁的华裔女学生。"我甚至还不知道怎么画草图呢?"获奖的林璎说,"这个设计我曾经拿去学校当作业交,可惜只得了个B,但我的教授还是鼓励我来参加角逐,而他自己的作品则落选了。"

1982年的退伍军人节,这所坐落在华府林肯纪念堂附近,以黑色花岗岩砌成的墓地落成了,它没有其他纪念碑的雄奇壮观,也没有勇士执枪的雕像,甚至在远处都不易为人们所发觉,它只是静静地、平平地躺着,融为风景的一部分,正如评审委员在评审书上的赞美:

"它无与伦比地与地平线平行,融入大地,而不是刺穿天空,这是最能代表我们时代的纪念碑,是别的时期和地方都难以达到的。"

林璎的入选,给予我们许多值得深思的问题:

它启示了战争的目的,不是征服,而是平静。

它证明了美国评审的公平,不因林璎是个学生而忽视她的成就。

它显示艺术设计以构想及内涵为重,所以林璎的草图虽然只是用粉蜡笔着色,却能从上千件极精工绘制的应征图中脱颖而出。

最重要的是,我们必须向林璎在耶鲁大学的老师致敬,因为他虽然只给林璎 B 的评分,却鼓励她去参选,他不以自己的好恶作为绝对的评断,更不否定别人给予承认的可能。

伟大的领导者绝不以人废言,伟大的老师绝不否定学生。

点 / 一 / 盏 / 心 / 灯

新式警铃

老欧家里新装了全套的警铃系统,从楼上到楼下,每一片玻璃都贴了通电的锡线,前后门更有磁性感应的机关,只要玻璃被打破,或门被推开,警铃就会大作,而且自动拨电话到警察局报案。

"总开关就设在你卧室的墙上。"警铃公司的人说,"夜里把它打开时,上面的红灯会亮,只要灯亮着就表示门窗没有问题。"

就在警铃装置不久的一天深夜,老欧从睡梦中被妻子推醒:"我好像听到楼下有不平常的声音。"

老欧抬头看了看警铃总开关:"红灯亮着,不用担心。"便又倒头睡去。

老欧才睡熟,太太又在耳边催促了:"快醒醒,我好像听到有人走上楼的声音。"

老欧又看了看警铃开关:"红灯亮着,不用担心。"

老欧被太太猛力地推醒:"快,快报警,我看见有贼在抬我们的录影机。"

"告诉你几遍了,只要红灯亮着,就不用担心。"老欧说完又呼呼睡着了。

警铃突然大作,总开关的红灯灭了。

"贼抱着我们的录影机打开后门跑得不见了!他一定是在我们开警铃之前就躲在楼下了。"欧太太吓得缩成一团。

"不用担心,警铃系统会自动报警。"老欧说。

誓死不"偷"

有位老先生为人证婚,并致贺词,但贺词的稿子是别人捉刀的。

老先生扶着眼镜,一个字、一个字地念,眼看到了结尾,老先生特意提高嗓门儿:

"祝你们白头偕老,誓死不偷!"

全场宾客哗然,机警的司仪赶快趋前凑到老先生耳边:"您讲错了,是誓死不'渝'!"

老先生头一仰,没好气地大声说:

"这年头不渝管什么用,只要不偷就成了!"

新人新政

自从张组长调升副理,小李接掌他的职务以后,不过一个礼拜,就把办公室弄得令人耳目一新。同人们的座位全部重新排过,腾出了许多原来浪费的空间;主任的桌椅也从雄踞一角,变为进入群众,给人一种更亲切的感觉;公文的处理程序更做了调整和简化。只是小李的新人新政却推行得并不顺利,尤其是副理,表面上虽然赞赏,背地里却扯后腿,搞得小李焦头烂额,徒有一番理想,却施展不开。

事情多么奇妙,自从月初小李请副理到办公室来指导,重新排过座位之后,虽然只经副理指点,稍稍改了两个桌椅的位置,办公室却顺眼多了。果真如小李所说,张副理懂得风水?

还有那公文的处理程序。据小李在开会时说,似乎也请示了副理,小李口口声声说那是副理集过去任组长两年经验所做的改动,其实天知道:根本就是小李的新方法,怎么会与副理扯上关系呢?

只是令人不解,现在小李办事真是顺极了。他的新计划,有九成获得总经理的通过。据说都是由副理敲的边鼓呢!

几乎在任何团体,我们都会发现同一职位的前后任,经常处得不好,甚至原先是朋友,由于一人接另一人之事,也渐成仇敌,原因很简单:后任者为了表现自己的魄力,往往大力兴革,结果新政固然可能较前为佳,上一任却总是不帮忙,甚至扯后腿,因为他的后一任把事情办成,就显示了自己当年的无能。

小李初期遭遇阻力的原因就是如此,幸亏他后来能想通做人的基本原则,也就是:

在展示这一代的能力和抱负时,不去否定上一代的成就。

切玉的哲学

许多人都爱玉，甚至对玉有几分迷信；他们把最宝贵的玉贴身戴着，相信可以驱邪避凶，有时摔倒，碎了玉，身体却没受伤，就说因损玉而能保身。古代甚至在人死之后，或以玉来封七窍，或制成金缕玉衣，以为这样能够使尸体不腐坏。而那些曾经殉葬的玉器被后世挖掘出来，人们非但不嫌脏，而且穿线戴在身上，甚至指着其间的红黄色彩，说是那玉吸取死人血气所形成。

玉就是这么奇妙，从石器时代到太空文明，一直被中国人深深地宝爱，且愈古愈值钱、愈戴愈温润；传家的金银可以变卖，传家的玉器，却非不得已，绝不能脱手，因为金银随时可得，同样的玉，世间却没有第二块。

点 / 一 / 盏 / 心 / 灯

虽然许慎在《说文解字》里说"美石谓之玉",但是人们心中的玉总是莹洁温润坚贞的一种,所以"硬玉"有七度硬,"软玉"也高达六点五度,看到古人精雕细琢的玉器,怎能不讶异于他们切开玉石的功夫呢?

据说远在石器时代,他们没有锯,没有锉,却已经能将整块玉石平平地切开。他们的工具很简单:一根细绳、一盆水和一把解玉砂。

绳是多么软,水是多么柔,砂是多么散,但是只要绳沾了水,再沾上坚硬的解玉砂,一遍又一遍地从玉石上拉过,就渐渐刻下切纹。

没有绳,便没有东西引带;没有水,砂则无法附着;没有解玉砂,玉就不会屈服。三者的合作,仿佛领导者、谋士与猛士,只要缺其一,就无法成事,只要能结合,就足以克服最强劲的对手。

从远古到近代,不知有多少人在治玉中找到处世的哲学,他们扪心而问:自己是根柔韧绵长,却不足以带砂的绳子;还是流动灵活,却难以定型的水;抑或是刚健勇猛,却散乱无方的砂?他们彼此寻找,进而结合,使那表面粗粝的韫玉之石,得以放出光彩,更引来能够攻玉的他山之石,琢磨出精致的玉器。

点 / 一 / 盏 / 心 / 灯

治视与治世

假使你戴眼镜,而镜片脏了,在朗日下一定很容易觉察,因为明亮的光线,使镜片上的脏斑,成为在眼前遮着的灰影。但是相反地,如果你处在黑暗的环境,因为四周一片晦暗,反倒难以发现镜片的污痕。

问题是:在明亮的情况下,就算眼镜不干净,也没有大碍;反而在黑暗中,最需要光洁的镜片,帮助我们原本不清的视线。

同样的道理,愈是在圣明的朝代,邪佞的小人愈无所遁形;愈是板荡黯淡的时际,愈难以辨别忠奸。不是人们不愿,也非因眼睛不好,而是环境不行。

然则,常在黑暗中工作,而不知眼镜情况的人怎么办?

很简单,不管眼镜是不是脏,常常摘下来擦一擦。

治"视"如此,治"世"的道理也一样啊!

人生海海 / 自在独行

老兵的故事

这是一个老兵所说的故事:

"当俺二十多岁的时候,有一年老婆进城看她娘,俺一个人留在家里,半夜来了土匪,杀人放火抢东西,俺算是反应得快,先躲进柴房,再连滚带爬地钻进高粱地,一夜没命地往县城里跑,哪晓得,见到那婆娘,她居然号啕大哭,俺问她为什么哭,她说因为听说房子烧了。俺当下就给她一耳刮子:老子正庆幸捡回一条命,你却伤心烧了屋子。

"俺一气,就去当了兵,有一回连打了几天仗,又夜里行军,走到半路,长官说就地休息。俺靠着不知啥玩意儿就睡着了,哪里晓得,第二天醒过来回头一看,靠了半夜的东西,竟然是一棵比大拇指才粗不了多少的小树,树被压弯了,俺居然没摔倒,想不通是怎么

点 / 一 / 盏 / 心 / 灯

睡的。"
　　每当有新兵遇到不如意、想不开,或失眠的时候,老兵都说这同一个故事。

庭园

西方的庭园常富丽,东方的庭园常悠闲。

在那富丽的庭园里,你可以看到大理石的雕刻、层叠的喷泉、清澈的池水、嵌瓷的走道和如茵的碧草、似锦的繁花。

在那悠闲的庭园里,你可以看见曲折的长廊、团圆的月门、奇形的太湖石、青石板道和萧散的修篁、遒劲的松柏。

西方人种花,喜欢花团锦簇,将那花坛点缀得华丽而整齐;西方人莳草,喜欢一色的碧丝,剪得如同地毯般均匀柔软。

东方人赏花,喜欢疏影横斜的幽慧,昨夜一枝开得含蓄,和苔痕上阶绿的蕴藉,即使原能扶得挺直的枝干,也常任其欹斜盘错。

友園

如果将这东西方的庭园，就表面上来比较，西方的属于贵族的华丽，东方的则近于乡野的寒碜；但是就其间含蕴的境界相比，东方的仿佛无羁的雅士，西方却有着暴发户的浮奢浅薄了。

最重要的是：

富丽的，常需要以争逐来换取，换来了财富、华贵与美丽的庭园，也换走了悠然宁静的情怀。于是喧闹的心境，只有那富丽的庭园能够憩息，而小憩之后，又得投入争逐。

悠闲的庭园表现的是悠远和闲适，因为心远地自偏，所以能无争，闲里天地宽，所以能安适。于是在那悠闲的庭园里，不论是斜风细雨重门须闭，朗日和风石下堪息，落叶满阶红不扫的深秋，或宠柳娇花寒食近的早春，即使那断桥衰柳，破屋残花，也自有许多情趣。

我爱东方的庭园，不是为那份幽深，而是为那份悠然；不是为了许多优美，而是为了几分闲适。

点 / 一 / 盏 / 心 / 灯

麦门冬

初学写作的孩子，拿自己得意的作品给隐居乡间的父亲看。

"回来再讨论吧！"父亲看完文章说，"我们先上山去采药，我用来化痰止咳的麦门冬没了。"

他们走进山林，在树下找到长叶如萱、紫花如穗的麦门冬，并拔出下面的块根，奇怪的是，每次儿子都只能拔出几棵，父亲却可以拔出一大串。

"并不是我找的株肥，而是因为用力恰当，初拔时，我用手感受块根的分布以调整方向，然后不温不火，徐徐使力，并看土壤的软硬来决定速度，所以能拔出下面百分之九十以上的块根。"父亲说，"但是你猛然使劲，用力又不均匀，麦门冬的块根都生长在那细细须根的尽端，须根吃不住力，所以大部分断留在土里。"

他们满载而归,父亲拿起留在案上的文章:"刚才我已经给了你评语与建议。你的文章有花,有叶,也有麦门冬,只是拔得有些火气,所以麦门冬不够多。"

点 / 一 / 盏 / 心 / 灯

荷

中国人应该是世界上最了解"荷"的民族，单单对于荷的称呼就不知有多少。荷的叶叫"荷"，荷的苞叫"菡萏"，荷的柄叫"茄"，荷的实叫"莲"，荷的茎叫"藕"，荷的花叫"芙蓉"，至于那咏荷的诗篇文章、写荷的丹青绘画，更是不计其数了。

荷真是美！她的枝条袅娜，纠葛而不错乱，颀细而不柔弱；她的叶子亭亭如盖，舒卷而有韵致、飘展而不轻佻；她的花盈盈如贝，迎风而愈娇、香远而益清；她的藕，虚心有节、出泥而不染；尤其是她的莲，在开完一塘夏荷之后，卸下舞衣、洗尽铅华，仍然能掬起那由翠绿转为褐黄，素朴如一株朽木的莲蓬，整整齐齐地蕴藏着那颗颗的果实，且在温润如玉、莹洁如珠的莲子间，夹一叶碧如翡翠般的——苦苦的莲心。

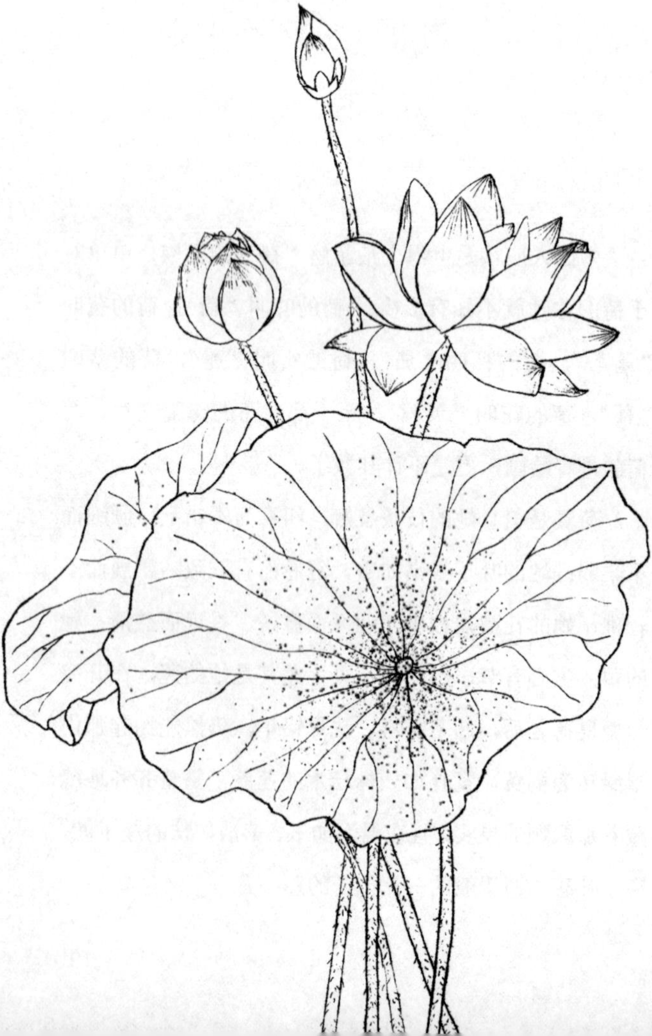

点 / 一 / 盏 / 心 / 灯

命不重要

有一位观光客到未开发的国家旅游,当他乘坐独木舟过河时,发现船夫非常紧张,而且船的速度进行得极慢,便不解地问其原因。

"为了你照相机的安全,我必须特别小心地操舟,千万不能翻了船。"船夫盯着照相机说。

观光客有些不悦:"为什么不讲是为了我,却说为了我的照相机呢?难道我的命还不如照相机重要吗?"

"当然照相机重要!"船夫说,"你掉下去死掉了自然会浮起来,照相机死掉可浮不起来,不容易找啊!"

这不是虚构的笑话,而是真人实事。在许多未开发的国家中,由于人多机器少,加上对于现代物质生活的渴望,人们确实认为人命不如机器重要。

迟

"迟"这个字真是耐人寻味。"迟到"的迟是晚,"迟缓"的迟是慢,"迟钝"的迟是拙,"迟疑"的迟是犹豫,"迟明"的迟是接近。

迟有时是那么优雅,像是"姗姗其来迟";迟有时是那么威严,譬如"无体之礼,威仪迟迟";迟有时又是那么蕴藉,好比诗经中的"春日迟迟";而迟却又常变得那么令人沮丧,尤其是当我们发觉"今生已迟"。

在儿童时代,我们最常用这个"迟"字,总是怕迟到学校、怕迟交作业,那时迟对我们小小的心灵,唯一的意思,就是"晚"。

成年之后,我们不再常用"迟"这个字,但是每当说到迟,"迟了一步""起步太迟",那迟便有了许多无法挽回的意味。

点 / 一 / 盏 / 心 / 灯

到了老年,我们将很少用"迟"这个字,因为反应迟钝、行动迟缓,反正什么事都少了争,便也不再计较迟不迟,而到那时,如果偶尔说出个"迟"字,似乎就有此生再也赶不及的慨叹了。

什么是迟?迟实在只是慢,慢慢的春天和少女的脚步是美的,慢慢的礼仪是庄敬的,慢慢的反应是驽钝的,而慢慢的起步,常是失败的。

什么是迟?迟就是来不及了,所以欣欣的孩子,总不会迟,他只要心智身体健全,今天立志做什么事,将来都能成。但是三四十岁的人,若说从今天开始学医,或许仍不迟;若要学撑竿跳,却可能已迟。至于五六十岁,学书法或许不迟,要想学医,则可能迟了。总之,年龄愈大,似乎迟的事情也愈多,所以走错了路,少时悔,要比老时悔,有用得多;因为人到老年,恐怕连悔都已经太迟。

迟,在这迟迟的人生,在我们迟迟的脚步间,迟缓的行动和反应中,有多少迟迟的季节飘逝了!抬头,才是迟明的少年;回首,已是迟暮的白发,而悟已迟、悔已迟、恨已迟,此生已迟。

迟,一个多么缓慢柔软,又令人触目惊心的字啊!

点 / 一 / 盏 / 心 / 灯

看海

我的家离海不远,所以常在没事的时候驱车到海边,不是为看海,而是看那些看海的人,我发现:

儿童们不爱看海,因为海面空荡荡的,没什么吸引人的东西。

少年们爱看微波的海,因为千层波、万重浪,那沙沙的潮汐,正可以让他们驰骋自己的幻想。

青年人爱看怒海,因为凛冽的海风、腾空的巨浪,那澎湃的波涛,能够激发他们的斗志与活力。

老年人爱看静海,因为那遥远的海平线和浩渺无涯的海洋,能够勾起他们许许多多的回忆,并寄托那冥冥不可知的未来。

[美] 刘墉

著

不负我心

（第二册）

花山文艺出版社
河北·石家庄

图书在版编目（CIP）数据

人生海海，自在独行. 不负我心 /（美）刘墉著. —石家庄：花山文艺出版社，2023.7
ISBN 978-7-5511-2377-8

Ⅰ.①人… Ⅱ.①刘… Ⅲ.①散文集－美国－现代 Ⅳ.① I712.65

中国国家版本馆 CIP 数据核字（2023）第 136329 号

经刘墉授权在中国大陆地区独家出版发行

自序

再点一盏心灯

许多人认为我是散文家,其实我的小说创作量不在散文之下。譬如《我不是教你诈》《你不可不知的人性》这些"处世学"的书,每一章都以小说"引入",即使是我的抒情散文,也总有小说的"对话"情节,至于"励志书"中的寓言故事,就更是我颇为自诩的"小小说"了。

从学生时代起我就常写寓言故事,也爱用说故事的方式讲话,大概因为这样更能吸引人,也更能把要说的"道理"用委婉的方式表达。"寓言"的高妙，在于它能"寓涵言外之意"。正因此，《伊索寓言》纵然写得简短却能深植人心，甚至变为"成语"。我最早发表的寓言故事，收录在《萤窗小语》中。有些是励志的，像是毛虫向上帝抱怨自己长得丑，行动又迟缓，蝴蝶却既美丽又会飞翔；也有些带有政治的意涵，譬如《橡树与小草》中，只怪小橡树长在铁轨之间，就永远出不了头。

中期的寓言故事，以《点一盏心灯》和《冲破人生的冰河》中收录得最多，像《点一盏心灯》，住持死前终于悟到：身外的成就再高，灯再亮，都只能造成身后的影子。唯有点一盏心灯，才能使自己皎然澄澈、心无挂碍。又譬如《随时、随性、随遇、随缘、随喜》，由小和尚在禅院里种草，领悟人生的豁达。

近期的寓言故事以《捕梦网》中收录最多，有反讽的《心术不正》，也有以动物启示人生的《小

不 / 负 / 我 / 心

斑马的领悟》。

这些寓言故事想必因为好看易读,在网络上颇为流传。我甚至常收到朋友通过 E-mail 发来"我自己"写的故事(可惜多半没了我的名字),其中有些还被配上漂亮的图片和音乐,看起来格外有趣,这也使我产生了出版一本图文并茂的"寓言选集"的想法。

只是因为工作忙碌,虽然打过几张草稿,却一直未能真正完成。这一部分作品由我从诸作中选出寓言,再交出版社编辑整理,希望读者能喜爱我三十年间的"天真笔触"和藏在故事背后的心灵。

最美丽的礼物

父亲的那件衣服 _002

像今生一样美丽 _007

小琪的礼物 _010

王臭头的梦想 _012

爱吃鱼头 _021　　睡到你里面 _024

目 录

无尽意

满了吗 _028

"今是"里有"昨非"_030

天地禅院 _033　　师父的葫芦 _038

隔山打牛 _040　　不过一碗饭 _042

好好活着 _044　　正字与反字 _046

人 生 海 海 / 自 在 独 行

真正的天堂

崇高的卑微 _050　　心中的恶魔 _052

毛虫的愿望 _056　　天堂与地狱 _059　　心术不正 _061

守一炉人生的火 _065

非人的智慧

小斑马的领悟 _072　　猎鹰与野兔 _076

橡树与小草 _078

井蛙望天 _084　　伟大的老虎 _089

我们靠自己 _094　　鞋子们的讨论会 _096

公平的谈判 _101　　外星人的苦恼 _103

不　/　负　/　我　/　心

话说从前

富翁的大房檐 _108　　偷药方的华佗 _111

国王的秃头 _113　　与天争地 _115

神射手 _119　　富翁之死 _121

现代启示录 I

张大师的哲学 _124　　打破葫芦 _126

就从现在起 _128　　不仁与不义 _131

今夜没人来开车 _133

东山再起 _138　　传家宝 _143

扶一把 _148　　擦鞋风波 _150

人 生 海 海 / 自 在 独 行

现代启示录 II

狗！对邻居要礼貌 _156

和上帝连线 _161　　有话要说 _165

萧道士捉鬼 _169

姑息养奸 _174　　狗儿子 _177

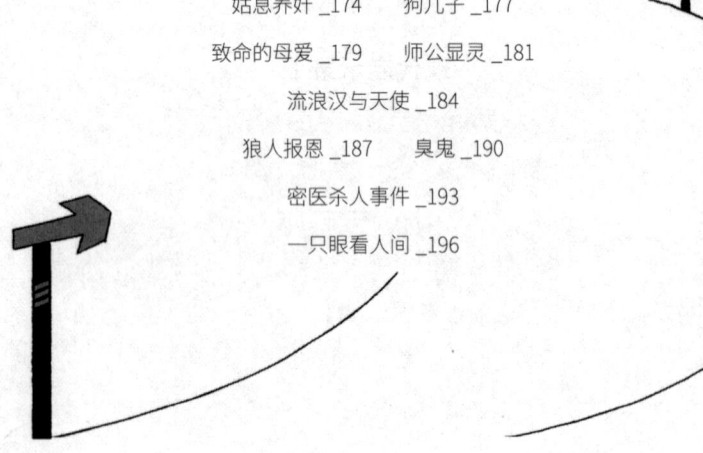

致命的母爱 _179　　师公显灵 _181

流浪汉与天使 _184

狼人报恩 _187　　臭鬼 _190

密医杀人事件 _193

一只眼看人间 _196

最美丽的礼物

愿你的来生,像今生一样美……

父亲的那件衣服

父亲的东西从来不锁,除了那一个抽屉。

他不准人看,大家也不敢看。每个人都知道那里面装的是什么,每个人都希望父亲能把那东西遗忘。

直到有一天,父亲咳嗽得厉害,孩子们冲进卧室,扶起坐在地上满脸泪痕的父亲,才看见开着的抽屉和那件整整齐齐的衬衫。

三十多年前,父亲常常出差;每次出门前,母亲都会为他把衬衫熨平,再一件件折好,放进旅

不 / 负 / 我 / 心

行箱。

母亲折衣服很小心，不但沿着衣服的缝线折，而且把每个扣子都扣上。

"不要那么马马虎虎、乱拿乱塞。脏了的放一边，没穿的放一边。穿的时候别急，慢慢把每个扣子解开来，轻轻抖一下，再穿，跟刚熨好的一样。"母亲总是一边为父亲装箱，一边唠叨，"别让外人以为你家里没老婆。"又嘟囔一句，"碰到年轻小姐，别太近了，小心口红弄到衣服上。不好洗，又惹我生气！"

"你少啰唆几句好不好？"父亲常笑道，"你知道吗？你是天底下最体贴，又最多心的老婆。你呀！连折衣服，都有阴谋。"

"不错！我告诉你，你要是不小心弄脏了，偷偷洗干净，再叫别的女人为你折，我啊，一眼就能看得出来。"

不过，母亲总会计算着父亲出差的日子，多装一件衬衫，说："多一件，备用。不是叫你晚一天回来！"

那一天，父亲没有晚回来。冲进家门，却晚了一步。

父亲抱着母亲哭了一夜，又呆呆地坐了一天。然后起身，打开手提箱，捧出母亲多折的那件衬衫，放进抽屉，缓缓地，一个字、一个字地说：

"不准开，不准动！"

当然，他自己除外，尤其最近，父亲常打开抽屉，抚摸那件衣服。长满黑斑的手，颤抖着，从衬衫领口的第一个纽扣，向下摸，摸到折起的地方。

"瞧，你妈熨得多平，折得多好！"

有一次小孙子伸手过去抓，老先生突然大吼一声，把孩子都吓哭了。为这事，儿子还跟媳妇吵了一架。

"爸爸当然疼孙子，但是那件衣服不一样，谁都不准碰！"

可是，今天，父亲居然指指那个抽屉，又看看儿子，点了点头。

儿子小心地把衣服捧出来，放在床边，把扣子一个个解开。

三十多年过去，白衬衫已经黄了，尤其折在下面的那一段，大概因为紧靠着抽屉，明明显显地黄了一大片。

儿子迟疑了一下。父亲突然吹出一口气：

"打开！穿上！"

衣服打开了。儿子把父亲抱起来，坐直。由女儿撑起一只袖子，给老人套上。

"等等！"女儿的手停了一下，低头细看，小心地拈起一根乌黑乌黑的长发,"妈妈的头发!"

老人的眼睛睁大了,发出少有的光芒,居然举起已经黑紫的手,把头发接过。

衬衫的扣子扣好时,儿子低声说:

"爸已经去了!"

女儿把老人的两只手放到胸前,那手里紧握着的,是一根乌溜溜的长发。

不 / 负 / 我 / 心

像今生一样美丽

虽然生病住院,妻仍然带去了那面心爱的镜子,放在床头。

每天早上,妻照样要梳头,即使手臂上打着点滴,不方便,妻还是有条不紊地把头发梳顺。起初,编个盘在脑后的法国辫子,后来大概发现绑着辫子睡觉头发容易掉,就把头发打散了。

即使是打散的头发,妻仍然要细细梳理一遍,并把脱落在梳子上的头发,一根根地抽下来。

看到妻举着梳子,把头发都抽落在床单上,他好几次想过去帮忙,都被妻拒绝了。

"我的头发细,容易开叉,又容易掉,掉的头发多可惜!"妻一边拍着发丝一边叹气。梳子弄干净了,又用手摸索床单上掉落的,然后捡起一起交给他。

他便用双手小心地捧过,好像那些头发有几斤重似的,并且把头发偷偷装进一个纸袋。

纸袋真是愈来愈重了,如同他的心情般。

妻梳头的时间倒是愈来愈短,说一只手举着镜子、一只手梳头,实在太累。有一天,那镜子掉在床下,碎了。

他跑过去,蹲在床边,一边把碎片小心地捡起来,一边安慰妻:"还好!镜框没坏,把手也没断,下午就去配块新镜面。"

"不用了!"妻喃喃地说,"照镜子累,买顶毛线帽戴吧!免得头冷。"

不 / 负 / 我 / 心

放射线治疗的后期,妻常喊冷。他便总是把妻抱在怀里,一手搂着妻的头,一手抓着妻的手,再用自己的面颊,贴着妻的额头。只是他的泪常止不住地淌,淌湿了妻的脸,和着妻的泪,湿了枕头。

妻临去之前,他匆匆赶出去,又急急冲回床边,及时把那顶假发戴在妻的光头上。

"这不是假发,这是用你自己的头发做的。"他在妻的耳边说:

"愿你的来生,像今生一样美……"

小琪的礼物

平安夜,圣善夜!小琪却早早就睡了。

自从父母离婚,母亲为了多赚点儿钱供女儿念书,就总是值夜班,小琪已经好几年没过圣诞了。平安夜对小琪来说,甚至有一种更孤独的不平安感。

像现在,小琪的心就快从喉咙里跳出来了,自己捂着自己的嘴,不敢叫出声。因为她清清楚楚地听到卧房外面有人走动的声音。

那不是妈妈,妈妈一定会开灯,而且绝对会先冲进卧房亲亲小琪。

一定是小偷,而且是个男人,因为脚步声很

不 / 负 / 我 / 心

重,甚至可以听见他正在翻东西。

这小偷一定以为屋里没人,因为家家圣诞夜都会灯火辉煌地庆祝,甚至故意把圣诞树放在窗前,让路过的人看见。只有小琪家,黑漆漆的,一点儿灯光也没有。

"我不出声,随他偷吧!只要他不进来就好。"

问题是卧室的门被推开,小偷走了进来。

"你是谁?"小琪颤抖着缩成一团。

"噢!你在家啊!我是爸爸。"居然是爸爸的声音。

"爸爸!"小琪兴奋得哭了出来,"你扮圣诞老公公,给我送礼物吗?你真好!"

"爸爸现在失业,哪儿有钱买礼物?连家里的小弟弟要礼物,我都送不出来。倒是想起你有不少蛮新的玩具,能不能给爸爸一样,免得我翻来翻去!"

王臭头的梦想

王臭头有副再普通不过的长相。所谓普通,就是那种你在街上擦肩而过几百次,也不会去看一眼的"某人"。或是看杂耍的时候,躲在人们肩膀后面,黑乎乎、似有似无的那种面孔。只能充个数,不能算个人。跑江湖的用眼角扫一下,也知道这是个专门看白戏,绝不会掏出半个子儿的"穷光棍儿"。

王臭头确实是个光棍儿。当然,他也喜欢过女人,也逛过窑子,还溜到野戏台后面,偷看过姑娘换衣服。或许他也想过讨房媳妇,只是"想那

不 / 负 / 我 / 心

么一下",当成做梦,立刻就醒过来了。

冲他这颗臭头,就没人敢嫁他。连他在办公室收垃圾,大家都会站起身,避远着点儿,看他把垃圾桶清洗干净,走开了,才回到座位上。

"看王臭头的头,有学问。"有一回主任对新来的几个年轻同事说,"不要把他当癞痢头看,要当世界地图!有海洋、有陆地、有高山、有沙漠,那大块长毛的是咱中国,小癞子的地方是日本!"

王臭头听在耳里,倒挺高兴,觉得自己突然成了国际牌。心想:"既然臭脚叫'香港脚',我这臭头,就该叫'美国头'。"

这一日,小城里还真来了美国头。据说是什么国际组织派来的亲善大使。有又白又嫩、穿着红蓝条纹花裙子的洋妞。还有个戴红帽子、穿红衣服、扎黑腰带、满脸白胡子的大胖子。几个人站在新开的百货公司前面,又吹喇叭,又敲锣,拿腔拿调地说些怪话。

王臭头也躲在人们的肩膀后面看了一阵,觉得远不如中国的杂耍好看。倒是市长办公室选了几个漂亮的小孩儿,过去跟胖子照了相,还一人拿到一盒绑着丝带的礼物,让王臭头看傻了眼。

"那是圣诞老人,明天就是圣诞节了,圣诞老人在圣诞节夜里,会偷偷从烟囱溜进人家,给小孩儿送礼物。"还是邻居张嫂知识水平高,对王臭头做了一番教育。

"哪儿有这等好事?"王臭头一手搔着头,一手直摇,"咱们从小到大,谁接过礼?你家的孩子拿过吗?都是老美骗人的玩意儿!"

"咳!这你就不懂了,人家圣诞老人是洋人,洋人当然送礼给他们洋孩子。谁管得了咱们?今儿这个,做做样子罢了。"

听人这么说,王臭头就更不服气了,洋孩子是

1   2   3   4

孩子,咱中国孩子也是孩子,哪儿有这么不公平的事?咱中国为什么没有自己的圣诞老人?

"你算了吧!"张嫂呸了他一口,连院里正烧饭的陈大妈,也在厨房里笑了出来。

从那天起,王臭头就对圣诞老人感了兴趣,逢人便问圣诞老人的事,还特意跑去小学问那儿的老师。

圣诞老人原来不是老美,而是欧洲人。王臭头搔着头,想:"我头上哪一块是欧洲?人家欧洲有欧洲的圣诞老人,美国有美国的圣诞老人,咱中国当然也得有一个。"

可是大家的答案全一样:"中国没有!"

"咱中国非有不可,咱们的孩子太可怜啦!"王臭头气愤地说。

没隔几天,王臭头的小屋里就传来叮叮当当的声音,又见他到处找人家盖房子锯剩下的小木块,

不　／　负　／　我　／　心

去工厂捡没用的小钉子、小螺丝帽，还钻到树林里，抱回一大篓松果。

"王臭头，听说你开工厂了？"有同事笑着问。

"是！是！做点儿小东西。"

"什么小东西呀？带来让大伙开开眼呗！"

"到时候就知道了！"

王臭头的东西是不准看的，看了就没意思了。小学老师不是说了吗？圣诞老人一年三季偷偷做玩具，再等到圣诞节，一家家送。

王臭头立下了他六十年来的第一个宏愿——做个中国的圣诞老人。

他门口堆的材料是愈来愈高了，不但晚上敲敲打打，连半夜里也没闲着，还常闪出些火光，透出些怪怪的香蕉水味。

院里将情况报告上去。公安来人盘查了一回，王臭头都挡在门口不准进。看着王臭头那长相，也造不了反，训他两句，不准夜里扰民，公安就走了。

叶子哗啦哗啦掉，秋天要过了，王臭头更忙了，忙着捡松果，还忙着点人头。他跑到小学操场偷偷点数，想看看有几个孩子。结果愈点愈多，愈多愈着急，有时天还没亮，屋里就开工了。

只是，连着两天，大家没听见声音，单位里也没见王臭头上班，先想他又在家犯神经了，没理睬。邻居们虽然心里嘀咕，心底却想："只怕王臭头是病了，病了也好！安静几天。"

四天之后，公安才带人把门撞开。

大家全傻了。

满满一屋子，只见戴着瓜皮帽的小木人、螺丝帽和铁丝穿成的小铁马、用松果和纽扣粘成的小汽车和三夹板盖成的小房子。成百上千、五颜六色的小玩具，摆得满地、满墙、满床。就在那玩具

不　/　负　/　我　/　心

堆里，王臭头直挺挺地躺着，手里还紧紧攥着一个未完成的木娃娃。

棺材安安静静地抬走了。没吹唢呐，没烧冥纸，倒把几个没完成的玩具做了陪葬品，让王臭头带到"下头"去继续制作。

要是他晚死一个月，孩子们就能得到玩具了。就算多活半个月也好，最起码能把玩具都做完。不会像现在，娃娃有了白脸蛋、红胭脂，却没嘴没眼。小火车有了车身、轮子，却少了烟囱。

常有人到王臭头的房里张望，也有些孩子惆怅着离开。大家都说没想到王臭头不笨，非但不笨，还有这么好的手艺。

突然间，王臭头的房里又忙碌了起来。夜里又有敲敲打打的声音传出。大人都不准孩子张望，只是偷偷传递着消息。

转眼就到了圣诞节，今年没有亲善团的洋人来表演,也没有象征性的送礼。但是一大早,全城都传来了孩子们的惊叫声,接着纷纷跑出来,拿着自己的新玩具献宝。

大人们则倚着门,或从窗口探出头笑。

从那时起,这个北方乡下的小城,年年都会有圣诞老人,送孩子礼物。只是圣诞老人从来不曾露面,孩子们只有猜,猜那必是个长着白白胡子、红红脸蛋,胖胖大大,穿红衣、戴红帽的——

可爱的老人。

不 / 负 / 我 / 心

爱吃鱼头

我有一位长辈,以爱吃鱼头闻名,每逢她家里吃鱼,子女们总是先把鱼头夹到她的碟子里;朋友们聚餐,大家也必然将鱼头让给她,只是在外面她比较客气,常婉拒大家的好意。

不久前,她去世了。临终,几位老朋友到医院探望她,有位太太还特意烧了个鱼头带去,那时她已经无法下咽,却非常艰苦地道出一个被隐瞒了十几年的秘密:

"谢谢你们这么好心,为我烧了鱼头,但是,到今天我也不必瞒你们了,鱼头虽然好吃,我也吃了半辈子,却从来没有真正地爱吃过。只是因为家里环境不好,丈夫孩子都爱吃鱼肉,我吃,他们就少了,不吃,他们又过意不去,只好装作爱吃鱼头。我这一辈子,只盼望能吃鱼身上的肉,哪曾真爱吃鱼头啊!"

  如今,每当我听说有人爱吃鱼头,总会多看他几眼,心想:"他是'爱吃鱼头'呢,抑或'吃鱼头为了爱'?"

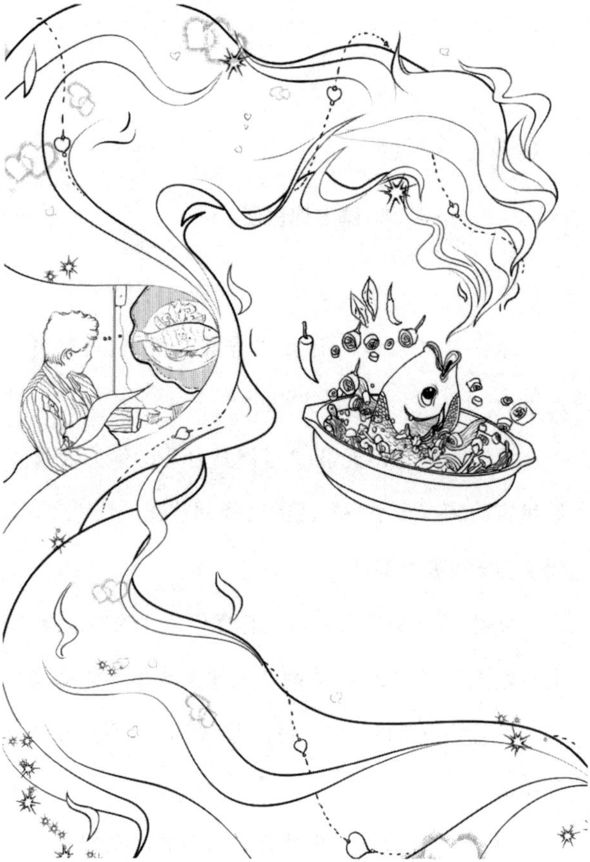

睡到你里面

你们是"合帐"还是"分帐"？有一次朋友问。

她没听清楚，笑答："当然是合葬，你们没看见我家的床有多小吗？活的时候都挤在一块儿了，死了当然也要合葬。"

"这世界上只有分葬，没有合葬。"岂知当天晚上，她先生就这么说，"两个人即使葬在一个墓穴里，也得分成两份，左一份、右一份，这不是分葬是什么？"

"我就是要合葬，我就有办法合葬，我们死了

不 / 负 / 我 / 心

之后一定要合葬！"她喊。

"好哇！最好像现在一样。"他一下子翻到她身上，"我睡上面，你睡下面。"

"可以啊！这样更好！"她说。

"还不够好。"他又一边喘气一边说，"还要我睡到你里面。"

"没问题！"她在他的耳边说。

男人多半比女人短命，他先她一步走了。

将他火化之后，她没有把他下葬到墓园，也没送去灵骨塔。

她把"他"抱回家，就放在卧室的五斗柜上。每天晚上都躺在床上，对他说："你看！不是你在上面、我在下面吗？"

她老了，住进老人院，还带着他那坛骨灰，放在床头，而且坚持在咽气之前，把"他"抱在胸前，小声对他说："你看！你在上面，我在下面。"

她死了,孩子照她的叮嘱,把父亲的骨灰坛子,就放在她的胸口,由她抱着,再钉上棺盖,送去火化。

由于是双份,他们的骨灰比较多,孩子特意买了一个大大的骨灰坛,而且在坛子上面写下她的遗言——

"看!我办到了吧!你先睡在我上面,又睡到我里面!"

无尽意

你没有迷失的痛苦,哪能有寻得的欢喜?过去的虽然过去了,但永远有那段过去,你不能不承认它的存在。

满了吗

徒弟去见师傅:

"师傅!我已经学足了,可以出师了吧?"

"什么是足了呢?"师傅问。

"就是满了,装不下去了。"

"那么装一大碗石子来吧!"

徒弟照做了。

"满了吗?"师傅问。

"满了!"

师傅抓来一把沙,掺入碗里,没有溢。

"满了吗?"师傅又问。

不 / 负 / 我 / 心

"满了!"

师傅抓起一把石灰,掺入碗里,还是没有溢。

"满了吗?"师傅再问。

"满了!"

师傅又倒了一盅水下去,仍然没有溢出来。

"满了吗?"

"……"

"今是"里有"昨非"

徒弟去见师父：

"我终于悟了！觉得'今是而昨非'。以前的几十年，我全错了，可以再也不去想，只当那段日子根本不存在。"

"嗯！"师父说，"好极了！明天到山下的花店，买一把晚香玉来，要直直地去，不必绕路。"

"但不绕路就得经过风化区呢！"徒弟急着说。

"你去买花就是了！"师父挥挥手。

花买回来了，一入夜，馨香就四面泛滥，整个屋子都变得芬芳了。

不 / 负 / 我 / 心

"是照我嘱咐的,去那家花店买的吗?"师父问。

"是!"

"经过了风化区吗?"

"经过了,过了两次。"

"你不是去买花吗?怎么到了风化区呢?"师父眼里闪出寒光。

"但是不经过那个风化区,就买不到花。"徒弟急忙解释。

"经过那种脏地方,花还能香吗?"

"香!香!您没闻到吗?比刚买的时候还香呢!"

"这就是了!你不经过以前那段日子,哪里能有今天。甚至可以说,你没有迷失的痛苦,哪能有寻得的欢喜?过去的虽然过去了,但永远有那段过去,你不能不承认它的存在。只是而今你虽然出于污泥,却能成一朵莲花罢了。"

师父露出慈颜:"觉今是而昨非,虽然是悟,却不是大悟。大悟就无所谓'昨非'了,'今是'里有'昨非'呀!"

不 / 负 / 我 / 心

天地禅院

小和尚坐在地上哭,满地都是写了字的废纸。

"怎么啦?"老和尚问。

"写不好。"

老和尚捡起几张看:"写得不错嘛,为什么要扔掉?又为什么哭?"

"我就是觉得不好。"小和尚继续哭,"我是完美主义者,一点儿都不能错!"

"问题是,这世界上有谁能一点儿都不错呢?"老和尚拍拍小和尚,"你什么都要完美,一点儿不满意,就生气、就哭,这反而是不完美了。"

小和尚把地上的废纸捡起来，先去洗了手；又照照镜子，去洗了脸；再把裤子脱下来，洗了一遍又一遍。

"你这是在干吗啊？你洗来洗去，已经浪费半天时间了。"老和尚问。

"我有洁癖！"小和尚说，"我容不得一点儿脏，您没发现吗？每个施主走后，我都把他坐过的椅子擦一遍。"

"这叫洁癖吗？"师父笑笑，"你嫌天脏、嫌地脏、嫌人脏，外表虽然干净，内心反而有病，是不洁净了。"

小和尚要去化缘，特意挑了一件破旧的衣服穿。

"为什么挑这件？"师父问。

"您不是说不必在乎表面吗？"小和尚有点儿不服气，"所以我找件破旧的衣服。而且这样施主

不 / 负 / 我 / 心

们才会同情,才会多给钱。"

"你是去化缘,还是去乞讨?"师父瞪大了眼睛,"你是希望人们看你可怜,供养你,还是希望人们看你有为,通过你度化千万人?"

老和尚圆寂了,小和尚成为住持。

他总是穿得整整齐齐,拿着医疗箱,到最脏乱贫困的地区,为那里的病人洗脓、换药,然后脏兮兮地回山门。

他也总是亲自去化缘,但是左手化来的钱,右手就济助了可怜人。他很少待在禅院,禅院也不曾扩建,但是他的信众愈来愈多,大家跟着他上山、下海,到最偏远的山村和渔港。

"师父在世的时候,教导我什么叫完美,完美就是求这世界完美;师父也告诉我什么是洁癖,洁癖就是帮助每个不洁的人,使他洁净;师父还启示我,什么是化缘,化缘就是使人们的手能牵手,彼此帮助,使众生结善缘。"小和尚说,"至于什么是禅院,禅院不见得要在山林,而应该在人间。南北西东,皆是我弘法的所在;天地之间,就是我的禅院。"

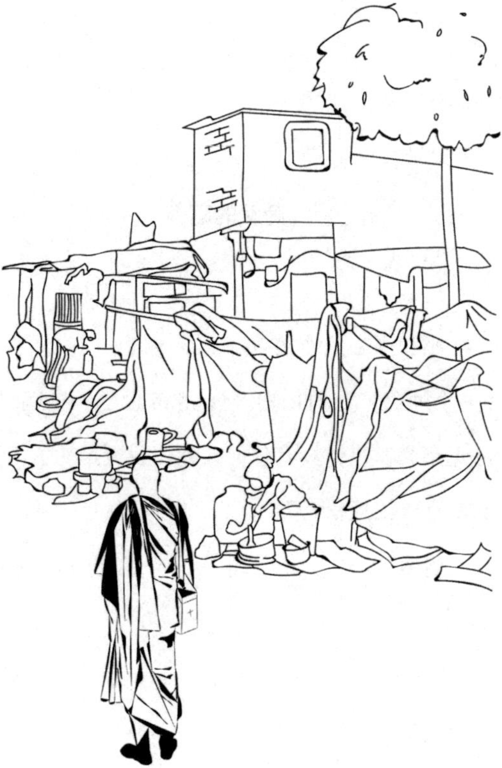

师父的葫芦

小和尚去见师父:

"师父,我时时打坐,常常念经,早起早睡,心无杂念,自忖没有任何人能比我更用功了,为什么就是无法通悟?"

老和尚拿出一个葫芦、一把粗盐,交给小和尚:

"去装满水,再把盐倒进去,使它立刻溶化,你就会通悟了!"

过不多久,小和尚跑了回来:

"葫芦口太小,我把盐装进去,它不化;伸进筷子，又搅不动，我还是无法通悟。"

老和尚拿起葫芦倒掉了一些水，只摇几下，盐就溶化了。

"一天到晚用功，不留一些平常心，就如同装满水的葫芦，摇不动，搅不得，如何化盐，又如何通悟？"

隔山打牛

有一个男孩拜师习武，师傅什么都不教他，只是命令他每天到河边挑水种菜，并规定每次到河边，都要以掌心击水两百次，手掌要恰恰接触水面，就立刻止住，不准溅出一点儿水花。

几年过去了，男孩终于忍不住问师傅，到底什么时候才可以正式习武？师傅却没有答话。

某日男孩听说家里有急事，匆匆忙忙地赶回去。敲了半天门，没有人应，急得用力拍了一下门，厚厚的大门居然应声而开，里面的门闩已飞到了十几尺之外。

男孩事后向师傅报告。

"你的功夫早已学成。"师傅说,"只是你自己不知道。我叫你弯身在河边击水,自然加强了你的腿力、腰力和臂力;而水是至柔之体,又是至刚之物,有实质而无定形,你能击水而不惊澜,自然达到了刚柔并济。今后断断不可随意出手,因为以这种力量击人,被打的人体外无痕,内脏却要移位。"

不过一碗饭

两个不如意的年轻人,一起去拜访师父:"师父,我们在办公室里被欺负,太痛苦了,求您开示,我们是不是该辞掉工作?"两个人一起问。

师父闭着眼睛,隔半天吐出几个字:"不过一碗饭。"就挥挥手,示意年轻人退下了。

二人才回到公司,一个就递交了辞呈,回家种田,另一个却没有动作。

日子过得真快,转眼十年过去。

回家种田的年轻人以现代方法经营土地,加上作物品种改良,居然成了农业专家。

不 / 负 / 我 / 心

　　另一个留在公司里的也不差,他忍着气努力学习,渐渐受到器重,已成为经理。

　　有一天两个人遇到了。

　　"奇怪!师父给我们同样'不过一碗饭'这五个字,我一听就懂,不过一碗饭嘛!日子有什么难过?何必硬巴着公司?所以辞职。"农业专家问另一个人,"你当时为什么没有听师父的话呢?"

　　"我听了啊!"那经理笑道,"师父说'不过一碗饭',多受气、多受累,少赌气、少计较,就成了!师父不是这个意思吗?"

　　两个人又去拜望师父,师父已经很老了,仍然闭着眼睛,隔半天,答五个字:"不过一念间!"

　　然后,挥挥手……

好好活着

大热天,禅院里的花被晒萎了。

"天哪!快浇点儿水吧!"小和尚喊着,接着去提了桶水来。

"别急!"老和尚说,"现在太阳大,一冷一热,非死不可,等晚一点儿再浇。"

傍晚,那盆花已经成了"霉干菜"的样子。

"不早浇……"小和尚咕咕哝哝地说,"一定已经死透了,怎么浇也活不了了。"

"少啰唆!浇!"老和尚训道。

水浇下去,没多久,已经垂下去的花,居然全立了起来,而且生意盎然。

不 / 负 / 我 / 心

"天哪!"小和尚喊,"它们可真厉害,憋在那儿,撑着不死。"

"胡说!"老和尚训道,"不是撑着不死,而是好好活着。"

"这有什么不同呢?"小和尚低着头。

"当然不同。"老和尚拍拍小和尚,"我问你,我今年八十多了,我是撑着不死,还是好好活着?"

晚课完了,老和尚把小和尚叫到面前问:"怎么样,想通了吗?"

"没有。"小和尚还低着头。

老和尚敲了小和尚一下:"笨哪!一天到晚怕死的人,是撑着不死;每天都向前看的人,是好好活着。得一天寿命,就要好好过一天。那些活着的时候天天为了怕死而拜佛烧香,希望死后能成佛的,绝对成不了佛。"老和尚笑笑,"他今生本能好好过,都没好好过,老天何必给他死后更好的日子?"

正字与反字

小和尚满怀疑惑地去见师父：

"师父！您说好人坏人都可以度，问题是坏人已经失去了人的本质，如何算是人呢？既不是人，就不应该度化他。"

师父没有立刻作答，只是拿起笔在纸上写了个"我"，但字是反写的，如同印章上的文字，左右颠倒。

"这是什么？"师父问。

"这是个字。"小和尚说，"但是写反了！"

"什么字呢？"

不 / 负 / 我 / 心

"'我'字!"

"写反了的'我'字算不算字?"师父追问。

"不算!"

"既然不算,你为什么说它是个'我'字?"

"算!"小和尚立刻改口。

"既算是个字,你为什么说它反了呢?"

小和尚怔住了,不知怎样作答。

"正字是字,反字也是字,你说它是'我'字,又认得出那是反字,主要是因为你心里认得真正的'我'字;相反地,如果你原不识字,就算我写反了,你也无法分辨,只怕当人告诉你那是个'我'字之后,遇到正写的'我'字,你倒要说是写反了!"师父说,"同样的道理,好人是人,坏人也是人,最重要的在于你须识得人的本性,于是当你遇到恶人的时候,仍然一眼便能见到他的'天质',并唤出他的'本真',本真既明,便不难度化了!"

真正的天堂

它使你没有理想、没有创造、没有前途,逐渐腐化。这种心灵的煎熬,要比上刀山下油锅的皮肉之苦,更令人无法忍受啊!

崇高的卑微

有一个很小、很小的岛,自惭形秽地向上帝诉苦:"上帝啊!您为什么让我生得这么渺小可怜呢?放眼世界,几乎任何一块土地都比我来得高,别人总是巍然而立、高高在上,甚至耸入云端,显得那么壮观伟大,我却孤零零地卧在海面,退潮时高不了多少,涨潮时还要担心被淹没。请您将我提拔成喜马拉雅山,否则就将我毁灭吧!因为我实在不愿意这样可怜地活下去了。"

上帝笑了笑:"且看看你周围的海洋,它们占地球面积的四分之三,也就有四分之三的土地在那

不 / 负 / 我 / 心

下面,它们呼吸不到一点儿新鲜的空气,见不到多少和煦的阳光,尚且不说话,你又为什么要抱怨呢?"

小岛突然汗如雨下:"请饶恕我的愚蠢,维持我崇高的卑微吧!感谢上帝,我已经太满足了!"

心中的恶魔

"不得了啦！你家里有魔鬼！"传教士喊了起来。

"什么？"教友吓了一跳，顺着传教士颤抖的手看过去，"那是我收藏的一张画，有什么问题吗？"

"画？"传教士的脸色发白，"什么画？那不是画，那是魔鬼！我真没想到你信教信了几十年，连'龙'代表魔鬼都不知道！"

"龙？噢！"教友笑了，"那只是虚构的东西，这世上哪儿有龙啊？谁见过龙啊？"

"那是一张名画家的作品,我在一个慈善义卖会上买回来的,花了不少钱呢!"

"你真笨!花钱买了个魔鬼来。"传教士的脸色由白变青,"你快把画烧了,否则魔鬼进入你家,你将永无宁日,绝对上不了天堂!"

教友不敢违背,乖乖摘下画,当着传教士的面,扯了扔掉。

"好!你可以进天堂了。"传教士说。

没过几天,传教士跟那教友一起坐车,碰上车祸,当场死了。

两个人的灵魂都上了天,看见天堂门口,有一堆人排队等着"验关"。

有的人顺利通过,进了天堂;有些人则被打了回票,入了阴间。

"我一看就知道谁能进得去。"传教士指着前面的人,"这个、这个,我认识,都很虔诚,进得去。

那个、那个，哎呀！何必来呢？他们一天到晚骂这个、骂那个，一定进不去。"

果然如他所说的，两个进了天堂，两个被推了出来。

终于轮到传教士和那位教友了，传教士一边递证件，一边往天堂里东张西望，突然脸色发白，浑身颤抖地大声喊："不得了啦！你们快看！天堂里有魔鬼。"

"魔鬼？这里怎么会有魔鬼？"上帝听见喧哗，出来问道。

"您看！那不是魔鬼吗？"传教士指着远处喊，"那里有一条龙。"

上帝看看，笑了："噢！我知道了，我叫它过来。"说完招招手，喊那条龙过来。

龙过来了，原来是个打赤膊的男人，身上全是刺青，而且刺了九条龙。

不 / 负 / 我 / 心

"他以前是个流氓，一天到晚滋事打架、好勇斗狠，浑身还刺满了龙。但是后来改邪归正、行善救人，所以进了天堂。"

"可是……可是……"传教士结结巴巴地说，"他身上刺了龙，龙是魔鬼啊！"

上帝笑笑："身上刺的龙、画的龙，都只是虚幻的画，只有心里的龙才是魔鬼，你难道要我把他的皮剥下来吗？"

"可是……可是……我看了害怕啊！"传教士说。

"有我在，你还怕？"上帝瞪了他一眼，"你到底信我，还是信龙？我看哪，你心里反而有鬼！"

传教士的护照被递了出来，上面盖了大印："禁止入境。"

毛虫的愿望

有一只毛虫，觉得自己既长得丑陋，行动又不灵活，于是终日闷闷不乐。有一天它憋不住了，终于去向上帝抱怨：

"上帝呀！您创造万物固然美妙，但我觉得您安排我的一生，却不高明。您把我的一生分为两个阶段，不是既丑陋又迟笨，就是既美丽又轻盈，使我在前一个阶段受尽辱骂，后一个阶段却获得诗人的歌颂。坏就坏到家，好又好得过火，这未免太不合理了。您何不平均一下，让我现在虽然丑陋一点儿，却能行动轻巧一些，以后当蝴蝶时，外

不 / 负 / 我 / 心

貌漂亮一点儿，但行动迟缓一些，这样我不就都能过得愉快了吗？"

"你大概以为自己的构想不错。"上帝说，"但你有没有想到，如果那样做，你根本活不了多久。"

"为什么呢？"毛虫摇着大脑袋问。

"因为如果你有蝴蝶的美貌，却只有毛虫的速度，一下子就会被人捉走了。"上帝说，"你要知道，正因为你的行动迟缓，我才赐给你丑陋的外貌，使人不敢碰你，他们的不理不睬，对你只有好处没有坏处呀。现在你还希望我采纳你的构想吗？"

"不！不！不！请您维持您原来的安排吧！"毛虫慌张地说，"现在我才知道，不论美丽与丑陋、轻盈与迟缓，只要由您创造，一定都是完美的！"

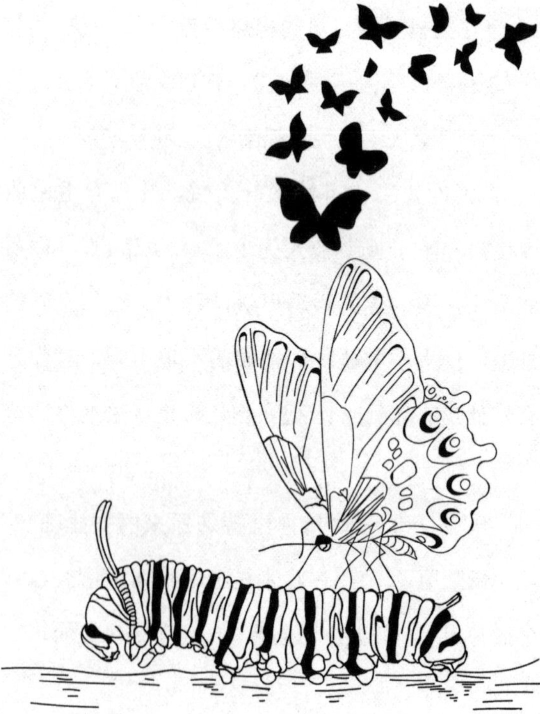

天堂与地狱

某人死后,灵魂来到一个地方,当他进门的时候,守门人对他说:"你不是贪吃吗?这里有的是东西随你吃。你不是贪睡吗?这里睡多久也没人打扰。你不是爱玩吗?这里有各种娱乐由你选择。你不是讨厌工作、不喜欢受拘束吗?这里保证没有事做,更没人管你。"

于是此人高高兴兴地留下来。吃完就睡,睡够就玩,边吃边玩。但是三个月下来,他渐渐觉得有点儿不是滋味,于是跑去见守门人:"这种日子过几天倒还不错,但是时间长了,不见得好。

因为玩得太多,我对娱乐已经提不起什么兴趣;吃得太饱,使我身体不断发胖;睡得太久,头脑又变得迟钝,您能不能给我一点儿工作,早晨催我起床啊!"守门人摇摇头:"对不起!这里没有工作,更没人催你早起。"

又过了三个月,这人实在太难受了,于是他又跑到守门人面前哭诉:"这种日子我实在是受不了了,如果你再不给我工作,我宁愿下地狱。"

"你以为这儿是天堂吗?这里本来就是地狱啊!"守门人大笑道,"它使你没有理想、没有创造、没有前途,逐渐腐化。这种心灵的煎熬,要比上刀山下油锅的皮肉之苦,更令人无法忍受啊!"

心术不正

山脚住了一个传教士，山上新搬来一个妓女。

自从知道上面住了个妓女，传教士就很不安，觉得那女人把整个地区的风气都带坏了，他甚至可以嗅到山上吹来的风里，有那女人的脂粉味。

传教士常从门缝往外看，看到许多路过的男人，东张西望一阵，然后一扭腰，就偷偷冲上山。"这些淫虫！"传教士暗骂道，"以为神不知鬼不觉，岂知全让我看到了！"传教士也和"那女人"见过几面，那女人确实漂亮，朝着传教士笑，好像要勾引传教士似的，幸亏传教士立刻躲进屋里。

"太不像话了，居然想来勾引我。"传教士愈想愈气，跑到警察局，把警察臭骂了一顿，"有那么坏的女人，住在你们的管辖区，还接客卖淫，你们怎么不抓？"

警察居然摊摊手："我们只知道有不少男人上山去，没见到她卖淫，没有罪证，怎么能抓呢？"

传教士火大地离开了，从此不但由门缝里偷窥，还跟着那些淫虫上山，看看他们究竟在干些什么勾当。

传教士甚至爬到树上往风尘女子的屋里看，可惜窗帘太厚，什么也没看到。倒是有一次偷偷下山时，被出来送客的女人碰上，还请传教士进去坐坐。

"不能坐！不能坐！"传教士吓得落荒而逃。

接着那女人更大胆了，居然跑去敲传教士的门，说要聆听神的道，也幸亏传教士机警，由门缝

不 / 负 / 我 / 心

里见到是"她",知道妓女心术不正,便不开门。

妓女老了,不再有男人找她,她常由山上往下看,看传教士的家,叹息自己没能得到神的教诲。看到一个个教友,都能去拜访传教士,她真是羡慕极了。

她也常趁传教士在家中礼拜时,走下台阶,躲在树后,听屋中传出的圣歌,觉得无比美好。

传教士和风尘女人都死了,到了天堂,等着验关。

"你们两人不是邻居吗?"验关的天使问。

"是啊!"妓女说。

"我不认识她,她是个贱女人。"传教士讲,"我从来没理过她。"

"噢!"天使低着头看看资料,把护照递了出来,"你进去,他出去。"

传教士大叫了起来:"什么?你没搞错吧?我

是传教士!她是妓女!"

"没错!她总希望从良,她总希望接近神。"天使笑笑,"可是你呢?你不但没去帮助她,而且只会猜忌,心里充满了邪念。"

不 / 负 / 我 / 心

守一炉人生的火

当太阳移动到东马札兰山的隘口，就是锡美族人的燃火节了。

年满十七岁的少女，一早就在父母的祝福下出发，一个个空着手，走进马札兰山下的树林。

叶子几乎落尽了，毒蛇也已冬眠，芦草都飞尽了芒花，剩下孤零零的枝干。

少女们总是先用芦茎编成篮子，在里面铺上芦叶，再放进小小的枯枝。又用芦茎将较粗的树枝缠成架子，再把更粗大的枯木干一层层绑上去。

夕阳从西马札兰山落下时，少女们已经背着

比她们高出半身的木柴，手里提着满载的芦篮归来了。

她们在自家的营帐前开始生火。先铺上芦叶、芦茎和小枯枝，架起较强的枝子，再放上粗大的树干。

而后，她们用直而圆的木条，在引火的砧木上钻动，当砧木的热度逐渐升高，便撒上木屑，围以干草。

火呼一声燃起了，她们赶紧将火种移到柴堆下面，先引燃芦草，烧起小枝，再点燃上面较粗的枝茎，当那起初的熊熊之火逐渐收敛，就是见真章的时候。

有些少女，野心大，在上面放了太粗大的树干，却没在下面放置足够引火的小枝；当小枝一下子燃尽，树干还没烧透，那营火就由红转黑，接着熄灭了。少女虽然拼命吹、拼命扇，也救不了那堆火，只能急得坐在地上号啕大哭。

不 / 负 / 我 / 心

这一切都被少女的家人和族人看在眼里，尤其看在族中少男的眼里。虽然少女的父母急得跳脚，但是没有人能过去帮忙。

每个少女一堆火，起得好这堆火，才代表她成年。

没有一个成年了的女子，还要父母帮着起火，因为她即将成为人妇，在她自己的营帐里，为她的丈夫、孩子，点这么一炉火，守这么一炉火。

是的！"点火"还不够，更重要的是"守望"。

你看！当大雪纷飞的夜晚，每一家的营帐都透着红红的光，你也就可以想象那家必定有个善于守火的女主人。

她知道当火太旺时，把柴分散，免得一下子燃尽；知道在火转弱时，将小柴拨到一块儿，好凝聚较大的热力。她还知道什么时候该添柴，什么时候该转动厚重的木块，使每一块柴都能被完全燃烧。

所以，能干的主妇，能每天晚上算好该用的木柴，将火势维持在一定的温度。她能使营帐在一整个冬天里都温暖，使丈夫、孩子睡得安稳，并在第二天早晨，丈夫出去打猎前，捧上一碗热乎乎的酥茶和一包用老羊皮裹着的肉串，再给孩子穿得暖暖的，送去学校。

据说许多锡美族人的下一代，都进了城，落了户。他们在城里靠卖山产和手织布起家，渐渐把生意扩大，个个都很成功。

据说他们即使已经住进城里的豪宅，还是会每年把孩子带回马札兰山山脚的老家，参加那儿的燃火节。

因为那燃火的经验，正是使他们知道怎么计划、怎么调配、怎么守望、怎么积蓄、怎么循序渐进及怎么在事业上获得成功。

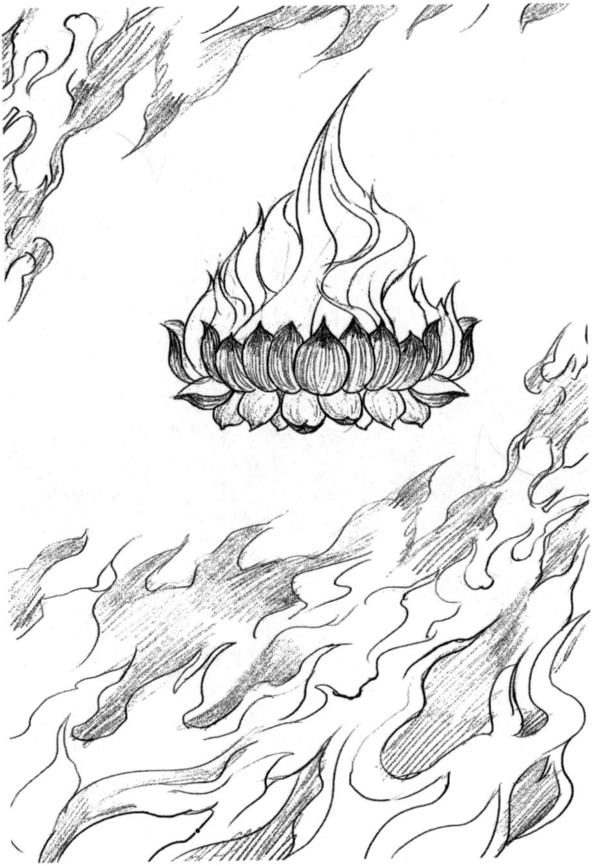

非人的智慧

我们不靠天,也不靠地,我们靠自己。

小斑马的领悟

巡守员在原野上看到一匹死去的母斑马,旁边趴着一匹刚出生的小斑马。

"可怜的小东西,大概因为难产,它活了,妈妈却死了!"巡守员把小斑马带回自家农场照顾。

农场里有两匹白马,小斑马总是跟在白马身边跑来跑去。

小斑马也喜欢到水边看自己的影子,一边看一边想:"为什么我身上有这些黑条纹,难看死了!我原来一定是匹白马,莫名其妙地长了这些黑色的东西。"

不 / 负 / 我 / 心

小斑马发现农场碾坊里有一种白白的粉,它总是撞开碾坊的门,到里面打滚。

"看!我成了一匹白马。"每次打完滚,小斑马都得意地告诉自己,"我再也没有脏兮兮的条纹了。"只是没过多久,风吹掉了身上的面粉,它又成为一匹小斑马。

由于小斑马总到碾坊闯祸,主人不得不把它送给朋友。

朋友的农场里有一匹大黑马。

小斑马起先躲着黑马,但是渐渐觉得那黑马,黑得真美、真纯、真亮。它又开始抱怨,自己身上为什么有那么多白色的条纹,它想:"我其实原来是匹黑马,只因为长了白条纹,所以变成这个丑样子。"

小斑马发现厨房后面有个煤堆,只要去那煤堆里打个滚,就能变成黑马。

所以它总是去打滚，弄得一身煤灰，把马厩搞得脏兮兮。

新主人也受不了了，心想斑马就是斑马，怎么驯养，也成不了家里的马。于是有一天，他开着车，把小斑马带到旷野里放生了。

"去！回到你原来的地方！"新主人把小斑马赶下车，就扬长而去。

小斑马被吓到了，站在一望无际的草原上，不知怎么办。突然，它看到一片密密麻麻的影子在远处移动。

小斑马跟过去。天哪！居然是成千上万匹和自己一样的马。

"你们是白马还是黑马？"小斑马大声问。

几匹大斑马抬起头，不解地看看它，其中一只开口了：

"跟你一样，我们不是白马，也不是黑马，是

不 / 负 / 我 / 心

斑马。"

小斑马成年了,跟着那群斑马徜徉于天地之间。

它常得意地自言自语:"斑马就是斑马,是最美丽的马!我何必去羡慕别人呢?我真高兴,自己没有硬把自己装扮成白马或黑马!"

猎鹰与野兔

猎鹰抓到一只野兔。

"大王！求求您饶了我的命吧！"兔子哀求着，"野地里有许多田鼠，皮薄而肉嫩，一口一只，正合您用。如果您饶我不死，我一定帮您去掏田鼠的洞穴，把它们赶出来，供您猎取。"

"你的主意实在不错，问题是要抓你的不是我，而是猎人，我只是听命办事而已，猎人不要田鼠，所以我不能放你。"猎鹰回答。

"那您就更不应该抓我了，大王！"野兔挣扎着转过脸，"您知道吗？那猎人是杀您父母的仇家，

不／负／我／心

他射死了您的双亲，捣毁了您的家，把您偷回去养大，再驱使您为他做工，您应该报仇才对呀！何况您已经把我父母抓去给猎人烤着吃了，又何忍再牺牲我呢？"

"你讲得真有道理，可是我问你，如果今天我的遭遇换成是你，你能做一只猎兔吗？所以我抓你，只因为我是猎鹰；你被杀，只能怪你是只兔子。"猎鹰笑着说，"至于恩仇，什么是恩仇呢？田鼠既是你的表亲，又是你的邻居，你们天天见面，不是相处得很好吗？而今只为了保自己一命，你居然要去毁人的家，驱他们来送死。猎人杀了我的父母，我不是也杀了你的父母吗？猎人把我养大，至今供我吃住，而我却从未对你好过；我把你抓去交差，只是牺牲个不相识的兔子，而你叫田鼠送死，却是出卖亲友，到底是谁不义呢？"说完便啄出兔子的眼睛吞下去，并把兔子献给了猎人。

橡树与小草

在一处人迹罕至、树木不生的原野,有一条老铁道;由于火车很少通过,所以不但铁道两旁,连铁轨之间也长满了小草。到葱茏的季节,小草们织成一大片绿色的地毯,把铁道也给淹没了,只有每个月唯一一班火车通过的时候,才让人们想起:原来这儿还有一条铁道。

某日,当火车又疾驶而过,小草们莫不低头行礼时,有一粒橡树的种子,从车上滑落,正掉在两轨之间。

"这是什么啊?"最先抬起头的小草惊讶地叫。

不 / 负 / 我 / 心

"好像是一颗种子。"所有的小草都伸长了脖子凑过来看,"但是它为什么这么大?好像有我们种子的几百倍呢!"

"各位好!"橡树种子从昏迷中醒转,环视四周拢过来的小草,高兴地打招呼,并自我介绍,"我是一颗橡树种子。"

"橡树?"所有的小草都面面相觑,"我们从来没听说过啊!"

"我们这里没有树,只有草,我们世世代代生长在这儿,从来没见过半棵树,因为这里冬天特别冷,风又大,不适合树的生长。"一株比较年长的草,神情严肃地说,"我看,你还是快回到你来的地方去吧!"

"我已经来了,怎么回得去呢?"橡树种子愁苦地说,但是跟着环顾四周,又转忧为喜了,"这里多好啊!我喜欢这里,我不怕狂风和霜雪,决定在这儿生根,长成一棵高大的橡树……"

"好!"没等他说完,四周成千上万的小草,就发出一阵欢呼,"我们喜欢你,我们需要一棵树,我们喜欢一棵高大的树,我们要你来领导。"

于是橡树种子在这儿生了根,发了芽。起初他长得很慢,小草们由春天萌发,不到仲夏就能长到一尺高,所以夹在草丛中,除了叶子比较大,小橡树并不怎么突出;当每个月火车开来的时候,小橡树也和小草们一样,早早就弯下腰,让那庞然大物从头上飞驶而过。

但是到了暮秋,小草们都逐渐凋萎、枯黄的时候,橡树虽然也落了叶子,却仍然直直地站在那儿。当火车开来,由于没有小草们的簇拥,橡树反而站得更直了,所幸火车除了前面保险杠会把橡树撞得一个踉跄,车子的底盘倒不会再伤害它。所以当冬天过去,小草们又复苏的时候,都惊讶于小橡树仍然站在那儿。

"我的父亲有四十尺高,他的头经常遮在云里,他一伸手,就能摘下天上的星星。"小橡树总是得意地对小草们说。每次讲到这儿,小草们都会仰起头,把嘴张得好大好大,羡慕极了。"我们多高兴你能在这儿生根啊!"小草们说,"当你长到像你爸爸一样高时,我们就可以听你诉说天空的一切了!"

"我也会抓几颗星星给你们。"小橡树脸上泛着光彩。

但是小橡树也有他的烦恼。每个月火车通过时,小草们都一低头就过了,他却难免损伤几片叶子,有时还会折到腰,而且这种情况愈来愈严重。

"你为什么不把腰弯低一点儿呢?再不然,干脆躺在地上算了,等火车过了之后再站起来,何必跟火车去争呢?"小草们都这样劝他。

小橡树何尝不知道？可是他的身体硬，怎么也不可能躺下来，眼看情况愈来愈糟，他真希望自己别再长了，甚至缩小几分，跟小草们一样不是就够了吗？但在转念之间，他又想："为什么我不赶快长大、长高呢？如果我长成几人合抱的大树，火车也就算不得什么了！"

于是当小橡树折损小枝子，就赶快伸出另一条新枝；当火车刮去了它的叶子，就赶快抽出新绿。但是每当火车呼啸而去，小草们纷纷伏倒，再站起的时候，小橡树又是遍体鳞伤。

当然，确定没有火车通过的一个月，小橡树又恢复了光彩，只是它发现自己的腰愈来愈硬，连躬身都困难了。

终于有一天，当火车又轰隆轰隆地远去之后，小草们发现小橡树已经因被折断而死亡。

"你为什么不能跟我们一样弯腰屈膝？"小草

们伤心地哭着,看着小橡树的尸体变为枯枝,被风吹去。

铁轨间、铁道边、铁道的四周,仍然是一片青青的草原,火车不通过的日子,这里真是无比宁静祥和,只偶尔听到小草们喁喁私语:

"做一株平凡的小草,是多么快乐的事!"

井蛙望天

有一个孩子到井边打水,当他正要将水桶往下垂的时候,突然从井底传来一阵歌声。

"是谁在里面唱歌啊?"孩子趴在井边大声问。

"是我在唱歌!"一只青蛙正挺着又大又白的肚皮,躺在水里洗澡,"这井水真是太凉快、太干净、太甜美、太舒服了!使我高兴得非哼上几句不可!"

"哈哈哈哈!"孩子几乎笑弯了腰,"你真不愧是个井底之蛙,陷身在那既潮湿又黑暗的井底,居然还很得意呢!让我把你救出来吧!给你看看这个

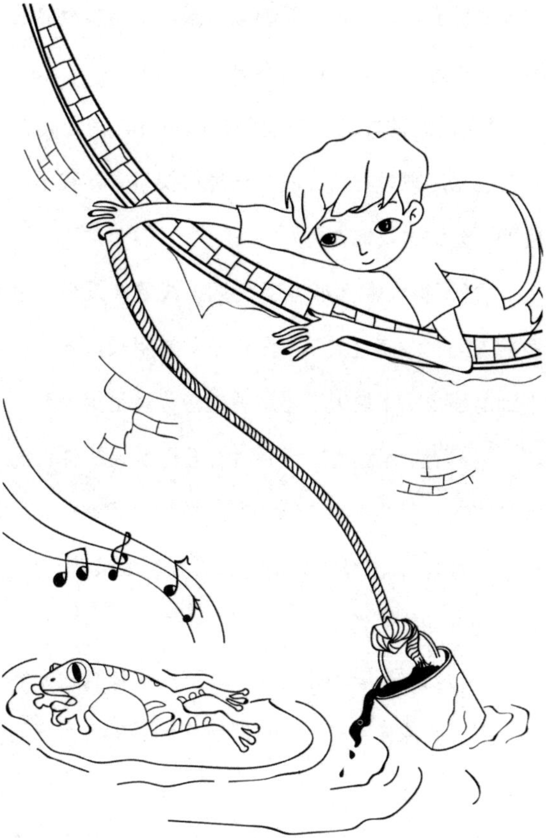

广大的世界,保证你只要瞧上一眼,就会被世界的美吓得昏过去,而且再也不愿回井底了!"

"谢谢您的好意,外面美丽的世界,您还是留着自己享用吧!在这井底我已经很快乐了,我不相信外面会比这块地方更好。"

"怪不得大家都形容那些见识浅薄、没见过世面的人为'井底之蛙'。你真是井蛙望天,才三尺不到的那么一小块天,难道就能令你满足了吗?"

"我当然满足,三尺不到的天也是天;你们的天是圆的,我的天也是圆的啊!再说,我这么一只小小的青蛙,何必要太大的天空?那样太浪费了!"青蛙理直气壮地说。

"可是你知道晴朗时万里晴空、半晴时白云舒卷、阴天时浓云密布、落日时满天彩霞的各种变幻吗?"孩子说。

青蛙一笑:"但我也知道天上会降下豪雨,淹

不 / 负 / 我 / 心

没你的田园；刮起台风，吹飞你的屋顶；打起闪电，吓得你往被窝里躲。"然后拍拍大肚皮，"可是我都不怕。就算它下倾盆大雨，不过是给我这可爱的池塘多添半桶水罢了！就算它刮起十五级台风，不过是给我吹吹风扇罢了！就算它满天闪电，不过是给我照照亮罢了！"

指指上面，青蛙得意地说："你别瞧不起我这块天空哟！它虽然小，却只有好处；你也别得意拥有大块的天空哟！要想想它虽然给你好处，但也给你伤害。所以不要想拥有太多，得到太多反而会带来烦恼；更不要骂我井蛙望天，你自己一眼又能看几个天空呢？"

"好！好！好！算你会讲话，我说不过你，现在请你让开一点儿，我要打水了！"说完，孩子就将桶抛了下去，在井底激起一个好大的水花。

"喂！客气点儿好不好！"青蛙大声喊，"你说井底局促得不成样子,为什么还来我这块小地方打水?你说我生活得十分可怜,为什么还来破坏我这点儿宁静?你说我是井蛙望天,拥有的天空不过三尺,可是当你说这话的时候,却正挡住了我的天空啊!"

伟大的老虎

老虎和猴子聊天。

"听说人类是由你们猴子变的,但我劝你千万不要变成人。"老虎指着猴子说。

"为什么?"猴子诧异地问,"人不是万物之灵吗?他们的食、衣、住、行,样样都比我们强。"

"真是笑话!"老虎大吼了一声,吓得猴子差点儿从树上摔下来,"你应该说人类的食、衣、住、行,没有一样及得上我。你可知道人类吃东西有多麻烦?单单以面包来说吧,从麦子的播种、施肥、除虫、收割、碾粉到发酵、烘焙,就不知要经过多少人的手。可是我呢？我不必靠同类的帮助，自己就能找到东西吃，而且还常吃不完呢！"

"您怎么不想想人类吃东西麻烦，是因为他们讲究呢？"猴子问。

"算了吧！他们不是讲究，而是因为体质太差。吃生的怕拉肚子，只吃肉又恐油腻；吃少了怕营养不良，吃多了又怕发福。"老虎拍了拍胸膛，"你看看我们老虎，有没有因为肉吃太多，而肥得要进医院的？有没有因为不吃水果蔬菜，而缺乏维生素 C 的？人类跟我们老虎比起来，真是差太多了！"

"对！对！对！人类的食，真是远不如您。"猴子服气地说，"您再谈谈衣吧！似乎所有的动物，只有人类会做衣服穿。"

"那也是因为他们差啊！"老虎笑着说，"人类穿衣服，是因为他们天生就光溜溜的，没有衣服一定会被冻死，所以不得不穿。如果他们能天生有我这身皮毛,还用得着花那许多工夫纺纱、织布、量身、剪裁吗?"

"可是人类穿衣服还有一个目的,是为了装饰、美观和舒适啊!"猴子打断老虎的话,"听说他们的衣服很值钱呢!"

"胡说!"老虎突然火冒三丈,"他们的衣服再漂亮,又能美得过我的天然衣服吗?他们的衣服再舒适,又能比我的皮毛更合身吗?他们的衣服再值钱,又能贵得过我的这件吗?要是他们自己真能做出最好的料子,也用不着千方百计来抢我这件虎皮大衣了!"

"真是太有道理了!"猴子猛鼓掌,但是鼓了一阵,突然想到,"您的食和衣虽然比人类强,可是他们住得却比您好啊!"

"别开玩笑了!"老虎突然又大笑起来,"人们羡慕我还来不及呢!听说他们在城里仿照我住的样式，盖了许多'人造山洞'，偏偏他们的技术又不行，结果弄得糟透了，使得许多人到假日，宁可跑到野外露营，也不愿留在家里。"

"人类的房子为什么不好呢？"猴子追问。

"他们的水泥洞，一个连着一个，一间叠着一间，东家吵、西家闹，户户不安宁。同时他们的水泥洞不像我的老虎洞能够自由出入，而是几十家共用一个大门，如果我是猎人去抓他们，只怕他们半个都跑不掉。再举个简单的例子吧！只听说人类大楼失火，一死就是几十人，总没见过森林大火时，有老虎在洞里被烧死吧？"老虎笑得直喘气。

"真是太有道理了！还是老虎的科学进步。可是谈到行呢？没听过老虎开车的啊！"猴子说。

"人类也是因为自己身体差，既跑不快，又行不远，才不得不开车的。你要知道，他们开的车子，并不是开车的人自己造的，一辆车子听说要经过好几百人的手呢！而且机器出现故障不能开、油用完了不能开、没有驾驶执照不能开、路况不好也不能开，就算都成了，还是会出车祸。"老虎得意地说，"你总没听说老虎撞老虎，一撞就死几十只吧？"

"对！对！对！对！对……"猴子一连说了十几个对，点了几十个头，但是就在这时候，远处突然传来一声枪响。

"糟了！人类来了，我得跑了！"老虎连"再见"都来不及说，就一溜烟地冲向森林的深处。

"喂！"猴子大声喊，"您不是说人类什么都不如老虎吗？可是您为什么怕他们呢？"

"因为他们懂得守望相助、团结合作啊！"老虎的声音隐约地从远处传来。

我们靠自己

"妈妈!为什么我们从生下来,就要背这个又重又硬的壳呢?真是累死了!"小蜗牛有一天问妈妈。

"因为我们的身体没有骨骼的支撑,只能爬,爬又爬不快。"妈妈说。

"毛虫姐姐没有骨头,也爬不快,为什么她不用背又重又硬的壳呢?"

"因为毛虫姐姐能变成蝴蝶,天空会保护她。"

"蚯蚓弟弟没有骨头,也爬不快,更不会变,他为什么不背又重又硬的壳呢?"

"因为蚯蚓弟弟会钻土,大地会保护他。"

小蜗牛哭了起来:"我们好可怜,天空也不保护,大地也不保护!"

"所以我们有壳啊!"蜗牛妈妈拍拍小蜗牛,"我们不靠天,也不靠地,我们靠自己。"

鞋子们的讨论会

某晚,柜子里的皮鞋们举行了一场讨论会。

为了敬老,首先由一双弯腰驼背、满脸皱纹,而且牙齿漏风的皮鞋老爹发言,他颤抖着说:

"我觉得人是最没良心的,因为世界上任何动物都用他们自己的脚板走路,只有人类狠毒地剥下动物的皮,做成皮鞋来穿。不管太阳晒得柏油路面冒泡或是雨水混合着泥浆,也不管地上有又尖又硬的石块或刺人的荆棘,他们都毫不怜惜地踩着我们乱走,要我们为他们受苦、受难,好让他们的脚长得又白又嫩。而且,当我们破损变形不堪再穿

不 / 负 / 我 / 心

的时候,他们就把我们往垃圾桶里一扔,甚至还怕把手弄脏,而急着去洗手。他们不念主仆的情分,不念我们的功劳、苦劳,连把我们甩掉之后,还要侮辱我们,你说人类可恨不可恨?"说到这儿,皮鞋老爹又气又累地干咳不止,咳出不少沙子。

这时坐在柜子最上方,刚加入鞋柜不久的皮鞋小伙子开口了:

"皮鞋老爹太夸张了!他一定是因为年纪太大,而且牙痛,所以丧失记忆乱骂主人。我觉得人类是最有良心、最体贴,且能以德报怨的。"

所有的皮鞋都露出怀疑的目光。

"至少我觉得主人对我就相当好。"新皮鞋小伙子继续滔滔不绝地说,"他每天擦拭我,使我一尘不染;他每周为我刷上鞋油,使我总是神采焕发;他甚至走路都特别小心,搭公车更不时闪躲别人的脚步,唯恐我受丝毫的损伤。至于阴天下雨、长途跋涉,他从不要我出马,而任凭我在家睡觉,这是多么体贴呀!尤其不简单的是,他以德报怨的胸襟。尽管我因为年轻气盛,有时咬他几口,害他脚跟起泡,他还是对我满脸笑容,并时时在人前夸赞我的身价。他真是伟大、慈祥,而且……"

"够了!够了!你们都太偏激!让我来讲几句公道话。"已经开始发福的中年鞋子打断小伙子的话,"我记得主人起初是那么慈祥体贴,但是渐渐地,他就露出喜新厌旧的本性,先是不再每天给我擦面霜,后来连脸都不为我擦了。而且过去别人如果踩我一脚,他一定会瞪上那人老半天,然后掏出洁白的手帕,弯下腰,轻轻为我擦去泪水;但是现在,别人踩我好几下,他都不在乎,还穿着我去爬山和踢足球。"说到这儿,他长长地叹口气,低头看看满身的泥土,摇着头说:

"为了他,我真是牺牲太大了!他的脚长得怪,

不 / 负 / 我 / 心

我刻意别扭着腰、伸长脖子、挺着肚子去适应他,使他穿着舒服。岂知,就因为如此,举凡粗重的工作、长远的跋涉,他必定要我出马;为此我擦伤了漂亮的脸颊,跌落了整齐的牙齿,不但没获得补偿,他反而因我失去美貌,任何宴会大典都不带我去了。所幸他偶尔还会拍拍我,对他太太说我是最舒服的鞋子。并在他心情好时,为我擦上一点儿面霜,使我的怨气能稍稍平息。"

最后,站在一旁老半天的鞋刷也开口了:"我觉得你们根本不必争辩,人类不单对鞋子,他们对任何东西都这样;像我,先是被用来刷帽子,而后刷衣服,现在则刷鞋子,只怕明天也要进垃圾桶了。有用的时候说你好,并给你重任;没用的时候,头也不回地把你甩掉,这大概是人类的本性吧?幸亏他们对同类不致如此,当父母年老无用时,他们还知道孝敬;当妻子人老珠黄时,他们还知道体贴;

当朋友穷困潦倒时，他们还知道济助。就凭这一点，他们还算得上是人，如果有一天，他们对亲友都失去了情义，就连我们鞋子、刷子也不如了！"

全体鞋子都热烈鼓掌，使得柜子里尘土飞扬。

"谢了！谢了！请别再鼓掌。"鞋刷子大声喊着，"否则我又有得忙了！"

不 / 负 / 我 / 心

公平的谈判

◎

有一天,沙漠和海洋谈判。

"我太干,干得连一条小溪都没有,你却水太多,变成汪洋一片。"沙漠建议,"不如我们来个交换吧!"

"好啊!"海洋欣然同意,"我欢迎沙漠来填补海洋,但是我已经有沙滩了,所以只要土,不要沙。"

"我也欢迎海洋来滋润沙漠。"沙漠说,"可是盐太咸了,所以只要水,不要盐。"

◎

有一天,黄狗和花猫谈判。

"土地属于我,屋顶属于你,我们划分界线,谁也不侵犯谁,好不好?"黄狗说。

"好极了!"花猫欣然同意。

"我从来没有上过屋顶,你却经常到地面来走动,这是过去的事,我姑且原谅你。"黄狗得意地说,"但是从今以后,我不上你的屋顶,你也不准到地面来,否则你就是违约,我就要对你不客气了!"

不 / 负 / 我 / 心

外星人的苦恼

距离地球很远很远的星球上,一个孩子诞生了。他长得健康聪明,却从来不快乐,他的父母和亲友也为他叹气,因为他只有一双眼睛,而在那个星球上,每人都有两双眼,一双向前看,一双向后看。

"只有一双眼,是多么危险的事啊!后面来车,不容易躲掉,后面有人攻击,更不易发觉。"每一个看到他脑后只有头发却没有眼睛的人,都先是惊讶,再而同情。他们为他造不一样的车子,试着发明能向后看的眼镜,但总不如天生的两双眼。孩子更加沮丧了,觉得自己是残缺的人,没有保护，没有安全，没有能力，虽然长到二十多岁，仍然不能面对现实。

　　一次偶然的机会，他参加飞碟旅行团，到达了一个叫作地球的地方，赫然发现，那里的人全都如他一般！他要求留下来，立刻融入地球人的社会，再也不觉得少了两只眼睛是不方便的事。他快乐了，因为再没有人拿异样或同情的眼光看他，更因为他没有再去与两双眼的人比较。

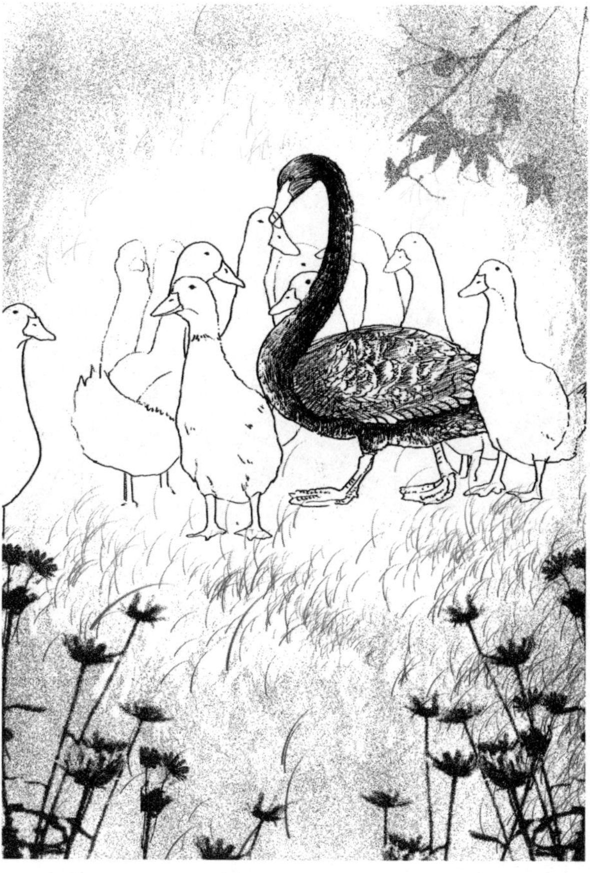

话说从前

与人争地,愈争愈小。
与天争地,愈争愈多。

富翁的大房檐

从前有位善心的富翁,盖了一栋大房子,他特别要求营造的师傅,把四周的房檐,建得加倍的长,使贫苦无家的人,能在下面暂时躲避风雪。

房子建成了,果然有许多穷人聚集在檐下,他们甚至摆摊子做起买卖,并生火煮饭;嘈杂的人声与油烟,使富翁不堪其扰。不悦的家人,也常与寄在檐下的人争吵。

冬天,有个老人在檐下冻死了,大家交口骂富翁不仁。

夏天,一场飓风袭来,别人的房子都没事,富

不 / 负 / 我 / 心

翁的房子因为屋檐太长,居然被掀了顶。村人们都说这是恶有恶报。

重修屋顶时,富翁要求只建小小的房檐,因为他明白:施人余荫总让受施者有仰人鼻息的自卑感,结果由自卑变成了敌对。

富翁把钱捐给慈善机构,并盖了一间小房子,所能荫庇的范围远比以前的房檐小,但是四面有墙,是栋正式的屋子。许多无家可归的人,都在其中获得暂时的庇护,并在临走时,问这栋小房子是哪位善人捐建的。

没过几年,富翁成了最受欢迎的人,即使在他死后,人们还继续受他的恩泽而纪念他。

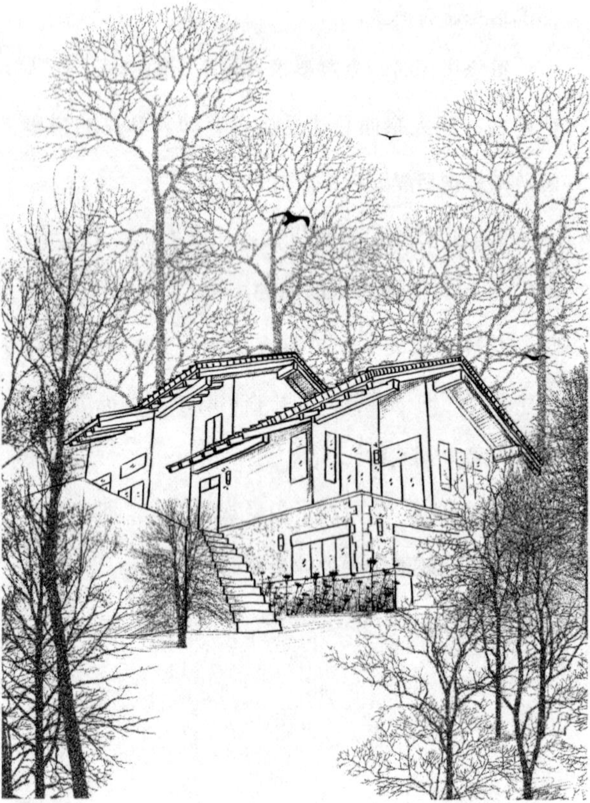

不 / 负 / 我 / 心

偷药方的华佗

华佗是中国历史上最伟大的医学家,不但精于施针用药,而且早在公元2世纪,就已经知道以麻沸散为病人做麻醉手术。

据说华佗年轻时,某日在酒馆看见一个身患绝症而不自知的人,认为那人已无药可救,不出百日必死,却未料几个月后又与那人重逢,打听之下,才知道是个道士的仙丹奏效。

自认为天下第一的华佗,惊讶得说不出话来,决定非要取得道士的药方不可,于是隐姓埋名,投身道观,甘愿做个洒水扫地的仆人,以伺机偷学道士配药的方法。

可惜那老道,不仅限令领药的病人当面服下,而且不许任何人接近炼丹室,每次更亲自单独上山采药,回来立刻全部煎煮,不留一丝痕迹。

华佗屈身在道观多年,一无所获却毫不灰心,终于有一天,得到了药方,成为东汉最伟大的医学家,且名传千古——

他尝了道士采药、切药的刀。

不 / 负 / 我 / 心

国王的秃头

国王最近懊恼极了,因为他的头发一大把一大把地掉,御医束手无策,换各种秘方也不管用,眼看就要掉光了。

"我身为一国之君,居然保不住头上的头发,岂不丢人?"国王对王后说,"每次看到比我年岁大,却头发浓密的臣子对我笑,我就觉得他是在嘲笑我,真想把他拖出去斩首!"

话传出去,满朝文武都不敢笑了,只有几个人不怕,照样盯着国王笑,因为那几个人比国王还秃。

王后看了灵机一动,对国王说:"你何不把那些秃头全升为高官?"

国王照做了,而且自从秃头都升官之后,国王也就变得很快乐。

"秃头可以做高官,秃头走运,秃头有什么不好?"国王心想,"那些有头发的人,想秃还秃不成呢!"

不 / 负 / 我 / 心

与天争地

不知从什么年代开始,王村和李村就以那块大石头为界。

王村的人要是经过李村回家,走到大石头前面,总要摸摸石头说:"到咱们村了!"

两村的人若有酬酢,宾主迎送也总以那块大石头为准。在大石头前面迎宾,送客也送到大石头为止。

甚至两村的孩子玩耍,都以大石头为界。

"你为什么到我们村子来?你过了大石头!"

"你的球丢到我们这边,就是我们的!"

孩子们常因此发生口角,甚至大打出手。

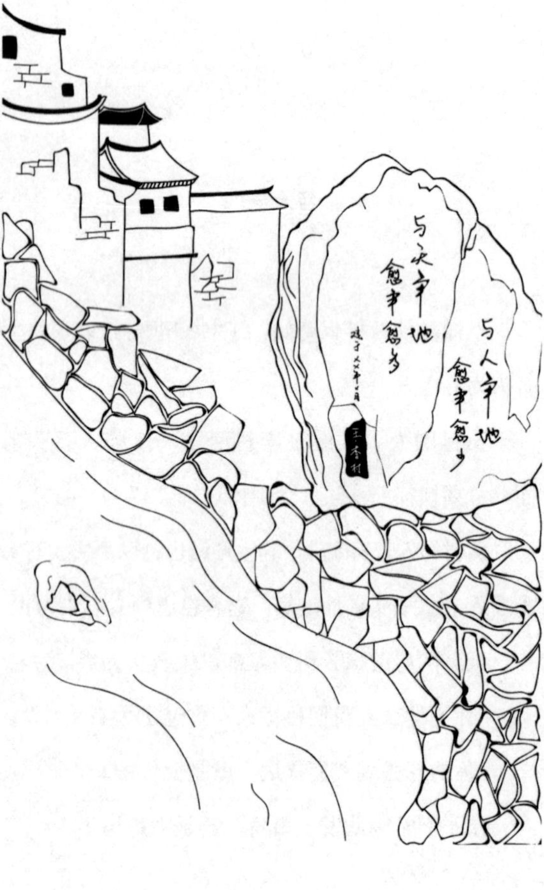

与天争地
愈争愈多
与人争地
愈争愈少
王李村

不 / 负 / 我 / 心

据说连骡子都知道，即使在两村之间行走，也得把屎拉在自己村子的地界里——免得肥了别人的田。

这一年夏天，突然起了阵怪风，跟着就是乌云密布，下起倾盆大雨，而且这雨连下了七天。村子不远处是条河，河对面是座山，山洪滚滚而下，小河承受不住，涨了大水，两个村子全被淹了。

洪水退了之后，大家正急着重整家园，却发出了大事——大石头被水冲移了位置。

村民们都急了，一起拥向原来的村界。

大石头果然换了地方，只是洪水过后，原来的河道变了样子，地面又满是碎石泥泞，谁也说不上大石头是向左移了，还是向右转了。

"我记得，这石头原来正对着那山头，现在偏右了，便宜了王村的人！"

"我确定这石头原先顶着这个路弯，路虽然被水冲模糊了，我还是看得出，它向左偏了，让李村的人占了便宜!"

两村的人站在大石头前面挽着袖子吵,差点儿就要大打出手,最后决定请县长裁夺。

县长来了,先在四周绕了一圈,又过去拍拍大石头,摸摸胡子一笑:

"到处都是山上冲下来的石头,你们放着不管,难道是要等再涨大水,把你们的田园全冲走,再坐到这块石头上吵架吗?"说着召来两位村长,细细商谈一番。

没过几天,两村的人全出动了,大家一起把满地的石砾运到河边,筑成堤防。

堤防中间安放着一块奠基石,正是原来那块大石头。上面除了记载完工的日子,还刻了两行金字:

与人争地,愈争愈小。
与天争地,愈争愈多。

不 / 负 / 我 / 心

神射手

徒弟去见师傅:

"师傅,我练习射箭已经达到超越前人的境界,就算后羿再生,恐怕也不及我。"

"你射得准吗?"

"当然,天上飞的鸟,你叫我射它的左眼,我绝不会射到右眼!"

这时正有一只鸟从二人面前飞过。

"射它的左眼。"师傅说。

徒弟引箭上弦,却又放下了:"没办法,因为它从左向右飞,左眼不朝着我,所以无法射。"

"你臂力强吗？"师傅问。

"当然！七石的弓（古时以石论弓的强度）我常拉满它几个时辰而不放。"

"好极了，把箭射出去，愈远愈好！"

徒弟将箭射出。

师傅跟着拿起自己六石的弓，并射出一箭，居然比徒弟远得多。

"强弓要虚的时候多，满的时候少，才能维持弹性，成为强弓。"师傅说，"总是拉紧的弦，不可能射出有力的箭。"

不 / 负 / 我 / 心

富翁之死

有个富翁在急流中翻了船,爬到溪间的石头上大喊救命。

一个年轻人奋不顾身地荡舟去救,但是由于山洪下泄而渐涨的湍流,他的船行进得非常慢。

"快呀!"富翁高喊,"如果你救了我,我给你一千块!"

船仍然移动缓慢。

"用力划啊!如果你快点儿划到,我给两千块!"

青年奋力地划着,但是既要向前,又要抗拒水流的阻力,船速仍难以加快!

"水在涨,你用力呀!"富翁嘶声喊着,"我给你五千块!"说时洪流已经快淹到他站立的地方了。

青年的船缓缓靠近,但富翁仍然嫌慢。

"我给你一万块,拼命用力呀!"富翁的脚已经淹在水中了。

但是船速反倒更慢了。

"我给你五万……"富翁的话还没有说完,已经被一个大浪打下岩石,卷入洪流,失去了踪影。

青年颓丧地回到岸上,抱头痛哭:

"我当初只想救他一命,但是他却说要送我钱,而且一次又一次地增加。我心想,只要划慢一点点,就可能多几万块的收入。哪里知道,就因为慢了这么一点儿,使他被水冲走,我害了他啊!"

青年用拳头捶打着头:"但是当我心里只有义,而没有利的时候,他为什么要说给我钱呢?"

现代启示录 I

真正的成功,总是在良性的竞争中得到。

一

张大师的哲学

张大师住在山边，有一次台风涨水，冲破了他的前门，家人正拿着木板砖石想去阻挡，却被大师阻止。

"前门不必挡，但是快把后门打开。"

果然那山洪由前门进，在院子里打个转，又由后门流出去，院子里虽然有水，但只是流过，始终没有积深。

台风过去了，家人前来报告：

"房子里只溅进了一点点水，古董字画毫无损失，唯有几卷立在门边的宣纸浸上了水渍。"

不 / 负 / 我 / 心

"把宣纸摊在地上,并用水将纸整个喷湿。"张大师又下了一道令人不解的指示。

可是当家人照办,那宣纸被喷湿,风干之后,原先的水渍居然全不见,再经电熨斗一烫,简直平整如新。

"水怎么流进来,就让它怎么流出去。怎么浸渍,就让它怎么消除。"张大师抚髯笑着说。

打破葫芦

甲乙二人同时在摊子上各买了一个雕花的葫芦，甲回家之后，便把葫芦挂在墙上，有朋友来，总要介绍他这可爱的收藏。但是乙回去不久，就把葫芦打碎了，甲听了这个消息之后叹惋不已。

两年后，有一天甲到乙家做客，惊讶地发现乙家满墙挂的都是葫芦，而且花纹各异、美不胜收，比当年买的葫芦更精致。

"我在研究它雕花的方法之后，打碎葫芦取出种子，种了满架的葫芦，并以研究改良的心得，雕了这许多葫芦。"乙说。

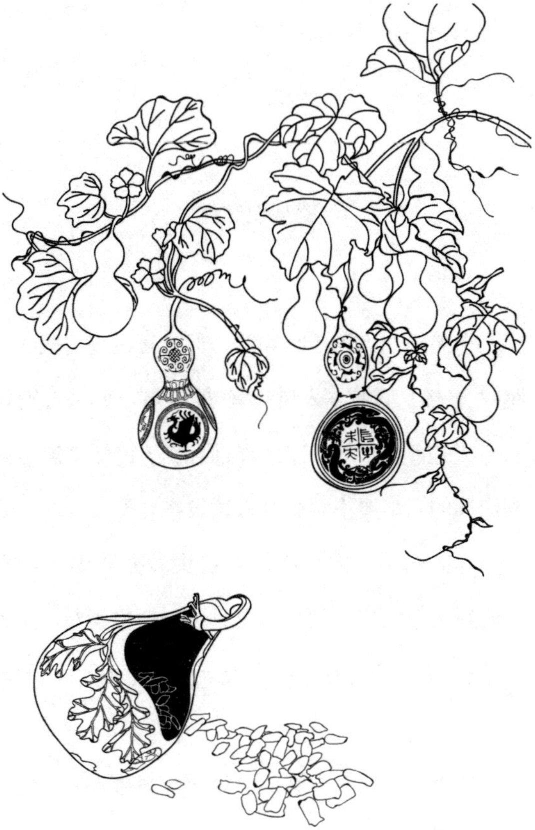

就从现在起

小陶是九点钟准时到的,但是还没进门就吓一跳:"天哪!只招考一个汽车推销员,怎么会有这么多人应征?"小陶问他前面的一个人:"您也是来应征的吗?要不要先进去领表格?"

那人白了小陶一眼,点点头又摇摇头。大概确实缺人吧!偌大的公司里只见一个推销员,正为顾客介绍车子,另外的大概就是在里面口试的老板了。

门外来了一对夫妻,看里面一大排人,就问小陶:"老板在吗?"

不 / 负 / 我 / 心

"在！可是正在为应征的人口试。"小陶说，"推销员在那儿。"指指正忙着的那个推销员。"他好像正在忙。"男人对太太说，"我们改天再来吧！你看，人那么多。"说完就转身要走。

"您二位要看车吗？"小陶追了过去，"我可以带您看。"接着带那对夫妇，一辆辆地介绍。

"这车虽然不贵，但是听关门的声音，跟宾士一样。""这车考虑到两个人对温度的需求不同，所以有两个空调控制，左边和右边出来的风可以不同。""这辆车的车灯是卤素灯，亮得多。""这款车其实跟那一型是同样的，只是名字不同，前面能坐三个人，而且便宜得多……"

一向爱车的小陶，一辆辆解说，还建议对方坐进去感觉一下。

那对夫妇的兴致，也就愈来愈高，一辆一辆比，甚至为了试隔音的效果，关上车门，叫小陶站在外面跟他们说话,还要他说大声一点儿。

"还是这辆隔音好,价钱也公道。"那太太说话了,"这位先生说得不错,它确实跟那辆顶级车没什么大分别。"

"我们就买这辆吧!"丈夫点点头。

小陶赶紧说:"那么二位稍候,我去找人带您填单。"转身,差点儿跟个白头发的老家伙撞上。

"你是来应征的?"老家伙问小陶,"你挺内行的嘛!"

小陶有点儿不好意思:"还好啦,只是平常爱注意车子。"又鞠个躬,"对不起,因为发现没人招呼他们,我就自告奋勇……"

那对夫妇立刻叫了起来:"原来他不是你们公司的?"

老家伙双手一摊,笑了:"本来不是,现在是了。"

不 / 负 / 我 / 心

不仁与不义

老赵一向有心脏病,这天晚上太太带着两个孩子出去吃喜酒,老赵一个人看家,心脏病突然发作,顿时只觉得千斤压胸、眼前发黑,翻身栽倒,连抓电话求救的力气都没有。

老赵躺在地上喘着气,心想这下完了!眼看两腿要蹬,突然听到救护车响,模模糊糊中,只觉得有人把大门打开,然后冲进一群医护人员为他急救,并将他送上车子。老赵心想:"老天有眼,幸亏太太提早回家,一定是喜酒不好吃。"可是左看右看,太太居然不在车上,送进病房老半天,才见太太带着孩子慌慌张张地跑来,而且进门劈头就问:"你来住院,也不通知我一声,而且怎么连电视机也搬走了?"

老赵先是一怔,跟着扑哧一笑:"我送人了!"

不 / 负 / 我 / 心

今夜没人来开车

在这个长岛火车站的停车场,每天早上总是停满车子,每天晚上又总是空空荡荡。因为许多在纽约曼哈顿上班的人,早晨都从家里先开车到车站,搭火车进城,下班再搭火车回到这个车站,开车回家。

火车的班次多,不堵车,不误点。附近的上班族,几乎已经没有人再自己开车进城了,也由于每天总是同一批人,在同一时间,搭同一班车,彼此虽不一定知道名字,但都有了熟识的感觉,偶尔也说说笑话、聊聊天。

但在"9·11"这天，在回长岛的火车上，不再有人说笑。每个人都板着一张脸，熟人见面也只是点个头，就又把脸朝向窗外。

车子也比较空了，有些人在世贸中心倒塌之后，吓得提前回了家。有些人被困在曼哈顿，无法搭上车。

当然，也有些人再也回不了家。

停车场上，车子一辆辆开走了，但是不像往日那样变得空空荡荡。直到深夜十二点，仍有七八辆车停在那儿，没有动。

第二天早晨，有些车子驶来，跳下人，红着眼睛，把原来停在那儿的车开走，正好碰上许多人停下车子，准备去上班。彼此讲几句话，就抱在一起哭了。

这天深夜，场上剩下三辆车子。

又过了两天，就只剩下一辆了。

不 / 负 / 我 / 心

这辆车一直停在那儿,一天又一天。

火车上有人开始提到那辆车,有人说好像是一对夫妇的;也有人见证:"听他们两口子说,是在世贸中心上班。"

更有人叹息:"他们好像没有孩子,也没有亲人。不然也不会没人来领车子。"

据说单单在这个火车站,就死了八个老乘客,不是会计师、投资分析师,就是电脑工程师。还有三个属于同一家保险公司,在第一栋被撞的一百楼上班,一下子全死了。

失事已经一个多礼拜了。附近的教堂,每天都有葬礼,花店忙着四处送慰问的鲜花。也有许多花被送到停车场,就放在那辆空车的旁边。

花愈送愈多了,还有些上班族,直接在下班时,把花带到停车场,静静地摆在那车前,再默祷一阵离开。

有人在车上贴了追思的文字、哀悼的诗，有人在地上放置了白色的蜡烛。

深夜，从远处望去，只见一片空空荡荡的停车场上，亮着一圈又一圈的烛光。

这一天是周末，许多人约好在那车子旁边，做个小小的追思。大家手牵着手，围着车子，一起唱圣歌。

"你们在干吗？"突然有人快步地跑来问。

"嘘！"人们低着头，有人小声说，"追思我们死难的朋友。"

"死难？"跑来的两个人叫了起来，"我们没有死啊！"

大家一齐转头，嘴巴一起张得大大的，有个女人甚至尖叫起来："是……是你们……"

"是啊！我们正好家里有急事，赶去加州。出事之后，飞机又停飞，所以直到今天才赶回来。

不 / 负 / 我 / 心

我们没死,我们正好躲过一劫。"

大家全怔住了,十几秒钟没人说话。

"奇迹!"终于有人叫了起来,"这不是奇迹吗?上帝垂听了我们的祷告。"接着他过去,把那对夫妇紧紧地抱在一起。其他人像从梦中惊醒,也都喊着"感谢上帝!"冲过去,与他们紧紧拥抱。

那对夫妇突然哭了:

"我们才搬来不久,平常在车上也很少跟大家说话。真没想到,你们这么关心我们、爱我们……"

从那天开始,由这一站上车的人,走得更亲近了。大家对那"曾经失踪的夫妇"尤其关心,都说他们是死而复生的,都不再称他们的名字,而叫他们"奇迹"!

东山再起

丁董垮了，十几亿的资产，一下子全没了。

居然还有消息不灵通的朋友，打电话来，邀丁董去吃饭。

"一瓶红酒就是十几万，天哪！我现在连一万都没有。"丁董挂上电话，心想，"我是真完了，连以前的朋友都不敢交了。"

丁董把杂七杂八的东西，一一从抽屉里掏出来，有扶轮社送的徽章，有客户送的领带夹，有投资公司送的资料，也有房地产公司新建大楼的简介。丁董全"哗啦"一声，倒进了垃圾桶。他做

不 / 负 / 我 / 心

梦也没想到，一年前他还打算换新大楼办公、计划开海外分公司，还被请去为年轻创业者演讲，突然间，那些创业者，个个都比他有钱了。

他，丁董，已经一文不名。

只怪自己野心太大啊！一下子投资了那么多事业，却又不内行，碰上经济低迷，像多米诺骨牌一样，一夕间，全垮了。

抽屉清到底，丁董突然眼睛一亮，居然还有本存折。噢！是那个八年前的私人存折。因为里面没几文，后来开了公司户头，又换银行开了支票户头，就把那老存折忘在了一边。

打开存折，只有四万块。哼哼！丁董苦笑了两声，心想："这还不够我以前上一次酒廊给的'小费'呢！"又笑笑，"现在倒还算个钱，提出来，大吃一顿，再买瓶烈酒，带到楼顶上喝个烂醉，应该够了。"至于下面呢？丁董不愿再想，跳下去，还有什么好想？看看表，才三点，还来得及去银行提。

丁董走出空荡荡的公司，回头看一眼，又猛一转头，把门带上。

走进电梯，看见清洁工老张，手里正拿个东西在笑，又对丁董一笑："不错，捡到五十块钱，不是您掉的吧？"

"五十块钱？"丁董摇摇头，"五十块钱能做什么？"

"啊！五十块钱可不少了！"老张把眉毛挑得高高的，"五十块可以买个很不错的便当了。"

电梯门打开，进来两个高中女生，商校的，显然在那层楼打工，其中一个打开个小信封，抽出一张东西，接着跳了起来："我拿到稿费了！"

就见另一个急着问："多少钱？多少钱？"

"三百块！"

"好棒哟！可以请我看电影了。"

走出大楼，右转，经过水果摊，丁董看见一个主妇正跟老板娘讨价还价："好嘛！便宜五块嘛！"

"不行！不行！"老板娘喊，"我才赚你三块，已经是最便宜了。"

走进银行，三点二十分，正好赶上。

丁董才要走到窗口，突然一男一女嘻嘻哈哈地冲过来，抢先一步，把存折递进去，又数了几张钞票交给柜员。就听见电脑打印机喀咔咔地响，存折又交了出来。

拿回存折，两个人居然还挡在那儿不走，男生神秘兮兮地打开存折给女生看。

就见女生叫了起来："好棒哟，你存三万多块了！"

轮到丁董了，他有点儿不好意思，也不习惯，讲句实在话，他已经太久不曾亲自去银行了。

把存折递进去，柜员小姐笑了起来："天哪！您这是多早以前的存折啊？已经是静止户了。"接着跑到里面，大概是去调旧资料，半天才回来。又神秘兮兮地对丁董笑笑："不错哟！您看！这么多年，生了好多利息，总共十一万三千四百元了。"

丁董愣了一下："真的啊！居然有那么多啦？"

"您是提四万呢？"小姐又问，"还是要多提一点儿？"

"提四万吧！"丁董想想，又一伸手，"不不不！我要改，提一万就够了，其他的存着，当我的本钱，我要再创业。十万块，足够我东山再起了！"

不 / 负 / 我 / 心

传家宝

家道中落的父亲,临终,把独子叫到床前,指指床下颤抖着说:

"这儿有一幅画,是唐代王维的真迹,你爷爷留下来的。"他苦笑了一下,"这么多年来,家里的钱被人坑的坑,倒的倒,可是我始终守着这幅画。我心里很踏实。我告诉我自己,我还有路,真走到路也绝了,还能把这幅画卖了。就这样,我居然撑了下来,能把这幅画,好好地交到你手里。"话说完,老人就咽了气。

丧事办完,儿子在母亲的陪同下,拉出床下的铁箱子，打开来，果然有一幅精裱的古画。象牙的轴头，织锦的卷首；展开来，虽然绢色早已变暗，但是笔力苍劲，一看就知道是一幅传世的无价之宝。

"把画卖了吧！"母亲说，"好供你去留学。"

"不，"儿子说，"不能卖，以前家里那么苦，爸爸都能撑下来，没卖，我也能撑下来，除非路走绝了……"

天无绝人之路。儿子居然靠着为人补习、出国打工和得到的奖学金，顺利地修到了学位，还交到一个可爱的女朋友。

"你有多少钱能娶我的女儿？"女朋友的父亲不太看得上这个穷小子。

年轻人一笑，说："伯父，我家穷，但也不穷。说实话我们还挺有钱，因为我家传下来一幅唐代王维的真迹，只是我妈不愿卖，卖了最少能买一幢房

不 / 负 / 我 / 心

子。下次我拿来,您看看就知道了。"

女朋友的父亲笑笑:"不用看了,瞧你说话的样子,就知道不假。我佩服你,那么苦,还能守住那幅画,我也相信,你能守住我女儿。"

他们结婚了,胼手胝足,打下一片江山,二十年后,成为大企业家。

他们有两个儿子,也都各有所成。每年春节,做父亲的都会在拈香拜祖先之后,再去把手洗干净,在老妻的协助下,打开那张传家之宝。

"瞧瞧!你们爷爷留下来的宝贝,'诗中有画,画中有诗',王维的画。爷爷早年经商失败,又被人骗,一穷二白的时候,明明把画卖了,就能过好日子,但是他咬着牙,硬是不卖。"老人笑笑,"爸爸也一样,明明卖了画,就有了留学的钱,可也舍不得,靠自己撑下来了。也幸亏如此,拿这幅画,赢得你外公的青睐,娶到你们的妈妈。将来这幅画就传给你们，希望你们也能好好守着。"

多年后，夫妇俩都死了。画从保险箱里拿了出来，兄弟两人抢着要，甚至翻了脸。

"得了，"做哥哥的一拍桌子，"把它卖掉算了，画不好分，钱好分，一人一半。"

这幅唐代王维的真品山水画，终于被两兄弟送到拍卖公司，收藏界早听说有这么一幅画，也早派人出来打听底价。只是，拍卖目录印出来，居然没有那幅画。据说是两兄弟又后悔了，抽回那幅王维真迹。而且两人显然达成了协议，古画归老大。为这事，老二的太太还很是不高兴，觉得丈夫无能。

直到丈夫在她耳边轻轻说了几句话，又拿出拍卖公司的鉴定书，太太才笑了。

又过了几十年，老大也将逝。

临终，他把孩子叫到床前，如同他爷爷当年把

不 / 负 / 我 / 心

他爸爸喊到床前一般,颤抖着说:"咱们银行保险箱里,藏着一幅传家之宝。你的太祖父靠它支撑着精神,熬过难关;你的祖父又靠它撑着,克服万难;我又和你叔叔,从画里得到很多教训,彼此关照着过一生。而今,这画传给你了。困苦的时候常常想想你有这个宝,你就不会自叹不如人。但是,记住,你绝对不能卖了这幅画……"

扶一把

某人坐计程车,路上看见一个因为超速而自己翻覆的摩托车。

骑士面孔朝下地躺在路旁,汩汩的鲜血自额角沁出,经过的人居然没有一个去救他。

"最起码应该把他扶坐起来,头朝上,以减低脑里的血压,否则活不了多久。"司机说。

某人一路上不断回想司机的话,下车时忍不住地问:"你既然知道,把他扶坐起来,可以救他一命,为什么刚才不停车去做呢?"

不 / 负 / 我 / 心

"你既然听到我这样说,为什么不叫我停车,自己下去扶呢?"

擦鞋风波

车站广场上,有许多背着小木箱子跑来跑去的少年。

只要有穿着皮鞋,看起来比较体面的人经过,少年们便争先恐后地跑过去:"先生!要不要擦皮鞋?"

擦皮鞋,在这个贫穷国家的贫穷小城,是奢侈的行为。正因为奢侈,所以能为客人擦双皮鞋,也就有了奢侈的收入。据说一个星期,只要能擦到两双鞋,家里的菜钱就不成问题了。

怪不得有这么多人在等,也怪不得他们拼命抓

不 / 负 / 我 / 心

客人。

　　这一天已经近傍晚了,少年们却没做到几桩生意,突然有车停下,走出个观光客。

　　"您要不要擦鞋?"两个眼尖腿快的少年,一左一右,同时抓住那个人。

　　"好啊!"

　　两个少年的眼睛瞬时亮了,但跟着瞪了!红了!

　　"我先抓到的!"

　　"我才是先抓到的!"

　　两个人先是将观光客各朝自己的方向拉,接着向前冲、怒目相对。四周的少年都拥了过来,各为自己的朋友助威、叫阵。

　　观光客是儒雅的绅士,居然非但没被这火爆的场面吓到,反而把两个少年拉开。

　　"擦鞋不是一件需要耐心的工作吗?你们要是

没耐心,我怎么敢擦呢?我先请问,你们谁擦得比较好?"

"我!"

"我!"

"好!"观光客笑笑,"所幸我有两只鞋,你们就各擦一只,比比看,谁擦得亮吧!"

暴戾之气突然消散了,观光客坐下,两个少年匆忙地打开木箱。

晚霞中,只见车站广场上坐了一圈少年,盯着中间的三个人。

观光客一边让两个少年擦鞋,一边环顾四周:

"其实我小时候是在这儿长大的。到外地奔波奋斗了几十年,才发现真正的成功,总是在良性的竞争中得到。"

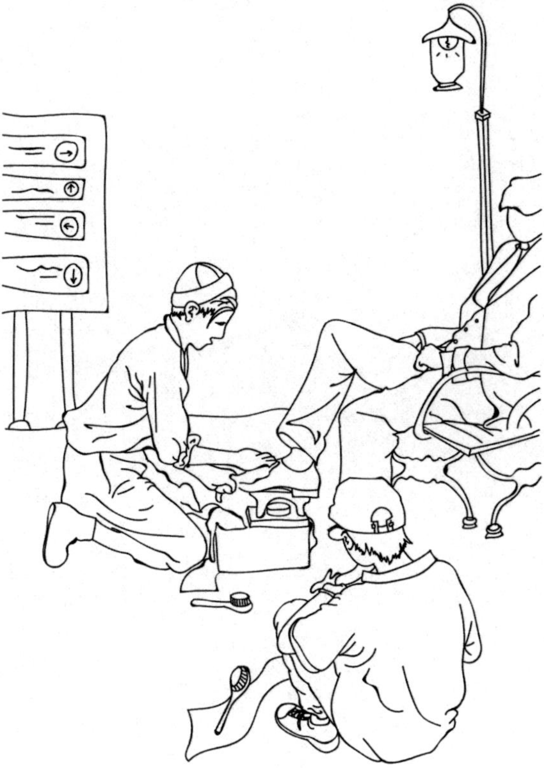

现代启示录 II

笑得开怀,笑得放肆,好像要把一切是非恩怨都笑忘掉似的。

狗！对邻居要礼貌

刚搬到这公园对面，真让他有点儿不习惯。

原来以为对着公园，会特别安静，没想到反而更吵，尤其是深夜，有时好梦正酣，突然被一阵狗吠惊醒。

天哪！少说也有十几只狗吧！有大的，也有小的，有老的，也有少的。从那狗的叫声就知道，有的低沉像男低音，有的尖锐如女高音，还有的拉长了嗓子喊，像花腔女高音。

一定是有什么让它们看不顺眼的人经过，惊动了一只，十几只就一起叫起来。

不 / 负 / 我 / 心

问题是,它们为谁叫呢?猫抓老鼠狗看门。这些全是在街上流浪的野狗,它们叫给谁听?又为谁看门呢?

所幸有时候群狗叫得太不像话了,便听见沉沉的一声:

"狗!不要叫!"

也真神了,就这么一声,立刻天下太平。

他知道这发号施令的是"老汉"。

大家都管那老头子叫老汉,据说他还是个抗战英雄,负伤退了伍。腿不好,总坐在门前的椅子上。还常把椅子拖进公园,靠在上面吃饭、睡觉。有时候,他拉开窗,看到公园里的画面,倒挺有意思——

老汉在中间睡,群狗在四周睡。突然有车经过,又群犬跃起,吠声大作。

只是这一天有点儿奇怪。

一大早,外面就传来一片犬吠。那吠声跟往常不太一样,带着恐惧,又好像哀鸣。

他拉开窗,看见一群狗正对着一辆车子鬼叫,车里也有狗呼应。两个穿着制服的人,拿着带铁圈的棍子在抓狗。

一个人拦,一个人套。棍子一伸,圈子往狗脖子上一套、一拉,那狗便尖叫着挣扎着被悬空吊起来。砰一声,扔进车子。

原来是有关部门派来抓狗的车子。他正暗自叫好,突然那沉沉的声音又出现了。

"狗!那是我的狗!"老汉气急败坏地冲到路中央。抓狗人一要套哪只,老汉就大喊。

"那黄狗是我的!"

"那黑狗是我的!"

"那是我的小白!"

不 / 负 / 我 / 心

"那是我的小花!"

抓狗人也火了:"满街的野狗,全是你的好不好?是你养的,为什么不打针?为什么不挂牌?"

"老子来不及!"老汉吼了回去,群狗也跟着吼。

抓狗的年轻人大概是被老汉的样子吓到了,一边咕咕哝哝地骂,一边开车走了。开到路口,还被老汉追上,救下两只"老汉的狗"!

"迟早把这些野狗全抓走!"抓狗的人隔着车窗喊。

"俺等着瞧!"老汉挥着拐杖骂。

第二天一早,又听见狗叫。

探出头,原来是老汉自己在抓狗。一根绳子一条狗,两只手拉了一串。

他笑了!心想老汉自己处置了,搞不好是卖给香肉店。

只是,当天傍晚,他下班回来,发现公园里又躺了一排狗。不同的是,每只狗都变漂亮、变干净了。还有,每只狗都戴了颈环,环上挂着牌子,有一只摇着牌子对他冲过来。

"狗!对邻居要礼貌!"后面传来沉沉的一声。

不 / 负 / 我 / 心

和上帝连线

平静的山村里有大新闻:半山腰盖了一座教堂!

白色大理石的墙壁,彩色嵌玻璃的长窗,高高耸立的尖顶。还有那整齐的水泥石阶,一直修到近溪谷的村落。每当夕阳西斜,教堂顶上的十字架反射着金光,任何人举头,都忍不住地赞叹一声:多灿烂的光芒!

尤其是每个星期天早上的钟声,更在山谷中绵延回荡,似乎催促着人们,从那简陋的木屋中出来,顺着新砌的石阶,步入华丽的殿堂。

初落成时，确实有不少好奇的村民，怯生生地踏入教堂的大门，在悠扬的圣乐声中坐下，虔敬地寻求祝福。

但是当礼拜完毕，村民们回到自己的小屋，总觉得有几分失落。牧师浆烫笔挺的黑服白领，和圣诗队的长袍，与村民们破旧的衣衫格格不入。人们愈来愈觉得上帝如同华丽的教堂，高高在上，尽管有石阶相通，却显得那么遥远，教友也就渐渐少了。

牧师百思不解，为什么即使在城市里都能吸引人的教堂，在这儿却得不到共鸣？城市里富足的人们尚且渴求救恩，难道山村里贫苦的民众反而不需要吗？

他挨家探访，劝村民们去做礼拜，却发现人们宁愿盯着收讯不良的电视，也懒得理会苦口婆心的牧师。

不 / 负 / 我 / 心

"长期看跳动的电视荧幕,眼睛一定会坏。"牧师特意由城里请了眼科医生,免费为大家检查,但是没有几个村民去。

"电视愈不好看,愈能减少吸引力,使他们到教堂来!"牧师的太太说。但是教友不但没增加,电视反而愈来愈多,只闻山谷中一片电视的嘈杂。

牧师终于想通了!他利用教堂高高的尖顶,装设了一架小型的转播站,把由山外收到的电视讯号传入山谷。

当天晚上,山村里一片喧腾,大家争相转告,原来只见人影的画面,突然变得清晰。大人兴奋地欣赏,孩子高兴地跳跃:这真是个奇迹!

怎么来的奇迹呢?

星期天早上,教堂挤满了人,大家高声地跟着琴音颂赞,颂赞那不仅高高在上,而且能降福村民的上帝。

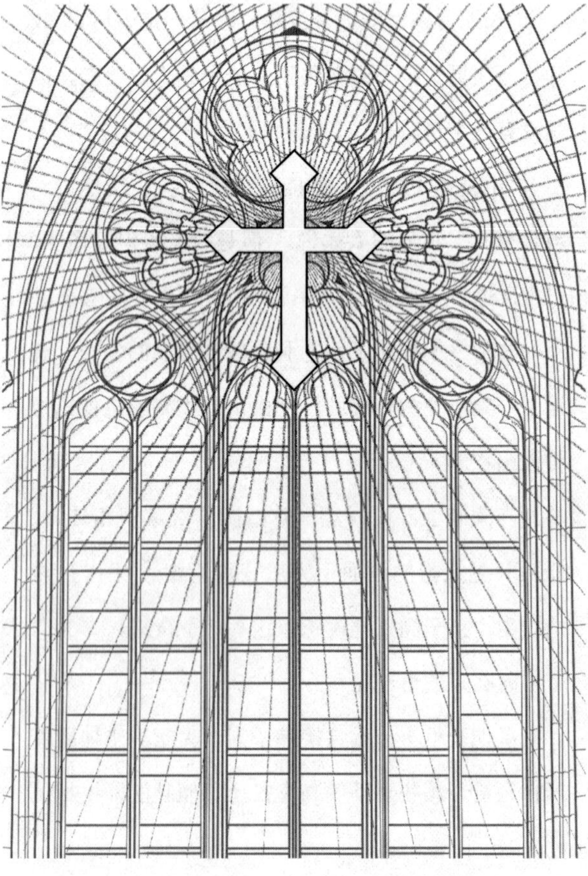

不 / 负 / 我 / 心

有话要说

沉寂将近三十年的丁营长,突然打电话给记者,说他"有话要说"!

丁营长,老丁,那个退伍二十多年的老同事?当年一块儿喝酒扯淡的老朋友,他有话要说,说什么?

老丁,这个当年的关键人物,经过时间的冲刷,原本早被遗忘,现在却渐渐浮上"几个朋友"的脑海。

"唉!怎能把这个老朋友冷落了呢?"王将军一早就轻车简从去找老丁,先交代侍从在山脚等待，再一个人上山。老丁的门没关，人正蹲在地上冲凉，差点儿泼了王将军一身水。

王将军走后不久，李司长也来了，居然放下百忙，陪老丁坐在门前的小板凳上，下了两盘棋。

山里的风带着草香、树香，穿过树梢发出沙沙的声音，使他们想起当年，一爬就是十几个山头，一打仗就是几天几夜不睡觉。刚捡回一条命，就摆下棋盘，开另一个战场。

棋还没下完，商业巨子老周也来了，提着两瓶XO，爬了一百多级石阶，老周已经喘得不成样子。老丁自己炒了两碟菜，三人就在门前的风里小酌。

"还是你过得惬意！"老周拍拍老丁，"三十年不见，只有你，能做闲云野鹤。"说着叹了口气，"其实名利都是空的，不必计较太多。"

"老丁当年急流勇退是对的，算算几个兄弟，

不 / 负 / 我 / 心

就数老丁最够义气。"李司长举起酒杯,"过去是我们太疏忽这个兄弟了,该罚该罚!以后老丁你要是有什么需要,包在我们身上!"

"可不是嘛!这儿不好住,干脆搬我那儿去,我在城里有栋房子,空着也是空着。"

老丁没答话,只是笑。隐居到这山里二十年,老丁很少这样笑了。

也可以说几个老朋友,都已经太久不曾这样笑了。笑得开怀,笑得放肆,好像要把一切是非恩怨都笑忘掉似的。

他们约定,由各人轮流做东,带着酒菜到山上聚会,为当年的老战友排解寂寞。

从此山上常有笑声传来。连在山下等待的司机和侍从们,都感受到这不平常的喜气。

临终,三个老朋友都守在老丁病床旁边。

"谢谢你们!谢谢你们陪我度过最后的这些日

子。"老丁气息已经十分微弱,"我没写什么,也早把当年的事忘了!我打电话给记者,只是想说:'我好寂寞,好想看看当年的老朋友!'"

不 / 负 / 我 / 心

萧道士捉鬼

萧道士是最令人敬畏的,不但人怕他,连鬼都怕他,当然也可以说因为连鬼都怕萧道士,所以人们更对他敬畏万分。

萧道士被请去抓鬼的时候,必定先由小兵开道,据说有阴阳眼的人,在几里外就能看见萧道士,因为有一股正气直冲云霄。至于那些小鬼邪灵,自然不待萧道士驾临,就一个个魂飞魄散,永世不得超生。

当然最精彩的还是萧道士"画符念咒降魔收妖"的那一刻,只见萧道士举起朱砂笔,龙飞凤舞，一挥而就；举剑扬符，点一把神火，念一篇神咒，再含一口神水，往那被鬼附体的人脸上一喷。

这时四周人也都照萧道士的指点齐声呐喊："去！"

就见那被附体的人突然浑身一阵颤抖，口吐白沫，再眼白一翻，脚底一蹬，有如暴死。接着悠悠醒转，仿佛大梦初醒，对附体的事情一无所知，从此邪灵不再侵身，使他好像重生一般。

其实萧道士自己也不清楚，为什么能有这样的法力。当年他只是因为连上一个弟兄疑似被鬼邪侵体，终日胡说八道，还赤身裸体在营里游走，萧道士身为连长，心想他不过是装疯，于是聚集弟兄，把那装疯卖傻的围在中间，然后自吹家传，能捉鬼拿妖，胡乱画个符，用刺刀挑着烧了，又对"那弟兄"喷了口水，大吼一声，居然奇迹出现，也不知是真是假，那弟兄顿时恢复了正常。

不 / 负 / 我 / 心

从此萧道士的"神名"不胫而走,且随着连上一百多位弟兄退伍而传遍全国。遇有一般术士、神人对付不了的"案子",弟兄们更千里迢迢地把萧道士请去。

果然,萧道士从来不辱使命。

这一天,萧道士参加友人晚宴,喝了三分醉,勉强开车上路,大家想他通神,也不敢阻拦。岂知行至荒郊野外,一个不小心,冲进了田边的水沟。

萧道士不得不爬出车子,摸黑走回家。

正走着,突然,脖子一紧,好像有人打劫,从后面扼住了萧道士的喉咙。

萧道士行伍出身,当下右肘向后猛一拐,居然落空。再弯身用"脱擒法",由两腿间抱敌人腿,又落空。

萧道士心想:"不好,真碰上鬼了。"不过再一

想,心立刻定下来,沉声吼道:

"你这小鬼!好大的胆子,不知道老子是谁吗?"

"知道!"后面传来幽幽的声音,"你是萧道士、假道士。"

"胡说!"萧道士心一虚,但立刻又振作起来,"我拿妖无数,你还不快滚?小心我收拾你!"

"你收拾啊!"那幽幽的声音说,"你这假道士,你以为我们真怕你吗?你错啦!"

顿时四野传来一片呼应:"你错啦!""你错啦!""你错啦!"

那幽幽的声音又起:"过去我们怕你,不是真怕,是怕你的那批弟兄,他们信你,把你当成神。他们的阳气加在一起,我们挡不住,所以避开。今天,你一个人,屁也不是;你啊!其实比普通人还不如,今天换我们替天行道,收拾你这江湖

不 / 负 / 我 / 心

术士！"

萧道士死了，报上登出好大的讣闻，说他酒后驾车失事而死。

公祭时，大厅正中央挂着高层要员颁的匾额——

"一代钟馗"。

萧道士当年的弟兄和那些由萧道士驱鬼而受惠于他的善男信女，全都参加了丧礼。而且自认为与萧道士"一路"的人，络绎不绝，路为之塞，好不哀荣。

姑息养奸

小李到裱画店当学徒已经一年多了,技术学到不少,生活起居也都满意,唯一令他困扰的是师傅姑息养奸的态度。

那被养的"奸"是老鼠,小李活到二十岁,还从来没见过那么肥大又猖狂的老鼠。他在桌上裱画,老鼠就在桌下追逐,还发出吱吱的叫声;尤其令他痛恨的,是每天晚上刚躺下,就听见老鼠跳上裱画桌,喝那盆子里的糨糊,还得意地打饱嗝。

每当小李说要清除鼠患,师傅都笑:"反正它又不咬画,糨糊多得是,让它们吃一点儿也没关

不 / 负 / 我 / 心

系。这些老鼠挺知趣,你几时见它们在糨糊里拉过半粒屎?"

听完这番话,小李就更有气了,因为糨糊是他调的,变成他在伺候老鼠似的。有一回他被老鼠吃夜宵的声音吵得睡不着觉,拿着扫把下去追,居然还被师傅训斥一顿,说如果碰伤了画,岂非连老鼠都不如。

报复的机会终于来了,师傅在乡下的家里有事,带着老小离开一个星期。

当天晚上,小李就把剩下的糨糊全倒了,并把盆子里外刷得一干二净。又拿裱画刀,将那桌边沾到的干糨糊全刮掉。

"把你们饿扁,看你们滚不滚!"小李得意地想。

夜里,他很清楚地听见老鼠们跳上跳下和吱吱讨论的声音,又梦到人鼠大战的场面。当然,最后是小李获胜。

师傅终于回来了,一进门,小李就报告自己治鼠的成绩。没想到师傅顿时蹙了眉,先是低下头沉吟,跟着叫小李把立在墙边的裱画板全翻过来。

才翻开第一块,小李就吓呆了,豆大的汗珠从额头渗出来,滴在那被咬啮得面目全非的画上。

狗儿子

小周养了一只狗,宠爱得如同儿子一般,院里四处都是狗的橡皮玩具,只要问:"玩具在哪里?"狗就会立刻叼一个给小周,并请求主人抛到空中,然后一跃腾空,在离地足有五尺的地方将玩具接住。对于自己的狗有这种本领,小周十分得意,每当朋友来访,总要露两招给大家瞧瞧,那狗似乎也颇领受掌声,摇尾挺胸,绕场巡走。

某夜,小周在回家的路上遇见强盗,不但失了财物,而且被打得鼻青脸肿,他衣衫破碎、步履踉跄地挨到家门,岂料那狗居然隔着大门的铁栅狂吠，仿佛小周倒成了土匪。

小周喊那狗的名字，狗却吠得更凶，全然不认识了主人一样，黑暗中甚至可以很清楚地看见它龇着白牙。

"玩具在哪里？"小周灵机一动。

吠声果然停止，狗认出了主人，立刻换为摇尾的欢迎，并隔着铁栅递过来一个橡皮米老鼠。

小周没有把玩具甩过去给狗接，却在第二天把狗给甩了。

不 / 负 / 我 / 心

致命的母爱

敌兵冲进民宅,以枪口对准男主人的胸膛,命令女主人拿出仅存的食物,并占据了他们唯一的房间。

夜深了,精疲力竭的敌兵纷纷睡去,月光洒进窗口,照在浑身泥沙、满脸倦容的敌兵身上。"都是人子啊!才十七八岁,还没完全懂事呢!在家恐怕还要母亲提醒他多穿衣服的孩子。只为了成人争权夺利,被强迫远离家乡,多么可怜!"瑟缩在墙角的女主人突然想到自己离家的孩子,一股母爱和同情从心底油然而生,"夜里多冷,那孩子的军毯居然滑落了！"

女主人缓缓站起，轻步走到敌兵身边，唯恐自己的脚步会惊醒那年轻人的故乡梦。

"你的梦里或许正有着疼爱你的母亲呢！"女主人弯下身，拾起军毯为年轻人盖上。

突然，那敌兵张开双眼，吃惊地浑身震动，如同野兽般怒吼，明晃晃的刺刀穿透了女主人的胸膛，滴血的刀尖在月光下闪着寒光。

接着又一声枪响，冲过去援救的男主人，也倒在了血泊中。

"这女人居然想暗算我！"年轻的敌兵喃喃地抽出刺刀，"妈啊！幸亏我被惊醒，也幸亏您在梦中保护，否则我就再也看不见您了！"

不 / 负 / 我 / 心

师公显灵

"哦！欢迎！欢迎！这是你们一家人吗？"负责挂号的先生隔着八仙桌打招呼，"他们是……"

"我大女儿春梅，还有二女儿春桃，这是春梅的儿子小权。我先生没能等到这个外孙出生，就死了，今天带来给他看看！"

"大女婿没来？"

"是啊！不知得了什么怪病，躺了半年多了，想问问我先生怎么办，保佑保佑这个女婿……"

"小女婿呢？"

"小女儿还没嫁，哪儿来的女婿？不过就快了，也是为了给她办嫁妆,不得不问问我先生,巷口布店欠我们十七万的借据找不到了……"

"对了,我忘记写下你的名字了。"

"我叫丽水,洪丽水啦!"

"你先生也叫你丽水吗?我们招魂得去阴间叫,可以说丽水找她的丈夫吗?"

"不!他都叫我阿水,管女儿叫阿梅、阿桃……"

"可以了!你们交了钱,进去等着,人多,不一定都能招到,这次不行,下次再来!"

不到半个钟头,一家人居然哭成一团地出来:"师公真是太灵了!没想到孩子的爹那么想我们,一开始就显灵了,声音虽然弱,但我听得很清楚,他先叫我'阿水啊!阿水!'还要阿梅把孩子抱近一点儿看,说女婿的病,他会去拜托下面的人。而且没等我问,他居然就先提那张借据的事,说他不小心丢掉了,但布店的人不会赖账,如果他们敢赖账,他在下面一定给布店好看!真是太灵了!太灵了!"

阿水哭着说:

"只是有一点我不懂,布店明明欠我们十八万,刚才挂号,我一时糊涂,少说了一万,我先生怎么也记成十七万了呢?"

流浪汉与天使

突然一户二楼人家爆发出男女的争吵声,且由断续的辩论,演变为相对的咆哮,接着是杯盘碎裂、桌椅折断……在女人的尖声嘶喊中,一团东西飞出窗外。正抬头盯着二楼看的路人,毫不犹豫地一个箭步冲上去,稳稳地接住了丢下来的东西。此时那楼上的女人,已经如同发了疯似的尖声哭喊着跑出来,先是惶然四顾,跟着直奔向那个路人。

她的尖叫倏地停止了,却有一串婴儿的啼哭声,从那路人手上的东西传出来。

"这是奇迹!一个难得的奇迹!"成群的记者

不 / 负 / 我 / 心

闻信拥至,争相报道这个令人难以置信的消息:"这是悲剧的开场,喜剧的结局!""若没有上帝的眷顾,绝不可能有如此幸运的事!"

原先争吵的夫妻,也与婴儿相拥而泣,丈夫对着千万电视机前的观众忏悔,发誓再也不会做出摔孩子这么丧心病狂的事。当然那个路人更成为英雄,尽管他蓬头垢面、衣衫褴褛,但是在人们眼中,他已经成了天使的化身。

"你事先知道那被扔下来的是婴儿吗?"一位记者问。

"说实在话,我不知道!"

"那你怎么敢去接呢?你不怕那是一团垃圾,或危险的爆炸物吗?"

"因为我是一个无家可归的人,总在那一带流浪,我知道他们经常吵架,而且总是往窗外扔东西……"

事情发生后第三天。

那对男女抱着婴儿出现在流浪汉栖身的废屋前,并高喊那流浪汉的名字。

流浪汉高兴地出来迎接。

"我们是来讨回你之前捡走的东西,包括两个礼拜前我们吵架时扔出来的录音机,以及上个月丢掉的花瓶!"

不 / 负 / 我 / 心

狼人报恩

老陆每天晚餐后,总要到附近的一座桥上散步,走过去,走回来,吹吹晚风,抽支香烟,十分惬意。

这天,老陆过桥时就看见一个人神色凝重地徘徊着,回头时,天已经黑了,突然桥边人影一闪,只听桥下"扑通"一声。

老陆一秒钟都没迟疑,脱下鞋子,跟着纵身入水。

效命海军几十年,老陆在水里比在陆上还灵活,没两下就抓住了那个人。那人还推老陆,一副非死不可的样子。老陆将他硬拖上岸,那人居然趴在地上痛哭,问老陆为什么要救他。

怕他再寻死,老陆好说歹说地把那人带回家,为他换上干衣服,还下厨煮了碗面。当老陆得知那人是因为缺钱,被债主逼急了才寻短见的时候,老陆便掏出自己的积蓄,拿了两万块钱给他。

那人笑了,说自己有救了,接着倒在老陆的沙发上,疲倦地睡着了。

第二天,老陆起得比平常早些,想为可怜人出去买早点,却发现门是开着的。老陆大惊,冲去翻自己藏棺材本的地方,只剩下空空的饼干盒,黄金、美钞——老陆半辈子的积蓄全不见了。

老陆报了警,可是连对方的名字、工作都不知道,又从何查起呢?所幸还有终身俸,否则老陆也要跳河了。

老陆没跳河,但再也不会跳下河去救人。"让

不 / 负 / 我 / 心

要死的人去死,死一个少一个祸害!"老陆咬牙切齿地想。

事隔四年,突然有人半夜按铃,老陆打开门,赫然是那个良心让狗吃掉的人。

老陆正要破口大骂,那人却满脸笑容地塞过一包钱。老陆觉得沉甸甸的,吓了一跳,低头看看,总有几百万。

"我当时被债主逼得自杀,您救了我的命,如果救不了我的急,我还是得死!所以好人做到底,让我用您的钱,真正救自己一命。"那人西装笔挺、气宇轩昂地随老陆走进门,"话再说回来,我若不是用您那笔钱解决了问题,也不可能东山再起,有如今加倍报答您的一天哪!"

臭鬼

妈妈同意为珊珊办生日派对,但是有一个条件:"你谁都可以请,就是不能请大毛!"

"我才不会请他呢!哪怕他给我下跪,我也不会让他进门。"珊珊笑着说。

同学们知道珊珊没请大毛,也都叫好:"好极了,臭鬼不来,大家可以不必屏住呼吸了!""臭鬼"是大毛的外号,因为他实在臭气熏人。有人说他从不洗澡;有人说他妈懒,从来不洗衣服;还有人说他是天生的臭种,上辈子是臭鼬,出汗都是臭的。

不 / 负 / 我 / 心

不但同学躲着臭鬼，连家长们也都彼此咬耳朵："可别让那个臭鬼去你家。""他啊！出身不好，不但穷，而且天生就像从粪坑里爬出来的。""可不是嘛！我一靠近他，就作呕！"

新年级的新导师也发现了，因为每次她讲课时，走到大毛旁边，都能闻到一股怪味道。但是，她没像以前的老师，把大毛调到最后一排，她要找出原因，于是去大毛家做了家庭访问。

真臭啊！果然一进大毛家门，就是一股怪味道。

小小的一间公寓房子，又做卧室，又当客厅、餐厅，大毛就蹲在一角写功课。

问题是，并不像同学们说的，他妈妈不洗衣服，只见他家四处挂满衣服，连浴室里都拉着绳子，上面挂的衣服还直滴水呢！

"我儿子说同学都嫌他臭。"大毛的妈妈对老师说,"所以每天都要我洗衣服,大概闻惯了,我没觉得臭啊!老师!您觉得臭吗?"

老师想了想,摇摇头,笑着说:"不臭!不臭!其实大毛很干净。"

家庭访问之后,才一个礼拜,大家就发现大毛居然不臭了,而且再也不臭。"各位家长,你们以后为孩子办派对,别再拒绝大毛了。"老师在家长会上说,"他现在一点儿都不臭了。"

"是啊!我孩子已经回来跟我说了。"有家长好奇地问,"为什么?他不出汗了吗?"

"他爸爸早死,妈妈收入少,买不起洗衣机,天天用手洗衣服。他家的屋子小,又没阳台,总在屋里晾衣服;台湾潮湿,当然会有霉味。"老师说,"正好我要换洗衣烘干机,就把旧的机器送给她了。衣服是用烘干机烘干的,当然不再臭。"

不 / 负 / 我 / 心

密医杀人事件

这是一个曾经害过不少人的密医。他只是小学毕业，却靠着在医院当技工和书本上偷学到的一些知识，为人看病。

为了逃避受害人，他由这个城市躲到那个城市，由东岸移到了西岸。居然靠着他高明的伪装技术，一直逃过制裁。

他的墙上挂满了烫金边的假证书和执照，他的衣服雪白，他的谈吐儒雅，他的眼光慈祥，更重要的是——他的收费低廉。

遇到贫苦的病患，他甚至免费诊疗。

所以每当他出了事,匆匆逃离一个地方的时候,尽管受害人咬牙切齿,多数民众却是一片怅惘,甚至充满伤悲:

"想想他救的人,足以弥补他害的人!他是个真正的好医生。而那些正牌医生,也并非不会害人,只是他们总能想办法,靠保险公司的理赔开脱而已!"

"有了他的低廉收费,才能约束那些正牌医生漫天要价。他一走,附近医生的诊疗费,马上就提高了许多!"穷人们伤心地说,"他走了!我们失去了真正的依靠!"

密医终于落网了!警察冲进诊所时,他正为人动手术。

警察不敢立刻上前抓人,怕影响手术的进行。只是病人仍然死在了手术台上。

"因为这些警察给我的精神太大的威胁,使我

不 / 负 / 我 / 心

有了闪失,害死病人!"密医说。

"我们要告密医,叫他偿命!"死者的家属哭喊着,"也要控告警察,为什么明明知道他是密医,还不立刻阻止他动手术?!"

一只眼看人间

眼库告急,已经不是一两年的事,排队等着移植眼角膜的名单早已有了厚厚一沓,但保守的民众,就是没人愿意身后捐出器官,死者的亲人更是绝不签字。

"捐了他的眼角膜,怎么走他的黄泉路?"

"我们是愿意做善事,但也要考虑自己和亲人的身后啊!你说死了看不见,我怎么知道?你找个死人来对我说,死掉以后用不着眼角膜,我就捐!"

"身体发肤,受之父母,不可毁伤,更何况灵魂之窗的眼睛!你叫我捐了,死后怎么向父母

不 / 负 / 我 / 心

交代？"

"你们叫我捐，我请问你们自己有没有签字捐？"一个人反问眼库的义工，"你的亲戚有没有捐？"

义工沉默了。她自己是早签了字，但连最亲近的丈夫都说不动。

这天早上，义工又对丈夫提出要求，未料才开口，男人就冒了火："你死后捐掉眼角膜，看不见了，总要有个看得见的带路吧？我保留一双眼，跟你平均起来，两人两只眼，一人才一只，不为过吧？"

义工突然灵光一闪，冲出门去。

当天，她找了二十多人签字，每人死后捐一只眼角膜。

"不但做了善事，也为自己留个退路：一只眼留在阳间看世界，一只眼带到阴间看黄泉，倒也不错！"签字的人高兴地说。

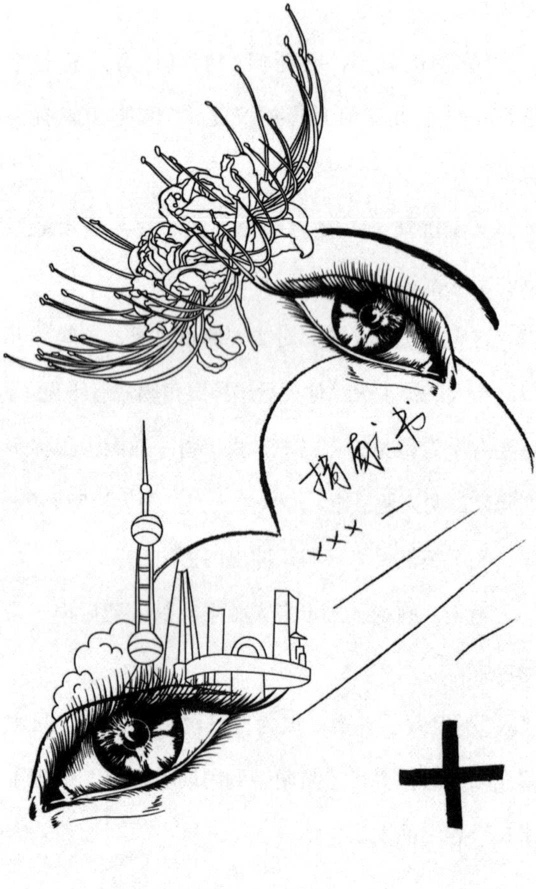

[美]刘墉 著

抓住心灵的震颤

（第三册）

花山文艺出版社
河北·石家庄

图书在版编目（CIP）数据

人生海海，自在独行．抓住心灵的震颤／（美）刘墉著．—石家庄：花山文艺出版社，2023.7
ISBN 978-7-5511-2377-8

Ⅰ.①人…　Ⅱ.①刘…　Ⅲ.①散文集－美国－现代　Ⅳ.① I712.65

中国国家版本馆 CIP 数据核字 (2023) 第 136331 号
经刘墉授权在中国大陆地区独家出版发行

前言

在这个平凡的世界，我们最需要的不见得是奇伟之人，而是那种真真切切、实实在在，可以不忠于世俗，却无负自己良心的人。

在心灵最微妙的地方

我的心底总藏着三个小故事，每次想起，都不由得一惊。因为我原以为自己很聪明、很客观，直到经历这些故事之后，才发觉许多事，只有亲身参与的人，方能了解。那是人性最微妙的一种感觉，很难用世俗的标准来判断。

当我在圣约翰大学教书的时候，有一位同事，家里已经有个患先天愚型症的弟弟，但是当他太太怀孕之后，居然没做羊水穿刺，又生下个患先天愚型症的孩子。

消息传出，大家都说他笨，明知先天愚型症有遗传的可能，还那么大意。我也曾在文章里写到这件事，讽刺他的愚蠢。直到有一天，他对我说：

"其实我太太去做了穿刺，也化验出了先天愚型症，我们决定堕胎。但是就在约好堕胎的那天上午，我母亲带我弟弟一起来。我那患先天愚型症的弟弟，以为我太太得了什么重病，先拉着我太太的手，一直说保重！保重！又过来，扑在我身上，把我紧紧抱住，说'哥哥，上帝会保佑你们'。他们走后，我跟太太默默地坐了好久。不错！我是曾经怨父母为什么生个

抓住心灵的震颤

先天愚型儿，白花好多时间在他身上。但是，我也发觉，他毕竟是我的弟弟，他那么爱我，而且毫不掩饰地表现出来。我和我太太想，如果肚子里的是个像我弟弟那么真实的孩子，我们能因为他比较笨，就把他杀掉吗？他也是个生命，他也是上帝的馈赠啊！所以，我们打电话给医生，说我们不去了……"

二十多年前，我当电视记者的时候，有一次要去韩国采访亚洲影展。

当时去外国的手续很难办，不但要各种证件，而且得请公司的人事和安全单位出函。

我好不容易备妥了各项证件，送去给电影协会代办手续的一位先生。可是才回公司，就接到他的电话，说我少了一份东西。

"我刚才放在一个信封里交给您了啊！"我说。

"没有！我没看到！"对方斩钉截铁地回答。

我立刻冲去了西门町的影协办公室，当面告诉他，我确实自己细细点过，再装在牛皮纸信封里交给了他。

他举起我的信封，抖了抖，说："没有！"

"我用人格担保，我装了！"我大声说。

"我也人格担保，我没收到！"他也大声吼回来。

"你找找看，一定是掉在了什么地方！"我吼得更大声。

"我早找了，我没那么糊涂，你一定没给我。"他也吼得更响。

眼看采访在即，我气呼呼地赶回公司，又去一关一关求爷爷告奶奶地办那份文件。就在办的时候，我突然接到影协那个人的电话。

"对不起！刘先生，是我不对，不小心把您的文件夹在别人的文件里了，我真不是人，真不是人，真不是人……"

我怔住了，忘记是怎么挂上那个电话的。

抓住心灵的震颤

我今天也忘记了那个人的长相。但不知为什么，我总忘不了他，明明是他错，我却觉得他很伟大，他明明可以为保全自己的面子，把发现的东西灭迹。但是，他没这么做，他来认错。

我佩服他，觉得他是一位勇者。

许多年前，我应美国水墨画协会的邀请，担任当年国际水墨画展的全权主审。所谓全权主审，是整个画展只由我一个人评审；入选不入选，得奖不得奖，全凭我一句话。他们这样做的目的，一方面是尊重主审，另一方面也是避免许多评审品位相左，导致最后反而是中间地带的作品得奖。不如每届展览请一位不同风格的主审，使各种风格的作品，都有获得青睐的机会。

那天评审，我准备了一些小贴纸，先为自己属意的作品贴上，再斟酌着删除。

评审完毕，主办单位请我吃饭，再由原来接我的女士送我回家。

晚上，她一边开车，一边笑着问：

"对不起！刘教授，不知能不能问您一个问题。没有任何别的意思，我只是想知道，为什么那幅有红色岩石和一群小鸟的画，您先贴了标签，后来又拿掉了呢？"

"那张画确实不错，只是我觉得笔触硬了一点儿，名额有限，只好……"我说完，又笑笑，"你认识这位画家吗？"

"认识！"她说，"是我！"

不知为什么，我的脸一下子红了。她是水墨画协会的负责人之一，而且从头到尾跟着我，她只要事先给我一点点暗示，说那是她的画，我即使再客观，都可能受到影响，起码，最后落选的不会是她。

一直到今天，十年了，我都忘不了她。虽然我一

抓　住　心　灵　的　震　颤

点儿都没错,却总觉得欠了她。

三个故事说完了。从世俗的角度,那教授是笨蛋,那影协的先生是混蛋,那水墨画协会的女士是蠢蛋。

但是,在我心中,他们都是最真实的人。在这个平凡的世界,我们需要的不见得是奇伟之人,而是这种真真切切、实实在在,可以不忠于世俗,却无负自己良心的人。

每次我在评断一件事或一个人之前,都会想到这三个故事,他们教了我许多,他们教我用"眼"看,也用"心"看。当我看到心灵最微妙的地方,常会有一百八十度的大转变。

这本书就收集了许多这类的小故事,这些故事的主角都很平凡,有着一切人性的卑劣与崇高。他们藏在这世界的每个角落，且让心灵角落的"那种说不出的东西"，偷偷流露出来。

这本书的出版，也有它的道理——

自从去年，我出版了《我不是教你诈》，就有许多意犹未尽的读者，催我写续集。

诚如他们所说，像《我不是教你诈》所描写的人生现象，绝对写不完，挟金石堂排行榜连续十一个月第一名的冲力，第二集也该早早出笼。

但是，我把第二集压下了，决定先出版这本书，一方面如同我在《冷眼看人生》之后，出版《冲破人生的冰河》，是为了寒暖的调配；另一方面，我觉得既然在《我不是教你诈》当中，表现的是那只可意会不可言传的狡诈，就该同时写一本在最微妙处，表现爱情、亲情与友情的作品。

书里的故事，多半是真实的，他们都曾经活生生地在我生命中出现。当然，也有些比较神秘的东西，

抓住心灵的震颤

多半来自我的梦境或幻想。故事没有结论，如同人生，本来就没有结论，每个人自己过自己的日子，自己发展出自己的人生哲学，也可以完全没有人生哲学，却充充实实地过一辈子。

这本书虽是极短篇，但较《冷眼看人生》或《冲破人生的冰河》为长，在写作技巧、时空跳动上，也比较复杂。我一方面担心少年读者是否能领会，一方面知道不可低估年轻朋友的功力。如果一次没看懂，请多读几遍。我真希望有一天，能接到一个小学生的信，告诉我，他非但看得懂，而且已经抓住了在那许多故事中表现的——心灵的震颤。

父亲的心愿

你是我一生的陪伴 _004

吃得快的人 _011

爱娃娃的司机 _016

总去旅行的爸爸 _022

爸爸心·女儿心 _031

黑色悲喜剧

最后一场清凉秀 _037

小周的如意算盘 _043

王夫人的小嗜好 _048

生生世世爱你 _055

阿妈看海豚 _061　　屁仙 _065

人 生 海 海 / 自 在 独 行

泪眼里的春天

机械战警 _076

他们为什么哭 _080

当雕像破碎的时候 _084

人狗之间

上辈子的教训 _092

那只按时出现的小黄狗 _098

抓 住 心 灵 的 震 颤

小人物的笑与泪

那个上夜班的女人 _106

母亲赚的"脏"钱 _114

误会你十年 _119

说不出的爱

总是伸着中指的男人 _130

那一顿烛光晚宴 _136

不一样的情人节 _140

原来你是那个"贼" _146

人 生 海 海 / 自 在 独 行

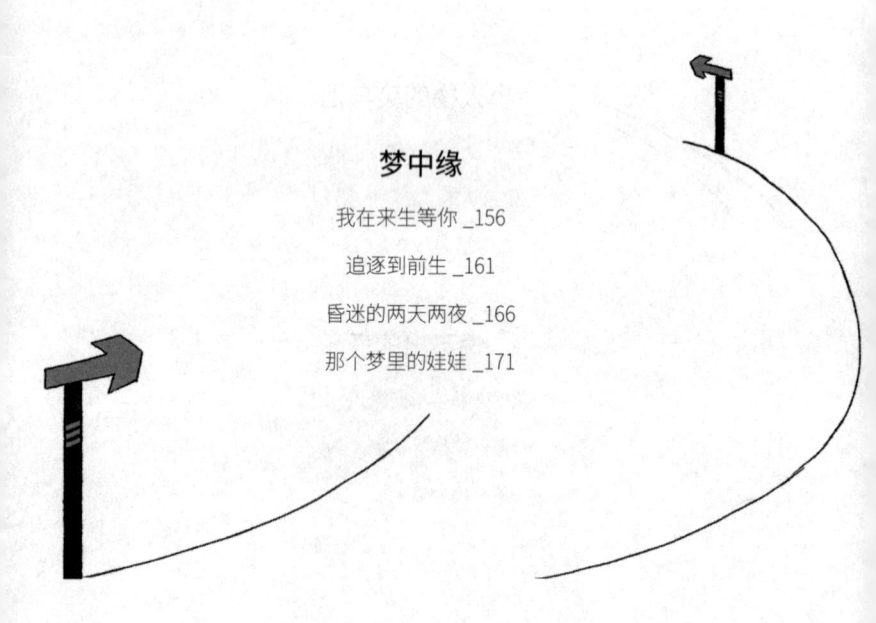

梦中缘

我在来生等你 _156

追逐到前生 _161

昏迷的两天两夜 _166

那个梦里的娃娃 _171

父亲的心愿

年岁愈大,我们对孩子的依恋愈深。我们常从自己身上看到父亲的影子,也总在孩子身上,见到自己小时候的模样。

每一次远行,女儿抱着我哭,我都会哄她,说爹地很快就回来了。

但是车子才离开家门,我自己就落了泪。

我常想,自己的感情是不是太脆弱,哪有大男人为离别而落泪的道理?但是有一天,我跟个老朋友说这种感受,听着听着,他居然湿了眼眶。

"我五十岁才生孩子,觉得对他是种亏欠。"他擦着眼泪说,"有时候放完长假,小孩要上学的那天早上,我特别伤心,觉得在一起才几天,他就又要走了。"

"你怎么不往下想想,再过十几年,他长大了,进入社会,就走得更久更远了。"我说。

"是啊!我还往更远处想,有一天我老得撑不住,就要永远离开他了。"

抓 住 心 灵 的 震 颤

"所以不要怨孩子走。"我说,"真正离开的是我们。"

或许正因此,年岁愈大,我们对孩子的依恋愈深。我常从自己身上看到父亲的影子,也总在孩子身上,见到自己小时候的模样。

于是,我对逝去的父亲,也就益发地怀念。

在这儿,我写了五篇描述父爱的短篇。五个父亲表现爱的方法都不同,甚至有一位不是生父,但那种自我牺牲的爱,是一样的。

谨以这五篇父爱之作,献给隐藏情感的父亲,也盼望每位子女,能透过这些平凡的父亲的影子,想想自己的父亲。

一

你是我一生的陪伴

小时候,父亲常带她去爬山,站在山头远眺台北的家。

"左边有山,右边也有山,这是拱抱之势,后面这座山接着中央山脉,是龙头。好风水!"有一年深秋,看着满山飞舞的白芒花,父亲指着山说,"爸爸就在这儿买块寿地吧!"

"什么是寿地?"

"寿地就是人死了之后,埋葬的地方。"父亲拍拍她的头。

她不高兴,一甩头,走到山边。父亲过去,蹲下

抓住心灵的震颤

身,搂着她,笑笑:"好好看着你呀!"

十多年后,她离开本地去念书,回来,又跟着父亲爬上山头。

原本空旷的山,已经盖满了坟。父亲带她从一条小路上去,停在一个红色花岗石的坟前。

碑上空空的,一个字也没有。四周的小柏树,像是新种的。

"瞧!坟做好了。"父亲笑着,"爸爸自己设计的,免得我突然死了,你不但伤心,还得忙着买地、做墓,被人敲竹杠。"

她又一甩头,走开了。山上的风大,吹得眼睛酸。父亲掏出手帕给她:"你看看嘛!这门开在右边,主子孙的财运,爸爸将来保佑你发财。"

她又去了外国,陪着丈夫修博士。父亲在她预产期的前一个月赶到,送她进医院,坐在产房门口守着。紧紧跟在她丈夫背后,等着女婿翻译生产的情况。

才进家门,就闻到一股香味,不会做饭的父亲,居然下厨炖了鸡汤。

父亲的手艺愈来愈好了,而且常抱着食谱看;她有时候下班回家,打开中文报,看见几个大洞,八成都是食谱被剪掉留下的。

有一天,她丈夫生了气,狠狠地把报纸摔在地上。厨房里刀铲的声音,一下子变轻了。父亲晚餐没吃几口,倒是看小孙子吃得多,又笑了起来。

小孙子上幼稚园之后,父亲就寂寞了。下班进门,她常见一屋子的黑,只有小小的电视亮着,前面一个黑乎乎的影子在打瞌睡。

由于心脏问题,父亲是愈来愈慢了。慢慢地走,慢慢地说,慢慢地吃。只是每次她送孩子出去学琴,父亲都要跟着。坐在钢琴旁的椅子上笑着,盯着孙子

抓　住　心　灵　的　震　颤

弹琴，再垂下头，发出鼾声。

有一天，经过附近的教堂，父亲的眼睛突然一亮：

"哎！那不是坟地吗？埋那儿多好。"

"您忘啦？台北的寿墓都造好了。"

"台北？太远了！死了之后，还得坐飞机，才能来看我孙子。你又信洋教，不烧钱给我，买机票的钱都没有。"

拗不过老人，她去教堂打听。回复说必须是教友，才卖地。

星期天早上，父亲不见了，近中午才回来。

"我比手画脚，听不懂英文，可是拜上帝，他们也不能拦着吧！"父亲得意地说。

她只好陪着去。看没牙的父亲，装作唱圣歌的样子，又好气，又好笑。

一年之后，她办了登记，父亲拿着那张纸，一拐一拐地到坟堆里数："有了！就睡这儿！"又用手杖敲敲旁边的墓碑："Hello！以后多照顾了！"

丈夫拿到学位，进了个美商公司，调到北京，她不得不跟去。

"到北京，好！先买块寿地。死了，说中文总比跟洋人比手画脚好。"父亲居然比她还兴奋。

"什么是寿地？"小孙子问。

"就是人死了埋葬的地方。"女婿说，"爷爷已经有两块寿地了，还不知足，要第三块。"

当场，两口子就吵了一架。

"爹自己买，你说什么话？他还不是为了陪我们？"

"陪你，不是陪我！"丈夫背过身，"将来死了，切成三块，台北、旧金山、北京各埋一块！"

父亲没说话，耳朵本来不好，装没听见，走开了。

搬家公司来装货柜的那天夜里，父亲病发，进了

抓　住　心　灵　的　震　颤

急诊室。

一手拉着她,一手拉着孙子。从母亲离家,就不曾哭过的父亲,居然落下了老泪。

"我舍不得!舍不得!"他突然眼睛一亮,"死了之后,烧成灰,哪里也别埋,撒到海里!听话!"

说完,父亲就去了。

抱着骨灰,她哭了一天一夜,也想了许多。想到台北郊外的山头,也想到教堂后面的坟地。

如果照父亲说的,撒在海里,她还能到哪里去找父亲?

她想要违抗父亲的意思,把骨灰送回台北,又想完成父亲生前的心愿,葬到北京。

"老头子糊涂了,临死说的话不算数。就近,埋在教堂后面算了。"丈夫说,"人死了,知道什么?"

她又哭了,觉得自己好孤独。

她还是租了条船，出海，把骨灰一把一把抓起，放在水中，看着骨灰一点儿一点儿，从指间消失，如同她流失的岁月与青春。

在北京待了两年，她到了香港。隔三年，又转去新加坡。

在新加坡，她离了婚，带着孩子回到台北。

但是无论在北京、香港、新加坡或台北，每次她心情不好，都会开车到海边。一个人走到海滩，赤着脚，让浪花一波波淹过她的足踝。

"爸爸！谢谢你！我可以感觉你的抚摸、你的拥抱，谢谢你！我会坚强地活下去。"她对大海轻轻地说。发觉自己七海漂泊，总有着父亲的陪伴；不论生与死，父亲总在她的身边。

抓 住 心 灵 的 震 颤

吃得快的人

"吃慢一点儿!又没人跟你抢。"

每次听太太这么说,他的心就一惊,好像回到四十年前的餐桌,看见母亲轻声细气地叮嘱父亲。

然后,那画面一变,轻声细气成了厉声的哭号:"叫你吃慢一点儿,吃慢一点儿,你不听啊……"

画面又一变,厉声的哭号成为冷峻的命令:

"吃慢一点儿!少吃几口,饿不死。吃太快,早早死!"

从父亲过世,家里每顿饭就成了数饭粒。一家四口,低着头,静静地咀嚼,好像咀嚼父亲的胃癌。

上成功岭的那两个月，他的慢吃，造成了饿肚子。别人两碗都下肚了，他还在收拾第一碗的饭粒。每次，都面对空空的饭锅、空空的盘子和空空的餐厅。

省亲大会，母亲去看他。

"为什么别人都胖，你却瘦了？"母亲劈头就问。

"因为吃得太慢，常吃不饱。"

"噢！"母亲沉吟了一下，低声说，"总比吃得太快，不消化，得胃病好。"

然后，他进入社会，也因为慢吃，而吃了不少亏。有一次午餐，大家都吃完，就等他一个人。小妹把桌子全收干净了，站在他背后挤眉弄眼。科长先是冷冷地瞪着他看，突然站起来对他吼：

"吃这么慢，像不像个男人？"

"也不像女人！"有位女同事小声说，一屋子人全笑了。

抓　住　心　灵　的　震　颤

　　大概就因为他每次吃饭，留给人的坏印象，使他的职位一直升不上去。所幸公司业绩好，红利多，薪水倒也够一家人用。

　　母亲跟着弟弟过，幸亏有岳母在，帮着照顾两个外孙。

　　他很感念老岳母，常为她夹菜，每次老太太半推半就地接过，都用一种很特殊的表情，说："唉！老人只会吃饭！"

　　"妈是老脑筋，觉得跟女儿过不对。"有一天晚上，太太偷偷说，"以后，别为她夹菜，她会不自然。"

　　从那时起，他就自顾自了。只是，一边低头吃，一边用眼角看每个人的碗。有时候他觉得太太实在不够孝顺，最好的肉夹给他，其次的给孩子，最差的鱼头，才推给自己的母亲，还一边递盘子，一边说：

　　"来！妈，你最喜欢的！"

　　所以，虽然他最爱吃黄鱼，也最怕吃黄鱼；看那瘦瘦扁扁的鱼尾巴，进了孩子的碗，干干破破的鱼头给了老人家。他的妻子，先说不爱吃，却又在他喝汤之后，用筷子一点儿一点儿地刮盘底留下的碎肉，他都觉得心痛。

"以后吃黄鱼，不要先夹给我，我自己会吃。"他对妻子说。

"算了吧！黄鱼一夹就碎，你吃得那么慢，技术那么差，自己来得吃到哪辈子？"

"那就买带鱼或新娘鱼好了！"他说，"一人一块，一人一小条，多方便！"

"带鱼要看季节，新娘鱼买不起，你操什么心，不会饿到你！"

他是没被饿到，只是总觉得大家都没吃饱。

有一次，他生病，上饭桌，没两口就吃不下了，一个人去看电视。

抓住心灵的震颤

便听见太太对两个孩子说:"爸爸不吃了!喏,这两块给你们,这块给阿妈。"

阿妈遮着碗,又用手指指他。

"他闹肚子,不吃了。"

老太太这才如释重负地接过。

"真好吃!"他听见孩子说。

他也确实发现,偶尔,他吃得稍快,或岳母照顾外孙洗澡,由他先吃,当他放下筷子时,那餐桌就有一种突然被解放的感觉。

老的、小的,开始伸长了手臂夹菜,太太则把盘子传来传去。

这画面又让他想起小时候,父亲像日本宪兵一样离开桌子,大家就享有了轻松和自由。

"吃慢一点儿!又没人跟你抢。"太太的声音又响在耳边。

只是,他最近确实愈吃愈快了。

爱娃娃的司机

"好可爱的娃娃照片啊!"一进计程车,我就喊了出来。

从天到地,到处都是小孩的照片。仪表板上放了三个相框,前面座椅的背后,也贴满了照片;连车门上都密密麻麻的,一张连着一张。

大概是受到阳光的照射,有些照片已经褪色了。但还看得出轮廓,其实看不出也猜得出,因为整辆车子里的照片都是同一个娃娃。

"一定是你的小孩!"我笑着问。

他"嗯"了一声。

抓住心灵的震颤

"真可爱!怪不得你会贴满一车子。"我说,"看来大约三岁。"

"七岁了!"

"七岁?"

"下个月五号就七岁了。"

"可是这些……"

"都是三岁时拍的。"

"啊!我懂了。为什么不贴几张新的呢?你看!有些都褪色了。"我指指门边的一张。

"因为没照。"

"没照?"我又一愕,"太可惜了!这么可爱的娃娃,应该每年都拍几张,将来拿出来看,看他是怎么长大的。"

他没说话,转进杭州南路,车子突然刹住,原来有几个小学生站在马路旁边,他停下车,等孩子们过街。

后面车子猛按喇叭。孩子没动,原来他们只是站在街边玩,不是要过马路。

车子向前移动,他摇下车窗,狠狠地瞪着那些孩子。

"不要骂!小孩子嘛!"我说。

"我不是要骂!"他没好气地说,"我看看!"

"对不起!我误会你了。原来你这么爱孩子,怪不得贴这么些照片。"我笑着哄他,"我也有个女儿,今年七岁。"

"喔!"他的肩膀抖了一下,侧过脸,"上学了?"

"上小学了!"

"你有没有看过你女儿的同学,有哪一个,长得像这个小孩?"

"她的同学都七岁了,你这些照片,才三岁,我怎么看得出?"

突然,唰,一张大照片伸过来,差点儿打到我鼻

抓住心灵的震颤

子。是个六七岁小孩的照片。

"你还说没拍,明明就有,为什么不挂出来?"我笑着接过,对着外面的光线看。

照片虽然有七八英寸,但是有点儿模糊。

"有没有长得像的?"他看着前面,冷冷地问。

"没有!"我把照片递回去,"我忘了跟你说,我女儿在美国念书。"

"在美国?为什么不早说?你真走运,美国人有林白法案,专门对付偷小孩的人。"

"你不错嘛!还知道林白法案。"我给他鼓了两下掌。

"我知道的多了!"他沉沉地说,"你知道在台湾,有多少小孩失踪吗?"

"不知道!"

"告诉你!两百多个!"

"天哪!是绑架吗?"

"也不一定是绑架勒索,多半是偷去卖!"

"卖给谁呢?"

"哼!"他狠狠地哼了一声,瞟了一下后视镜,"卖给谁?卖给要买的人。"

"买别人小孩干什么?"

"当自己的啊!骗自己啊!有人自己的小孩死了,偷偷埋掉,又去偷别人的小孩,冒名顶替,变成他死掉的孩子,再搬个家,谁知道?"

"天知道!"

"算了吧!天知道个屁!天要是知道,早就帮忙找了!这年头啊!连人都不帮忙,大家都怕事。"碰上红灯,他转过身,瞪着我,"你知道吗?天母有家百货公司,有客人的小孩不见了,百货公司立刻把所有的铁门都关起来,一楼一楼地找,最后在厕所里找到,小孩睡着了,连头发都被剃光了!"他狠狠拍了一下方向盘,"孩子是父母的心头肉,是一家人的牵

抓　住　心　灵　的　震　颤

挂，你说要是找不到孩子，这个家不就垮了吗？"

转成绿灯，他突然猛踩油门，车轮发出刺耳的尖叫。"拐小孩的，不如给大人一刀，把父母杀掉算了！"

我听不懂，没吭气。

"杀掉，是短痛；孩子不见了，是长痛。天天都在痛，一家都在痛。"

"是啊！"我低声附和。

"你知道吗？有人为了找小孩，会辞掉高薪的工作，每天开着车，大街小巷地找。"

"这样也不是办法，天天找孩子，怎么赚钱生活？"

"想办法啊！"

车子减速，停在师大门口。他把钱找给我，从车窗里盯着校门看，喃喃地说：

"电脑合成照片认不出来，要靠感觉。有一天，我会停在这所大学的门口，盯着每个学生看。看里面，有没有我的儿子。"

总去旅行的爸爸

当初听安娜说要领养个孩子,保罗立刻就表示反对:

"离了婚的女人,本来就不宽裕,而且天天上班,怎么照顾小孩?"

没想到,一向坚强的安娜,居然大哭了起来,吼着说:"没了丈夫,总可以有个孩子吧!"

保罗就不再吭气了。

"本来嘛!你领养小孩,干我屁事?"保罗心想,"而且,单身女人去领养,慈善机构也不会答应。"

没想到,有一天安娜打电话来,那头传来小孩的

抓 住 心 灵 的 震 颤

笑声。保罗一惊:"你真收养到了?"

"当然!我不会要你付钱的。"

"我当然不会付钱,又不是我跟你生的,难道还要付抚养费?"保罗冷冷地说,"恭喜你了。"

"谢谢!我今天打电话,就是想邀请你。"

"邀请我?"

安娜的语气突然变得很温柔:"我邀请你来参加我孩子四岁的生日派对。"

想想这是安娜的大事,也念在过去夫妻一场,虽然不怎么愿意,但保罗还是准时到了。

还没按门铃,安娜已经冲出来,不请保罗进去,却一把将他拉到走廊边上。

"保罗!你一定要帮我这个忙。我从来没求过你,只有今天。"

推开门,一屋子的小朋友,一起抬头。

"这是丽莎的爸爸！"安娜笑嘻嘻地说，又对着坐在中间一个可爱的小丫头笑道："看吧！妈妈说得没错吧！爸爸旅行回来了，特意赶上你的生日派对。来！快来抱抱爸爸。"

小女孩眼睛亮了，一颤一颤地跑过来，扑在保罗身上："爸爸！爸爸！你就是照片里的爸爸！"

保罗傻呆呆地伸开双手，心想："天哪！多么荒唐的一场戏！"抱着小女孩的手，觉得怪怪的，往下摸了摸，一惊，抬头正对上安娜全是泪的眼睛。

小朋友们围着桌子，唱歌、吃东西。

安娜把保罗拉到一边，眼泪终于掉了下来。

"她生下来，一条腿就是畸形，大家都不要，所以我才能领养到她。"安娜擦干眼泪，回头看看孩子，又笑了，"但是，她好可爱、好聪明，我现在什么都不想了，一颗心都在她身上。"

走出安娜……也可以说是他们过去共同的家，保

抓住心灵的震颤

罗的心情十分沉重。他觉得安娜好可怜，又觉得自己好孤独。回头看，那是一对母女的家，向前看，是自己一个人的公寓。记得离婚前的一场冲突中，安娜把他们的结婚照摔在地上，溅了一屋子的碎玻璃。可是，现在，那照片居然又挂在了墙上，而且放得更大，边框也更豪华了。

想必安娜是去重洗了这张结婚照，难道她旧情复燃，还是……还是因为她要用来哄骗孩子？

多么愚蠢的谎言啊！迟早要被拆穿的，瞒能瞒到几时？难道爸爸总是出差？

这出差的爸爸，是愈来愈麻烦了。

小丽莎学校演出，安娜打电话来。说别的孩子，都是父母一起出席。于是保罗不得不去，还不得不带了相机。

安娜、保罗和小丽莎的合影，居然上了校刊。

传到保罗新交的女朋友耳里，两个人大吵一架，分手了！

保罗心里正有气，安娜又来电话，说孩子参加棒球赛，要爸爸到场加油。

"去你的！她不是我的孩子！"保罗吼过去。

电话那头安静了，传来低泣："她少了一条腿，你同情同情她，我花了多大力气，才说服她和学校老师，让她上场一下下。你也就来一下下，给孩子一点儿鼓励好不好？"安娜抽噎着，"她好自卑、好可怜！给她一点儿爱吧！"

保罗没再说话，比赛时，站在了场边加油。好多孩子都过来跟保罗打招呼，说丽莎好棒，也说安娜好棒。

原来安娜为了让孩子参加比赛，志愿担任指导员。

"凭你的身体，孩子都怀不住。爬楼梯没两步就喘气，还去教棒球？"保罗暗笑。

没过多久，安娜果然倒在了场边。送进医院时，已经回天乏术。

保罗参加了治丧会。

大家一起叹气，安娜死，留下的最大问题，就是小丽莎。虽说安娜的遗产，可以由孩子继承。但是一查才知道，为了给孩子看病，她向银行贷了不少钱。房子又是分期付款，算下来，连房子都保不住。

安娜虽然有两个妹妹，也都一个劲儿地摇手：

"不可能！不可能！我们自己的孩子都忙不完，何况这一条腿的。"

最后众人决议，把小丽莎送回原来的育幼院。

育幼院也同意了，决定葬礼一结束，就把孩子接走。

乐声哀凄，许多人在低声啜泣，不是伤心安娜的死，是伤心孩子的可怜。

抓住心灵的震颤

安娜躺在棺材里,四周绕着鲜花。每个走过去,看她最后一眼的亲友,都将一枝白玫瑰放在安娜的身边,低声说:"请安心地去吧!"

安娜的妹妹,提来了小丽莎的箱子,育幼院的人也到了,安慰小丽莎:"不要伤心,不要害怕!我们会照顾你。"

"不要你们!不要你们!"小丽莎居然喊着,"我有妈妈,妈妈在睡觉!"抬头看见坐在角落的保罗,小丽莎一颤一颤地跑过去,高兴地喊着:"爸爸回来了!"一头扑进保罗的怀抱。

"是的!爸爸回来了!"保罗轻轻拍着小丽莎,拍到她硬硬冷冷的义肢,心一惊,一寒,突然把孩子紧紧抱起,哭着说,"不要怕!爸爸带你回家!"

第二天,保罗就去办了新的领养手续,并搬出了自己的公寓。

小丽莎还上原来的学校,还进同一个家门。五岁的她逢人就说:

"妈妈去旅行了,但是我有爸爸,爸爸不再旅行了,爸爸天天都回家。"

抓　住　心　灵　的　震　颤

爸爸心·女儿心

当老黄车祸的死讯传来，每个熟识的人，都为之流下了同情的眼泪。

多惨哪！上天为什么那么残忍呢？如果死的是老黄的女儿小咪，老黄还能活下去，甚至重新振作，活得更好。偏偏死的是老黄，这是一场车祸两条命啊！小咪怎能不死？

小咪是要死了。不论老黄死不死，小咪都已经到了死亡边缘。每个人心里都知道，老黄的死，绝不是开车技术不好，而是因为小咪病危，爱女心切的老黄，在心神恍惚的情况下，才会在闪躲迎面而来的卡车时，撞上路边的大树。

其实小咪的病，已经不是一天两天，甚至不是一年两年了。从出生起，小咪就没有一刻不在跟先天心脏病斗争。医生预测小咪活不到三岁，但是在老黄悉心的照顾下，小咪竟然活到了今天，整整是医生估计的三倍。

是的！老黄是以他全部的爱来灌溉，他每天除了上班，只有孩子。赚的钱全用来付医药和特别看护的费用。他的女儿虽然有一半的时间都躺在床上，但总穿着新衣服。老黄却连裤子破了，都没人补。

老黄的妻子，在孩子出生的第二年，就离家出走了。有人说她受不了丈夫的冷落，有人说她怕面对孩子的死亡，也有人说常听他们夫妻吵架，太太怨老黄抽烟，让她吸了太多二手烟，才会生出心脏不健全的孩子。

从孩子出生那天，老黄就戒了烟，连同事抽烟，

抓 住 心 灵 的 震 颤

他都躲得远远的。没有人敢向他敬烟，有一次，一个不知情的新同事，请老黄吸烟，老黄摇摇头，半天不说话，突然冲出门去。

每个人都能听见，当门关上那一瞬间，老黄忍不住爆发出的哭声。他恨自己抽烟，抽走了老婆，又将要抽死最心爱的独生女。

老黄一定是怀恨而死的，他的灵魂一定不能平安往生，因为他不可能放得下女儿。所幸，唉！只能说所幸了，所幸他的女儿也将追随他而去，据说已经拖不过这个月。

老黄火化了，举行了简单的葬礼。他的女儿没能来，倒是失踪七年的老婆居然出现了。

事隔一个月，老黄的老婆邀请大家去医院。每个人都沉默了半天，知道这是另一个葬礼。只是，当大家走进医院安排的会议室，每个人都呆住了！

老黄的妻子，居然牵着面色红润的小咪，和大家

——握手。

"我爸爸救了我!"小咪哭着说,"我以后不但要为我自己,更要为我爸爸活着。"

老黄的妻子拿出老黄的遗嘱:"如果有一天,我出了意外,请将我的心,给我等待换心的女儿。"

这是老黄生前的"心愿",女儿是他的心,他也要做女儿的心。

黑色悲喜剧

这世上本来就充满着悲喜剧,在那悲喜之间,才有得失感;也在那悲喜之间,才显示真正的人性。

我在厕所放了几本中国古典笑话集，常随手拿起来，翻到哪页算哪页，有时候同一则笑话看了好多遍，还觉得有意思。因为那些笑话妙在不逗人大笑，而发人深省。

这就是幽默。它不直说，而用暗讽，仿佛不重重地打，而轻轻地搔，搔到人性的痒处。它说的常是别人的糗事，却又是每个人都可能隐藏的心事，看来就愈有偷窥的快感。

在这儿，我写了几个黑色幽默的故事。有爱放屁的年轻人、爱看牛肉场的老头子、爱占便宜的贵妇和专吃软饭的小白脸……表面看，它们都是喜剧；往里看，后面都有悲剧。其实，这世上本来就充满着悲喜剧，在那悲喜之间，才有得失感；也在那悲喜之间，才显示真正的人性。

抓　住　心　灵　的　震　颤

最后一场清凉秀

自从当选民意代表,他问政的次数不多,赶场的时间倒不少。

每天早上出门,他都打黑领带,并在下车前叮嘱自己,眉梢一定要垂下来。

每天傍晚出门,他都打红领带,并在下车前告诉自己,眉梢一定要扬上去。

有一天早上他刚跨出车门,正碰上个当天晚上要嫁女儿的朋友,他一下子搞糊涂了,热情地握手,大声地喊恭喜,才突然惊觉,披麻戴孝的丧家,正肃立在身边。他赶紧垂下眉梢、放低声量,且做出沙哑的音调，弓着背，轻轻握着孝子的手："请节哀顺变！"

不过与晚上的应酬比起来，他还是比较喜欢早上的。晚上虽有得吃，可是油腻吃多，实在受不了。而且丧礼可以速战速决，婚礼非但得坐下来吃几口，又不能不致辞。

致辞，主人才有光彩，客人才看得见。见面三分情，下次的选票才会多。

只是这两年，他实在愈来愈痛恨这种致辞。以前，虽然也是他说他的，宾客谈宾客的，没人听他说什么。现在却发现，大家好像巴不得他早早下台，尤其那些男人的眼睛，猛往后台看，好像在喊：

"快！你下去！她们上来！"

她们上来，他就更不自在了。坐在最前面的上座，面对一群宾客，个个的眼睛都朝他这边飞过来。明知自己背后的舞台，正上演着精彩好戏，他想看，也不敢转头，还得扮苦笑脸罚坐。有一次，才回头，

抓住心灵的震颤

就一闪,第二天照片就上了报。

"真他×的浑蛋!"他对秘书狠狠地骂,"这种低俗的玩意儿,我一定要想办法禁绝。你看看!下面不单是男人,还有女人和小孩呀!让小孩看这个,多不好!"

偏偏骂完才两天,他就带着五岁的女儿,去参加个喜筵。

"如果演清凉秀,你就带孩子走!"他老婆说,"就这么一次,管家临时请假,我妇女会又有事,下不为例。"

他带着孩子,才下车,两家的主婚人就冲上来握手、迎接。他举着一个不算小的红包,坚持排队,交给收礼的人,又推三阻四的,终于在第一个格子里签下大名。

突然听到背后一声紧急刹车,跟着传来孩子的哭声。他大惊失色冲过去。

地上一片鲜血,孩子则坐在旁边哭。鲜血里躺着一个秃头的老人。

"是阿伯!"

"阿伯救了代表的小孩。"

看到孩子没事,他稍稍冷静下来问道:"阿伯是谁?"

"阿伯是阿伯,大家都叫他阿伯,来吃喜酒的。"

"那他一定是你们的亲戚朋友了?"他问婚家的人。

"不是。"大家都摇头,"这种喜筵,阿伯自己会来。"

那晚上,他没吃两口,就拉着孩子走了。背后传来电子琴的声音。

隔天,他亲自去寻访阿伯的家属。

抓住心灵的震颤

乡人两手一摊:"阿伯就一个人!"

"那我怎么报答他呢?"他掏出慰问金,不知如何处理。

"让死掉的他高兴高兴就成了!"

"对!"他问大家,"阿伯生前喜欢吃什么?"

"阿伯吃素!连水果都不爱。""阿伯也不爱穿,一年到头就那两件。""阿伯不识字,耳朵又不好,连电视都不看!""阿伯单身一辈子,没什么嗜好……除了……"

大家全笑了起来。

阿伯出殡那天,他亲自主持。

全乡的人都知道,是阿伯救了他女儿一命。大家都睁大眼睛,想看看他怎么报答阿伯的大恩大德。

他为阿伯造了个不小的坟。各路人马都"知情"地送来花圈和挽联。四处挂满了"痛失英才""音容宛在""义行足式"的横匾。

穿着白色制服的丧仪队在前开道,后面跟着十五人的乐队,灵车上有阿伯的画像,四周缀满了鲜花,再后面,是一些自称阿伯老友的专车,他的宾士轿车,以及——

一部载歌载舞的电子花车。

抓 住 心 灵 的 震 颤

小周的如意算盘

小周是个很小心的人,他很小心地请自己的第一任老婆签了字,也很小心地挑选了第二任。

如果第一次婚姻是梦想式,那么第二次婚姻,小周绝对小心地使它成为理想式。

理想的婚姻需要设计,爱情绝不是最重要的,甚至得小心地别使自己掉进爱情的陷阱。他已经掉进去一次了,痛苦地活了七八年。现在绝对不能重蹈覆辙,所以,他绝不能爱她。

天知道!小周想:"她又爱我吗?只是近四十岁的女人,想找个人生孩子罢了。"

老小姐当然也有老小姐的好处。半辈子没爱情，死念书，念一大堆学位，再猛赚钱。

第一次到那女的住处，小周差点儿没被自己的口水噎住。

好漂亮的顶楼，好明亮的阳台，还有跟好多大人物的合照。"这是我要进驻的地方！"小周当场告诉自己，"有了这个人，房也有了，名也有了。那边两个孩子的抚养费也有了。"小周又差点儿被自己的口水噎住。

婚礼在圆山饭店顶楼举行，几乎都是女方的宾客。有一半的致辞小周听不懂，因为全是新娘的洋朋友和洋老板。

小周也不丢人，虽然四十出头了，保养得好，还是挺体面。笑话！不体面，那女人会看得上吗？单单这走在红地毯上的台步，就不是一般人走得出来的。这是第二次啊！

抓 住 心 灵 的 震 颤

    当然啦,那么大的宴会厅,红地毯可也真够长的。小周前两天动过手术的地方还隐隐作痛呢!所幸是小手术,左右各开一个小口子,把管子钩出来,扎好,再剪两刀就成了,连伤口都看不到。

    新娘子果然没看到,没经验嘛!而且看了三年,都没发现。

    想到这事,小周就得意,连做梦都要笑。新娘子当然没看过,她还是百分之百的第一次呢!

    当然,小周也多少有点儿惭愧,只是想想,自己能为这个死板的女人,带来生活的情趣,小周又有些得意。

    大概是晚来的春天吧!这三年来,老婆还真是热情,小周倒也不负殷望,十分努力。加上老婆动不动就煮人参、枸杞、当归,一碗又一碗地奉上,小周更是龙精虎猛。

对！小周自己心里知道，自从那次手术，"虎猛"是谈得上，"龙精"可就谈不上了。不过每个月，到受孕期，他还是努力表现。至于另一个日子，他也装作很紧张的样子。

"什么？还没来？太好了！我们出去给娃娃买衣服吧！"才过一两天，他就会兴奋地说。再在"来了之后"，做出垂头丧气的样子。

努力了两年多，还是没消息，太太看了不知几十个医生，前几个月也叫小周一起去看看。

"笑话！我前面两个小孩怎么生的？"小周当场翻了脸，那女人就缩回去了。小周偷偷笑。

"再过不久，就算我真有'种'，你这工厂也不行了！可不是吗？两个孩子是怎么生的？已经有了两个孩子，何必还生？生了之后还上不上班、赚不赚钱？不赚钱怎么办，怎么养老？难道靠我这点儿薪水？还

抓住心灵的震颤

不到你的十分之一呢！"

那女人偏不死心！瞧！她又去检查了，才过几天，就以为有了。真是神话！那不是"有了"！那是更年期到啦！

太太回来了，高跟鞋左边甩一只，右边甩一只，把手上一堆东西往沙发上一扔，突然扑到小周身上：

"好消息！我有了！"

王夫人的小嗜好

从第一天起,阿忠就注意到那个所谓的王夫人。

什么夫人嘛!根本就是个装模作样的糟老太婆。要不是大家主动打招呼,左一声"王夫人"、右一声"王夫人"地叫,阿忠根本懒得多看她一眼。

混了二十多年,阿忠什么夫人没见过?只怪这个小市场的摊贩,一辈子没见过世面,碰上这么一个会端架子的老太婆,还以为遇到皇亲国戚。

瞧瞧!那糟老太婆进来了。外面下着大雨,脚底下已经不稳,还穿什么高跟鞋。"你是来买菜,不是来出客!"阿忠心里暗骂,却听四周摊贩已经纷纷向

抓　住　心　灵　的　震　颤

那王夫人打招呼。

这糟老太婆倒也皮厚，挺着那松垮了的奶子和绷在旗袍里的水桶腰，抿着鲜红的老嘴唇，一一点头为礼。笑死了！不知道的还以为是出席国宴呢！

也多亏这些不上路的摊贩，一个个开始敬菜了。

"王夫人！今天的小白菜挺嫩，要不要来点儿？"

"王夫人！我特意为您留了一块菲力牛排，您看成不成？"

就见那糟老太婆，咔嗒咔嗒地扭到摊子前，这边摸摸，那边捏捏，嘴里还挑三拣四：

"这小白菜啊，有点儿泛白。最近大概雨多，泡了水。不过我还是要一点儿的，不给人吃，是喂我那几只鸟。"

这简直是侮辱嘛！阿忠正来气，却听孙嫂笑道："王夫人，您要喂鸟，就别买了。我这儿正有些摘下的叶子，您不嫌弃，就带回去吧！"说着便从背后拖出一大把鲜绿鲜绿的小白菜，装进塑料袋，两手捧了过去。

"那好！那好！"糟老太婆一把接下，刚转身，又回头一伸手，"我缺棵葱，怎么算？"才说着，已经把葱扔进菜篮子。

"不用算！不用算！您拿去吧！"那孙嫂居然好像看都没看，就挥手喊着。

糟老太婆又去摸菲力牛排了。

"我看这肉还是够老的。我年岁大了，咬不动。"王夫人用她那尖尖的指甲划了一下，"就一点儿，不要多。"

便见卖肉的老魏，咔一刀，切下一大块，称都没称，就包起送上。听那价钱，还以为是买了一片牛肉干呢！

老太婆拿起肉，刚要走，又好像想起什么事："哦！对了，老魏，你有没有大骨头啊！我们家

抓　住　心　灵　的　震　颤

养的……"

"有！有！有！"老魏好像触电似的叫着，"正不知道该怎么办呢！您帮帮忙，全拿去吧！"

肉摊子就在同一侧，阿忠看得很清楚，那骨头还够炖一锅红烧肉呢！

现在老太婆走过来了。

阿忠连正眼都懒得看她。开业一个半月，老太婆只光顾过三次。每次都装模作样地这边翻翻鳃，那边捏捏肉，最后拣一条最便宜的小鱼走。

瞧！她又在捏了，明知自己买不起石斑，还看什么？解馋？看她那摸鱼的样儿，阿忠就有气。皱皱的鸡爪，伸得长长的。还唯恐弄脏手，只用两根尖指甲挑挑拣拣，阿忠真想吼出来："别把我的鱼戳坏了！"

果然，老太婆弯下腰，指了指最便宜的肉鱼。

"肉鱼？"阿忠冷笑一声，"您为什么不买这种啊！也是肉鱼，海钓的，比冷冻的新鲜多了。"

"差不多！差不多！这种就成了。人也不一定吃，喂猫吃！"

阿忠恨不得上去啪啪赏她两记耳光："你他妈的少装了！你家的人就是猫狗！"

不过，看在四邻的面子上，阿忠还是忍了下来。只是笑问："给猫吃，还要不要刮鳞哪？"

"当然！当然！"

"当然！当然！"阿忠扭着脖子，学着糟老太婆的家乡口音，转身随便刮了几下，包起来，扔到前面，"对不起！我是要钱的，四十块。王夫人！"

糟老太婆掏了四个硬币放在摊子上，就转身走了。

阿忠伸手拿钱，哎！不对，这边原来有条大红鱼，怎么不见了。抬头看见老太婆，手上一把伞、一篮菜，没见大红鱼。可是，阿忠明明记得就是刚才，那鱼还在。

抓 住 心 灵 的 震 颤

阿忠绕出摊子，往台子下面找，也没有。他着急得站在那儿抓头，发愣。看见老太婆已经走出菜场，雨还在下，她居然直直地走进雨里。

"站住！"阿忠大吼着追出去，一把抢过老太婆的雨伞，冷笑道，"夫人！您怎么不打伞哪？"啪嗒一声，一条大红鱼从伞里滑出来。

回头，孙嫂、老魏，还有一堆买菜的人，都挤在市场门口，阿忠得意地一手抓着老太婆的胳臂，一手捡起鱼，伸到大家面前："看看！我抓住了这个老贼。"

"那不是她刚跟你买的吗？"孙嫂说。

"是啊！我也看见。是她赶着走，叫你不用包的！"老魏也喊着。

"别淋湿了！别淋湿了！"孙嫂把老太婆推回市场屋檐下，老魏抢过鱼，放进菜篮，又为老太婆撑起伞。

"还是你们公道！"老太婆冷冷地撂下一句，挺挺胸，走了。

"等会儿，你就懂了。"老魏把愣在雨里的阿忠硬推了回去。阿忠一肚子气，这么没公理的地方，他打定主意，明天就退出这个市场。

没隔多久，见位老先生进来，阿忠看到过他，大概是买彩票的。

老先生先到孙嫂和老魏的摊子后头，窸窸窣窣地数钞票，又转到阿忠的摊子，钻进来，低声问：

"那条鱼多少钱？"

"哪条？"

"我太太，哦！就是王夫人拿的那条。"

"王夫人？"阿忠还没会过意，老魏探过头来，小声说："少说四百。"

老先生塞了八百在阿忠手上："谢谢您照顾了！"

抓住心灵的震颤

生生世世爱你

"×！怎么这么倒霉？"

才上半山腰，就打起闪电，一道弯弯的白光钻向山头，"咔"一声，倒下半棵大树。

跟着下起大雨，闪电里看过去，像千万把明晃晃的尖刀，迎面飞来。

"这天气……不太好吧？"阿宝喊着。

"小声点儿！再好不过了！"小金低头往前冲，"闪电照明，连手电筒都免了。"

可不是吗，左一道闪电，右一道闪电，好像战争片里的照明弹，把满山的坟头照得一清二楚。阿宝抬头往上看,打了个寒噤,一个个站在那儿的墓碑,像青面獠牙的索命鬼。"天不好,还是回去吧!改天再来!"他小声说。

"改天臭了,更麻烦!"小金往前指,"到了!到了!"

好大的一所新坟,花岗石座,大理石碑,上面还嵌着一张白瓷照片。

"长得不错啊!"

"这叫艳尸!就是看她年轻!"小金咧嘴一笑,金牙直闪光。

"年轻才有东西!"

"对!年轻才有。"小金补了一句,"年轻,家里有钱,又是土葬,才有好东西。"

"年纪大,有钱,不是更有好东西吗?"

"笨哪!如果你死了女儿,你当然舍得陪葬,要是你老妈死了,你能不把她身上的好东西剥下来吗?

抓 住 心 灵 的 震 颤

你不剥,你兄弟媳妇也让不过。"

"你说点儿好听的行不行?"阿宝拿出家伙。

"我看过有个老太婆死,一大堆儿女围着哭,一边哭,一边偷偷摘老太婆的翠玉戒指。几个人暗中咬牙、较劲,还没忘了哭。"小金绕着坟墓走了一圈,"瞧!这墓做得多讲究,一定是个掌上明珠!"

"说不定就戴了明珠!"

"对!等会儿你可不能怕!嘴里、鼻孔里、屁眼里都得掏。他们信这个,认为玉能保身,到处都塞着玉。"小金总算摸准了地方,把凿子对准两块花岗石之间,伸手指挥阿宝往下锤。

又是一道闪电落在不远处,把山头照得像白天。阿宝举起锤子,又突然蹲了下去,手往远处指:"我看到有人!"

"什么?"小金更快,已经趴在地上,"你看清楚了吗?"

"朝我们走过来了！白脸！"

"不要乱说，藏到树后面去！慢慢退！拿着锤子，不行就砸他。"

两个人像倒爬的乌龟，躲到一片龙柏后面。树下有石座，正好够他们趴着。

果然有人过来了，是个中年人。

中年人直直地朝他们走来。两人心脏狂跳，握紧家伙。

中年人伸手摸摸墓碑，绕过来，突然转身，坐在坟旁边的地上。

"呜……呜……呜……"中年人哭了起来。哭了一阵，站起身，拍着坟头，说话了：

"孩子！不怕！爹地来陪你了！"

说了一遍又一遍。再绕到坟的另一侧说。说着说着，哭了起来。拍着坟哭，又坐在坟边哭。

"孩子！爹地知道你怕打雷。记得吗？以前一打

抓住心灵的震颤

雷，爹地就坐在你床边。看！爹地不是又坐在这儿了吗？你好好睡！爹地守着你，保护你……"说完，又咧嘴笑了。

他就这么坐着、站着、绕着、拍着、摸着、哭着、笑着，趴着的两人好像在看一场独角戏——

一场慈爱的父亲冒雨冲上山头演的人鬼戏。

雨停了，天边也透出点儿微光。中年人站起身："爹地走了！过两天再来看你！"

说完，就走了。

"好险！"阿宝说。

"好倒霉！他妈的碰上这种神经病。"想想，小金又笑了，"不过，看这老爸爱他女儿的样子，也知道准有宝贝陪葬。"

"天要亮了！明晚再来吧！"

远处传来阵阵鸡叫。小金叹了口气："明晚来吧！"指指墓碑，嘿嘿笑着说，"小姐！明晚再来摸你！你等着啊！"

"这小姐姓什么？"阿宝凑到墓碑前，"哦！姓魏。"往左找，"那老神经叫什么？搞不好是有名的大财阀。"

下面果然刻着父母的名字，肉麻兮兮地写着——

　　永永远远爱你的妈妈 ×××
　　生生世世爱你的爸爸 ×××

爸爸名字下面还刻了个小字——

　　"殁"。

抓　住　心　灵　的　震　颤

阿妈看海豚

海洋世界里欢声雷动。

加州蔚蓝的天空，倒映在蔚蓝的水里。

突然白浪翻腾，从水里跃出三只海豚，冲向悬在十几英尺高的三个彩球。

嘭！彩球被海豚尖尖的鼻子，一分不差地同时命中。全场便爆起如雷的掌声。

掌声中，三个旅行团里的阿妈，居然都感动得流泪了。

"你们为什么哭？"

"因为想起我的小孙子！"另外两个阿妈，竟异口同声地说，又回问，"那你为什么哭？"

"我也因为想起我的小孙子。我想，要是带他来，他会多开心哪！我好后悔，没带他。你们呢？"

"我看那海豚居然会做这么多把戏，它们都教得会……"叹口气，"我那孙子，为什么怎么教都教不好呢？想到他要留级，所以伤心。"

两个人擦擦眼泪，一起盯着第三位阿妈。

"不要说了！不要说了！"那阿妈哭得更伤心了，引得众人投过惊讶的眼光，"看见这大鱼，从那么高的地方掉下来，我就想到我的小孙子。他就是太爱跳水了，跳在石头上，死了！"

四周的团员都跟着惋叹。

走出海洋世界，那死了孙子的阿妈，还陷在深深的哀伤中。

另外两个阿妈，走在一边，却偷偷地笑了：

"少看个表演，有什么关系？长大了，可以自己来。"

"是啊！留级有什么稀奇？能活着，健健康康的，就是好事！"

抓 住 心 灵 的 震 颤

屁仙

不知是天生消化不良，还是豆类吃得太多，从小他就爱放屁。

记得有一回，学校请人来演讲，在大礼堂里，他放了个响屁，一屁传千里，那屁特别臭，居然半个礼堂的人都闻到了。大家一起朝他看、朝他骂，身边一群同学甚至站起身，躲到一边。害得演讲的贵宾直勾勾地盯着看，还以为出了什么事。

从此，他就得了个"屁精"的绰号。上课时只要有一点儿臭味传出来，即使不是他放的，大家也朝他看。

有一年重排座位，同学甚至都不愿坐在他旁边。所幸导师有良心："放屁是人的生理作用，人人都会放屁，不要拿同学开玩笑。"

不过老教官可就没那么仁慈了。自从礼堂放屁事件之后，每次去听演讲，那教官都叮嘱："要放屁，请出去！"虽然是对全班讲，大家的脸却都转向他。

也就这么妙，有一回，所有人都正听着演讲，他又觉得肚子怪怪的，好像有东西从腰带那边震动，开始向下窜、向下移，积多年放屁之经验，他知道那是个挡不住的大屁。

想到教官的话，他站起身，向外走。居然半个礼堂，连那个教官都笑了起来。演讲人又愣在台上。

危机何尝不是转机？缺点何尝不是优点？放屁虽然令他丢尽了脸，但是有一天，居然情势逆转。

那一天上生物课，老师正谈到臭鼬鼠，能放"救

抓住心灵的震颤

命屁"。几十双眼睛又偷偷瞄向他,下课时居然还有个王八蛋过来问:"你会不会放救命屁啊?"

"会呀!"他笑着哼了一声,"你要不要打赌?"

"赌放屁?"一群同学全拥了过来,有人赌他能说放就放,也有人说:"那怎么可能?我赌他放不出来。"

其实他自己也没把握。但是心里一紧张,本来肚子就开始叫,他又想起生物图上大肠向左绕下去的解剖图,于是顺着"那条路线",一路捶、一路压,居然硬是挤出个屁,且臭得足以让每个人闻到,真让他赚足了面子。

从此,他的放屁,居然成为特异功能。大家一传十、十传百,把他的屁功说得玄而又玄。他居然升级了,由被歧视的"屁精"成为"屁仙"。

可惜这"屁仙"进入社会,就失去了卖场。尤其是他从事的这个工作,更是有屁放不得。想想,如果坐办公室，偷偷放一屁，大家桌子隔得远，有几人能闻得到？就算坐得近，上班不像上课，大可以躲到厕所去放。

问题是，他就好死不死地找了这么一个连上厕所都不方便的工作。至于座位，更是近得不能再近。

起初，他真是费尽了力气，憋！夹紧肛门，硬是等乘客下车之后，再摇开车窗，把屁放出来。在屁臭没消散之前，就算有人招车，他也不理。

"那人应该感谢我才对！没让他上车付钱闻屁。"他心想，觉得自己有照顾苍生的一念之仁。

但是，偶尔他实在憋不住了，就偷偷放一点儿，偷偷打开一点儿车窗，再偷偷一点儿一点儿放。渐渐地，愈放愈大胆，这本来就是生理现象嘛！谁不放屁？尤其是有一回，一个中年胖子，上车就放了记大响屁，比他有过之而无不及。他也就不再客气，跟他对放起来，心里笑骂："放屁？谁怕谁啊！"

抓 住 心 灵 的 震 颤

乘客对放屁的反应,足以显示他们的教养。有的人会闷不作声地,用手捂着鼻子,偷偷摇下车窗。他也就配合着把前窗摇下来,意思是:"你闻到了!不错,是我放的。谢谢你不说,让我们一起努力,使它烟消云散。"

也有些没教养的乘客,很不客气。记得有两个三十几岁的女人,先是你看看我、我看看你,确定不是自己人放的之后,居然破口大骂:"喂!你有点儿公德心好不好?臭死了!"然后,居然叫停车,走了。他心想:"要是你们放的怎么办呢?难道我也可以下车一走了之?"

他愈来愈不平,有时甚至故意地有屁就放。他尤其喜欢找那种一个人坐车的小姐"下手"。

女人一落单,就不神勇了。他偷偷从反光镜里看,看那女人掩着鼻子,想摇下车窗,又怕得罪了他。于是忍着一路,吸足了他的屁。

"你们可以用香水熏我,我当然也可以用臭屁回报。"他心想,有一种特别的虐待的快感,放了屁,肚子爽,心里也爽。

今天下午,在医院前上来一对,一看就知道是父女。女儿还穿着高中制服,先把老男人扶上车,到后面塞进大包小包,又从另一侧坐进车。

那男人其实并不显老,只是瘦得干瘪瘪的。苍白着脸,半靠在女儿的肩头。那小丫头居然像个娘似的,不停地用手指甲为那男人理着过长的头发。

"爸爸该理发了!"小丫头说,"回去,我为你剪好不好?"

"你剪得好!你剪得好!"

话说一半,路面碰到个洞,车重重地颠了一下。那男人就从反光镜里缩了下去,过了半天,才又坐直。那小丫头则一脸惶恐:

抓　住　心　灵　的　震　颤

"还好吗？还好吗？要不要开回医院？"

这一震之后，他也觉得肚子有点儿痛，糟糕！要放屁。他实在不想放给这一对父女，可是来势汹汹，又憋不住。使足了劲儿，还是偷偷溜出半个屁。

"爸！什么味道？爸！你放屁了！"小丫头居然兴奋地叫起来，"你放屁了！手术成功了！爸！手术真的成功了！"

那男人紧绷着脸，没说话。他也不敢再从反光镜里窥视，唯恐对上那男人的眼睛。

车到了，小丫头砰地跳下车，往一栋老旧的公寓里跑进去，一边跑，一边喊："阿妈！阿妈！快来接爸爸啊！爸爸放屁了！"

眼角对上那男人的目光，居然没一点儿怨他的意思，好像还带着一些潮湿、一些感激。

当一个七八十岁的老太太，和小女孩一起，把男人扶出车的时候，男人回过脸，对他点了点头，很轻、很慢地说：

"谢谢你！让她们高兴。"

泪眼里的春天

总在自己迷离的泪眼里,看到最真切的世界。
总在别人婆娑的泪脸上,看到最真实的性灵。

泪是最难捉摸的。

有些泪,是泪中带笑;有些泪,是笑中噙泪。

有些泪是幼嫩的,如同孩子,能一下破涕为笑,喜极而泣。

有些泪是沧桑的,如同老人,看似古井无波,波一起,便成风浪。

在光亮年轻的面孔上,泪是滑的,一滚就过,一擦就干。

在刻满皱纹的老脸上,泪是涩的,慢慢地滋生,偷偷地爬成川流。然后,任你怎么擦,它都躲在皱纹的深沟里。

春天的雨,是一番雨、一番暖;秋天的雨,是一番雨、一番凉。

年轻的泪,是一次泪、一次喜;年老的泪,是一

抓　住　心　灵　的　震　颤

次泪、一次悲。

　　少年泪，怕什么？

　　未来有的是岁月，让他们再造欢乐。

　　老年泪，何其悲！

　　前面还有多少日子，让他们去展望？

　　总在自己迷离的泪眼里，看到最真切的世界。

　　总在别人婆娑的泪脸上，看到最真实的性灵。

　　于是写成这"泪眼里的春天"，说说最不该落泪时，最该落下的泪；且从那泪中，追怀你我过去的影子与岁月。

机械战警

明明应该是最肃穆的地方,却成了观光点。一辆接一辆的游览车,吐出一群又一群的朝圣者。

既然来朝圣,就应该往里走,沿着汉白玉砌成的大道,登上正厅的石阶,向供奉着的伟人、烈士灵位致敬才对。却只见一堆人挤在大门口,绕着牌楼打转。

咔嚓、咔嚓,快门猛按,镁光灯猛闪,闪得牌楼顶上一片金光,牌楼下面一片银光。闪金光的,是那"成仁""取义",斗大的金字;闪银光的,是两侧卫兵的钢盔和皮带环。

抓　住　心　灵　的　震　颤

多亮啊！那钢盔亮得像镜子似的，倒映着下面一群人，一堆圆圆的眼睛。

每个人都盯着钢盔下面的眼睛看。看了半天，一个阿妈叫了起来："会动呢！是真人呢！"

四周便哄起一团笑声。"土啊！连卫兵都没见过！"可是，笑的人又一拨拨地挤到卫兵前面照相。幸亏卫兵站的是铁座子，不然，全被这些人挤翻了。

如果挤翻了，卫兵会跳下来吗？还是像尊铜像，直直地倒下去？你看他们两个笔直地立着，眼睛一眨也不眨。下巴下面，尖尖的，伸向前面的领口，又平又挺，好像是木头雕的，怎么看，都像电影里的机械战警。

果然，就见个小男孩一边喊机器人，一边过去拉了拉卫兵的裤管。幸亏卫兵穿的是裤子，要是换成白金汉宫卫队的苏格兰裙，碰到有人恶作剧，那还得了？

另外一边，则有个女生，踮着脚，瞪着卫兵的眼睛喊："你到底有没有看我？喂！你是死人哪？你听到没有？你根本就是死人，什么都不敢，去一下有什么关系？我把你看透了！我再也不理你了！"说完，满脸通红，重重地踏着步子冲出人群，不见了。

"她是怎么了啊？"四周的人，你看看我，我看看你，"那女生是玩真的，还是玩假的啊？"

"说不定跟这卫兵是认识的！"

"搞不好是他女朋友！"

"那他怎么不动呢？"

"他怎么敢动呢？"

那卫兵确实没动，只是脸有点儿红，渐渐眼圈也有点儿红，四周的议论就更肯定了。

"是认识的，没错！你看他脸都红了。"

"说不定会掉眼泪哟！"

"不会！他们是不会掉眼泪的，掉眼泪会被

抓住心灵的震颤

打死！"

卫兵果然没掉眼泪，红眼圈也渐渐消了，又成了个机械战警的样子。

只是，不知什么时候，跑掉的女生又溜回来了。站到那卫兵的身边，低着头，嗫嗫嚅嚅地说："对不起，我错了，我不怪你了！"

突然，那机械战警有了变化。

两串泪水像打开的龙头里的水，噼里啪啦地滚下来……

他们为什么哭

一对老情人,同居了十几年,突然发出红色炸弹。
"是不是因为有了?"朋友猜测。
"不!是因为恋爱成熟了!"
听说的人,全笑了起来。
结婚前两天,一群老友先去闹新房。全是中年人了,不论男女,讲话都变得戏谑。
有人引民国初年一对留学生回国成婚时朋友送的对联为贺:
"在伦敦已经敦伦,回民国来造国民。"
另一边则有人喊:

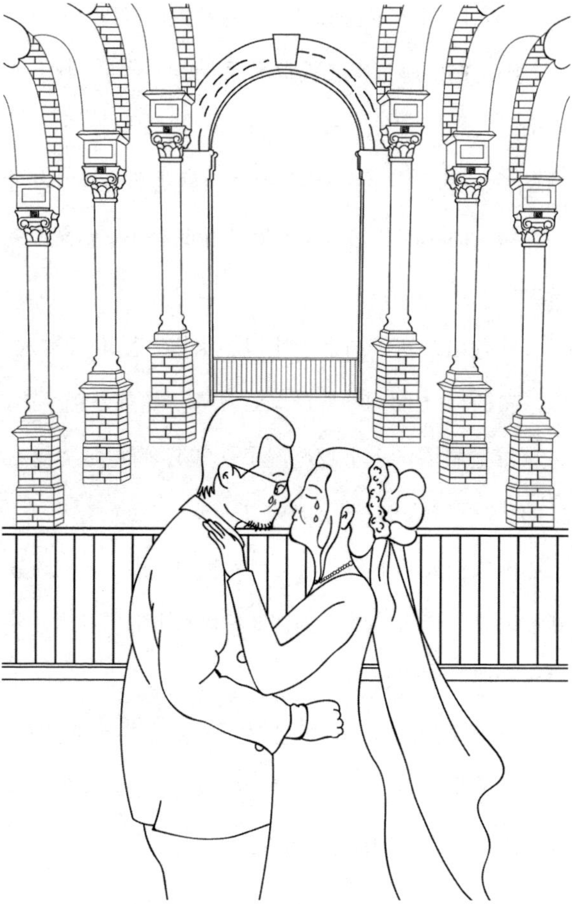

"不对！不对！应该是'一对新人，一双旧货'！"

婚礼在一座百年老教堂举行，好巧不巧，赶上五年来最大的一场雪。教堂前的街道本就不宽，加上一堆车子全挤过来，不是这边打滑，就是那边打滑，最后，新人的礼车居然不得不停在五十米外，偏又没人带伞。

冲进门，新娘的白纱礼服，裙摆下面泡了雪水，成了灰的。上面则顶着厚厚的雪花。婚纱是镂空的，雪花渗进衣服，上半身全湿了。偏还有人损："这么大的雪，穿黑纱也成了白纱！"

形象已经够狼狈了，又因为教堂太小，没地方重新梳理。一对新人还在为彼此拍落身上的雪花时，结婚进行曲已经响起。

新郎突然昂起头，好像从后台走上舞台的演员，以规律的步子向前走去。平常打闹惯了的老朋友，看他那副正经八百的样子，全笑了。

抓住心灵的震颤

新娘也走上红地毯的一端。垂着头,拖着灰白的婚纱。有些老朋友,伸着脖子,歪着头,看那婚纱下面的脸孔,想逗新娘笑。

她没有笑。她的脸是安详的,平静如水。她的眼睑是深垂的,仿佛凝视着手里的捧花。

在一片祝福声中,白纱被掀起了,新郎亲吻了新娘。突然,一串泪水从新娘的眼中滚落。新郎怔了一下,接着紧紧抱住自己同居十三年的爱人。

四行泪挂在他们脸上。

一屋子戏谑的老朋友,都怔住了。几个老女生居然蒙着脸,哭出了声音。

男人们也湿了眼眶,纷纷搂住身边的老妻。

只是孩子们不懂,一个个抬头问:

"爹地!妈咪!你们为什么哭?他们为什么哭?"

当雕像破碎的时候

又有人说他太太年轻漂亮了,令他很不服气。

不过,她确实漂亮,也的确看起来年轻。四十岁了,连眼角都不见一丝皱纹。

有时候,他偷偷看她,看她像一尊大理石像,白白的、冷冷的、硬硬的。心想:"她只是因为脸上从来没什么表情,连眉毛都不抬一下,所以能不长皱纹。"

像是今天晚上,小黄在餐桌上抱怨儿子太调皮,他回说:

"不要抱怨了,我还生不出儿子呢!"

抓住心灵的震颤

又借着酒力,补一句:

"生了一个、两个、三个,肚子不争气,有什么办法?"

一桌人似乎都怔了,偷偷看他老婆。他也用眼角瞄了一下。

仍然是那尊大理石的样子,她好像从来不会生气。

只是,有时候又听见她在电话里骂下属,平平的声音,以同样的速度一直说下去,中间连逗点都没有。然后,突然停止,挂上电话,又恢复大理石的样子。

他几乎已经忘记她曾经不是大理石的模样。她也曾有说、有笑、有血、有泪。只是,那已属久远以前的事了。

自从第三个女儿出世,他转身冲出产房,她就僵化,成了一尊冷冷硬硬的石像。

当然也可能是因为不断升官,她不得不变成六亲不认的样子。她已经成了个办公室的动物,从早忙到晚，回家又忙孩子的事，夫妻连说话的时间都没有。

甚至，他得在她桌上留张条子，或把要说的话，写下来，贴在她的皮包上。

他也觉得自己已经很少好好看她一眼，偶尔抬头，看见她那大理石般的脸，竟觉得有些陌生，有点儿心惊，也有些惊艳。

她居然能不老！

只是，一个大理石般的妻子，再美，也只能把丈夫火热的心，变成大理石。

曾几何时，他已经不再对她有感觉，甚至以为那是别人的妻子。

他也曾冷嘲热讽地惹她生气，就像今天晚上，她从来不动怒。这样没有情趣的妻子，叫他怎能不向外发展呢？

忍了这么多年，他终于决定说了。就在今夜，就在这酒后。

抓住心灵的震颤

她正卸妆,他坐在床上,清了清喉咙:"我有话要跟你说。"

"你说啊!我在听。"继续卸她的妆。

他又清清喉咙,抬头盯着天花板,等了几秒钟,一个字、一个字地说:"我不爱你了!"

她的手停住了,转过身:"为什么?"

"因为我爱上了别人!"

她的嘴张开了,好像一尊张开嘴的雕像。

突然,雕像碰到了地震、抖动,从嘴角产生的裂痕,向四周延伸、延伸,雕像被撕裂,被撞击,碎成了一片片。

从那碎片中,他听到幽幽的一种声音,忽远忽近地传来。又猛地升高、升高,一下子爆炸,她居然像个三岁的孩子,滚到地上,涕泪交流地号啕大哭。

他冷冷地看着,一动也不动,仿佛在看一场戏,或是一个石像变肉像的魔术,有一种新奇和戏谑的快感。

她的头发披散了,额头和眼角爆出青筋,夹着一条条深沟。泪水在沟里流,鼻涕拖进了嘴角。张开的双唇间,他看到她的牙,发觉,那牙已经黄了,且染着唇膏的血丝。有几颗牙齿是重叠的,他不记得她的牙会重叠,难道愈长愈歪,变成了这个样子?

他发觉,这个永远年轻的女人,像石头一样的女强人,居然一下子老了,老得如此无助,仿佛一根枯干的藤子,向他伸出求援的颤抖的手。

他震惊了。发觉自己成为一棵大树,欺负了小小的她。那个学生时代,总依偎在他怀里的小女人。

他狂号着扑向她,把她紧紧抱住。

十多年了,他失去的爱,突然像山洪暴发般涌来……

人狗之间

它们表现的都不只是主人与宠物间的情感,更在物情之中见人情。那人情是博爱、信义和无怨无悔的谅解与宽恕。

有一阵子,我住在一个小公园的旁边。不知为什么,公园里人不多,狗倒不少。刚搬去的时候,每天晚上回家,一大群野狗都在公园里对我吠。

渐渐地,狗不叫了,想来是把我当成了自己人。只是夜里一有陌生人经过,仍然吵得人无法睡,除非楼下的老先生大吼一声,群狗才会突然安静下来。

我楼上的邻居,是位航空公司的机长,他住得久,跟狗狗们也特别熟,常见他夜里下班之后,一个人吹着口哨,穿过黑漆漆的公园。

所有的狗都安安静静的,而且有一只小黄狗会跟着他走,有时跟进楼来,就睡在他门口。

有一天我出门,看见那只小黄狗,正吃着一个保丽龙装的便当,绑便当的橡皮筋就放在旁边,满满的白饭上还有一大块排骨和荷包蛋。我正纳闷,就见那

抓住心灵的震颤

机长穿着制服从楼梯上下来,放一碗水在小狗面前,又摸摸狗头,上了交通车。

搬离公园不久,就听说那位机长的飞机失事,机上的人全罹难了。

我常想起那个机长,穿着深蓝色制服,为狗端水的画面,也常想在那公园的寒夜,可有一只哭泣的小黄狗。

或许它会哭着哭着,突然兴奋地站起来,摇着尾巴……

于是,我以楼下的老人、楼上的飞行员,和听说的吉娃娃的故事,写成三个短篇。它们表现的都不只是主人与宠物间的情感,更在物情之中见人情。那人情是博爱、信义和无怨无悔的谅解与宽恕。

上辈子的教训

接到电话,她当场就号啕了起来。然后,在一屋子同事的错愕中,呜呜地哭着冲出门去。

抱起毛毛,她的热泪滴在那冷冷冰冰、已经僵硬的身体上。她怎能相信,这会是三天前还跳上膝头,舔她脸的毛毛。

"你们为什么没救它?你们怎么把它弄死了?"她抬起泪脸,摇着头,瞪着医生问。

"我们尽力了!尿毒症,而且不是一两天了,你早该带它来的。"

"我怎么知道嘛?我怎么知道嘛?"她又呜呜地

抓　住　心　灵　的　震　颤

哭了起来。

　　回到家，答录电话机上的红灯猛闪，还有一通又一通的电话拨进来。都是同事的问候，一个个用急切的、焦虑的语气问："你还好吗？怎么回事，家里出了什么事，要不要我们帮忙？"

　　她一律没接，让那些家伙在上面留话，她恨他们。"还假惺惺问什么'家里出了什么事'，家里还有谁？老爸老妈早死了，兄弟姐妹没一个，老公离婚八年多，除了毛毛，还有谁？"

　　她甚至想冲去对一屋子同事吼：

　　"是你们大家，把我的毛毛害死了！"

　　当然是他们害的，这群人老是问东问西，或临时丢了一摞东西给她，要她加班。然后，一溜烟，一个个全不见了，不是去接孩子，就是去会情人。

　　难道我就没孩子、没情人？

　　毛毛就是我的孩子、我的情人！

她想起刚离婚的时候,每天下班,她就在街上瞎逛,不敢回家。回家,看到一屋子的东西,全是"那个混蛋"的影子。

直到有一天,她经过一间宠物店,看到笼子里小小的毛毛,里面的店员出来笑道:

"这种吉娃娃,虽然长得小,但是比大狗还聪明,还通人性,你别看它眼睛凸凸的,它的眼神好深、好深,可以看透你的心呢!"

自从有了这个小吉娃娃,家突然又变得有意思了。推开门,不再面对一屋子的静,而是一个会扑上身、亲她、舔她的宝贝。

她为它取名"毛毛",这是她前夫的小名,她也不知道为什么要用那个名字。但是,最起码,这个小毛毛,比原来那个大毛毛,有良心,也有情多了。

"你心里只有我,对不对?"她常对着毛毛这么

抓 住 心 灵 的 震 颤

说。那毛毛果然就一直点头、一直点头。

每次同事们聊天,各自吹嘘自己孩子多聪明的时候,她也会加上一句:"我的毛毛啊!也聪明极了,不但聪明,而且有灵性!"

就有人笑着说:"是啊!你也该送它上小学了。""这么有灵性,将来说不定能成为'诗狗'呢!"

她看得出他们的揶揄,他们不尊重毛毛,就是不尊重她。

所以,她恨他们每个人。"要不是他们总让我加班,毛毛也不会得尿毒症。难道他们的孩子是人,我的毛毛就不算数?"

每次她迟到家,还没把钥匙掏出来,就已经听见毛毛在里面尖尖地哼。那是一种又兴奋又焦急的声音。

果然,打开门,毛毛先往她身上扑,接着就转身衔来牵它的皮带,再不断尖尖地哼着往门外冲,冲到街上立刻抬起脚，尿一大泡尿。

"这狗太懂事了，它一定总是憋尿，不敢尿在家里，憋久了，造成尿毒症。你一定常常很晚回家，家里又没人带它，对不对？没有条件，就不要再养狗了，换只猫吧！"领取毛毛骨灰的时候，医生说。

她没听，隔了不久，就又去买了一只跟毛毛一模一样的吉娃娃。

她也叫它毛毛，她相信原来的毛毛是通灵的，绝不会离开她，所以转世成为这个新毛毛。

只是，新毛毛比旧毛毛差多了，新毛毛虽然也会跳上她的膝头，听她说话，却总是一下子就又跑开了。

尤其令她头痛的，是新毛毛总爱四处大小便。沙发上、床上都是尿骚味。有一次她新买件衣服，第二天穿到办公室，大家都瞧她，才发现背后弄了一块尿印子。

抓 住 心 灵 的 震 颤

她还是常加班,每次回家迟了,她都想到旧毛毛的死,以飞快的速度冲进家门。

然后,为新毛毛绑上皮带,牵出门去。

可是,跟旧毛毛不同的是,新毛毛总一点儿也不急。常常逛了半天,一泡尿也没撒。

她知道,不晓得又在屋里的什么地方,有了一堆屎、一摊尿。

每次,她忍着骚臭清理擦拭,而新毛毛在旁边"参观"的时候,她都好想狠狠打它两下。

但是,举起手,她又放下了。

她把新毛毛抱起来,搂着亲亲,柔声地说:

"你好乖、好聪明,上辈子得到教训了,对不对?"

那只按时出现的小黄狗

接连两个星期,小李每天都到这家餐馆吃午饭。

其实这也称不上餐馆,只能算是个大一点儿的摊子。对着马路敞开的店里,放着几张小桌,炉灶在正前方,烧饭、炒菜、端盘子、擦桌子,全由老板一个人料理。

东西也称不上多么可口,大半是早做好的,临时配配。图省事的客人,则干脆吃现成的便当。

小李就是为这便当来的。为了吃便当,也为了看别人吃便当。

不!也不是为看别人,是为看一只狗。

抓　住　心　灵　的　震　颤

每次小李刚坐下，开始吃，就见一只小黄狗，摇着尾巴走进来。那老板好像看得懂狗的眼神似的，想都不想，就拿个现成的便当，放在门口的地上，还帮狗把便当上的橡皮筋拿掉，将盖子打开。

那是一个跟小李现在吃的一模一样的便当啊！最下面是白饭，旁边一块排骨肉，上面还放个荷包蛋。

小李每次看着狗吃便当，再看看自己的便当，就有点儿恶心，觉得自己在吃"狗食"。

但是，小李还是来，他硬要看看，这狗到底是何方神圣，那老板又为什么要伺候它。

一定是阔气的狗主人先付了钱，小李心想。可是他从没见过有人带着那狗来。小李还好几次在路上看到那只狗在游荡，看来像只野狗。

小李终于忍不住开口了："这只狗……"

老板立刻把话接过来："好可怜！"

"它主人……"小李又问。

"不来了!"

小李一头雾水。看老板忙,没敢再问。

这一天,见客人不多,老板突然一屁股坐在小李旁边,一边往围裙上擦手,一边指着那只正吃便当的小黄狗:

"它是老顾客了!没主人,以前就常往我这儿跑,捡点儿剩饭、剩骨头吃。"

"可是,它不是吃……"

"你听我说啊!"老板拍拍小李,又揉了揉自己眉头,歪着脸,看着门外,"有一位飞行员,常来我这儿吃饭,他挺喜欢狗,总丢点儿吃不完的给这小黄狗吃。渐渐地,一人一狗愈来愈熟,变成他进门,狗也就站在门外等着。吃完饭,狗还跟在他后面回家,嗒!飞行员就住在那栋楼上。"老板指指不远处一栋五层公寓,"听说它晚上还住在了飞行员家里。但是,只要飞行员出门,它一定也出门。因为那飞行员是航

抓　住　心　灵　的　震　颤

空公司驾驶员，一去常好几天，孤家寡人，没人管那狗。"老板说着叹了口气。

"不过，那飞行员也真够意思，跟这狗有了感情，居然每次出门，先跟我说好，要我喂这只狗。有一天，他又带狗在这儿吃饭，对！就坐在你这个位子，吃你这种便当，我也坐在这儿，陪他聊天。不知道为什么，他突然笑着问我：'唉！要是有一天，我掉下去了，你可还得管小黄吃饭哟！'"老板把眼睛瞪得好大。

小李也把眼睛瞪大了："你怎么说？"

"我骂他：'您说的这是什么话？我把它当您伺候好不好？您吃什么，它就吃什么！'"

"然后呢？"

"然后……"老板没继续说，站起身，从锅里舀一碗汤给小李，也舀了一碗，放在那小黄狗的面前。

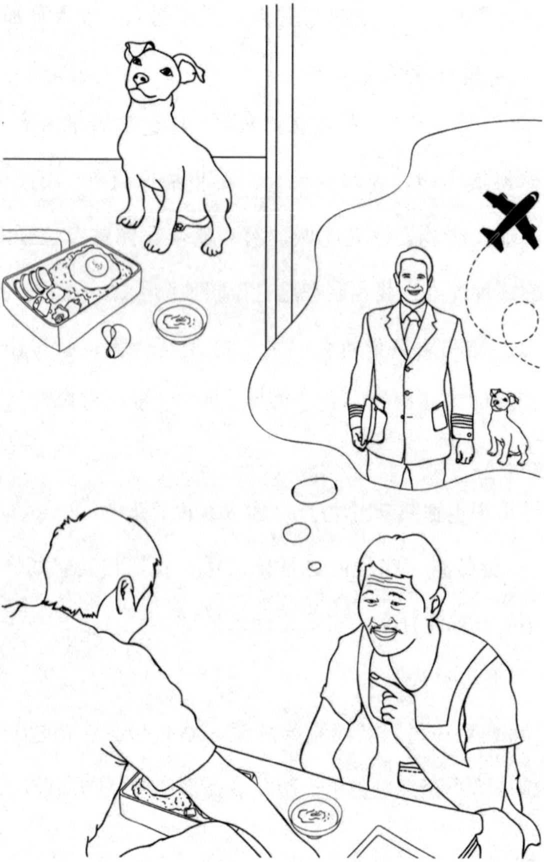

小人物的笑与泪

他们或许都过得很辛苦,但在那辛苦中,有爱,有梦,有希望……

小时候，我住在台北市的云和街，后院紧邻着兵工学校的眷区。他们的房子都很小，不得不向外加盖，愈伸愈长，后来居然把屋顶搭在了我家的墙头。我常和他们的小孩，凑着房檐的小缝缝聊天。

后来我搬到金山南路，隔一条街，对着大片的违章建筑，我在那里理发、吃饺子、买馒头，而且每天穿过其间窄得不能再窄的小巷，去上学。

没想到，又过了几年，我自己也成了长安东路违建区的居民。我的邻居有司机、工友、餐厅的小妹和风尘女郎，我没觉得他们有什么不同，我们都在真真实实地讨生活。

或许正因如此，我从小就了解穷苦的人，就关怀弱势族群，他们有很大的热力，却没什么声音。

在这儿，我写下几个小故事。有已过气的酒女、

抓住心灵的震颤

将退休的工友、卖牛肉面的父女和做女工的寡妇。他们或许都过得很辛苦,但在那辛苦中,有爱,有梦,有希望……

那个上夜班的女人

才下午两点,忠孝东路上居然大塞车,台北市的计程车司机以急脾气闻名,奇怪的是,我碰到的这位,居然好整以暇地打开收音机,跟着曲子哼了起来。

"你不错啊!一点儿也不急躁。"我说。

"今天不急,赚够了。跑了一趟基隆,挣了个来回。"

"运气真不错!"

"何止不错,还混了一顿吃,小姐请客。"他得意地拍着方向盘,神秘兮兮地看着反光镜里的我,"漂亮小姐呢!"

抓　住　心　灵　的　震　颤

"哦！怪不得！怪不得车里有股香味，年轻小姐？"

"年轻？"他歪歪头，"也不年轻了，三十出头了。"

"去基隆洽公？"

"洽公？"

"我是说接洽公事。"

"哈哈哈哈！"他笑了起来，"对对对！是洽公，洽她老公。"

"结了婚的女人，请你吃东西？"

"不！不！不！她没结婚。"他摇手，"请吃东西，是缘分，"停了一下，"同是天涯沦落人。"

"愈听愈有意思了！"我调整坐姿，把上身向前倾。

"告诉你吧！"他也一拍方向盘，好像把外面的塞车，当作别人的事。一只手臂搭在旁边的椅背上，清了一下喉咙，开始说他的奇遇。

"上午十一点吧！我载个男人到光复北路的一个巷子里，那小子下车之后，我往外开，看巷口塞车，就先停在一边，抽根烟。才点着没抽两口，就有人啪一下子，拉开车门，坐进来。'我在抽烟。'我对那女的说。她没说话，往椅子上一靠，打开皮包，也掏出一支烟，指指前面。我就发动车子，往前开，她突然拍我肩膀，又指前面，原来是要打火机。'你要去哪里？'我没好气地问她。'基隆！''基隆哪里？''买海鲜的地方。'敢情是个主妇，要去买菜。买菜干吗打扮成那样？香水熏死人了。我从南京东路上麦帅公路，故意打开车窗，吹吹香水味。她叫了起来，说把头发吹乱了，怎么上班。上班？上班的人会去买菜？她笑了，说晚上上班，上班之前先要做菜。真不错，我问她是不是做给老公吃。她突然不说话了，隔半天，骂我'你少问两句好不好？干你屁事'，我就不说了,想到她晚上上班,八成是上那种班,其实从她的打扮,我就看得出。这女人还真凶,又往前指,要我把反光镜转开,我说转开看不清后面,会出车祸。'你不转,我转。'她居然躲到一边。车子到夜市。哦,说是叫夜市,其实白天也卖吃的。她没付钱,开车门说要我等。'我他×笨死了是不是?我等,你跑掉,我怎么办?'我说不等,伸手要钱。她居然一叉腰,骂我:'你他×的看不起人哪?不会少你的。你要是信不过……'她看看表,又一笑,说:'我请你吃饭好了!'"

"所以你捞到一顿吃,吃了什么好东西?"我笑道。

"哎呀!也不是什么好东西,小吃嘛!比起她买的差远了。"

"她买什么?"

"一只大龙虾!"他比了比,"还有两只海臭虫,还有一条石斑鱼，好几千块！"

"有钱的女人。"

"算了吧！有钱的女人会上那种班？"

"你怎么知道她上的是什么班？"

"她自己说的。回来的时候，她问我看得出看不出她是做什么的。我假装说看不出，说：'你不是家庭主妇吗？'她又问：'我不是跟你说晚上要上班吗？'我就装糊涂，说晚上给丈夫烧饭，也是上班。她又不说话了，隔半天，才讲她是给她男朋友烧饭，男朋友比她小，是学建筑的，常常熬夜画图，喜欢吃海鲜，所以特地出来买，给男朋友补一补。'对他这么好，什么时候结婚哪？'我问。她又不说话了，叹了口气，说不知道。又说快了吧！我问他们怎么认识的，她先不说，后来想想，才讲是在她上班的地方遇到的。接着又狠狠拍了我一下，说：'你真看不出我在哪里上班？'我又摇头。她大笑了起来，说我假装，说她是

抓　住　心　灵　的　震　颤

在那种地方上班。然后讲从认识她男朋友,她就只上班,不出场了。她把原来的室友赶走,让男朋友到家里住。'你男朋友是单身?'我问她。她气了,从椅子后面狠狠踢我一脚,说他×的不是单身,她也不会这么伺候他。还说她男朋友有多英俊,衣服有多讲究。那男人真走狗运,衣服全是女人买的。又说那男人将来会多有成就,她再做两年,帮男朋友成立个事务所,就退休在家了。她还问我有几个小孩。我说没有,连老婆都没有,她问我是不是要找有钱的。'去你的!'我说。她就笑了,一直笑,一直笑,笑得眼泪都掉出来,说:'讨个老婆少奋斗二十年。'我大胆地问:'你男朋友少奋斗多少年?'她居然没生气,很得意,说最少十年。又说将来他们会自己盖房子,可以卖我便宜一点儿。要不是男朋友正在睡觉,她到家之后,还要介绍给我。听她的口气,对那男人是很得意的。"

"几点了?她男朋友还在睡觉。"

"哈哈哈!我也一样,问她这句话。"

"她怎么说?说养个懒惰的小白脸?"

"没有!她说男人昨天熬夜加班,刚刚回家,在她出门的时候,才进门。"他突然转过身来,扬着眉,把食指放在两眼之间,说,"你知道吗?我看见过她男朋友。"

"你看见过?"

"我确定看见过,因为那女人下车的地方,就是我在她前面载的那个小子下车的地方。而且那男人的年岁、长相,跟她形容的一模一样。"

"很英俊?"

"还不错啦!花花公子。"

"你怎么知道?"

"我当然知道,他上车的时候,还跟个女人搂着,那女人也不是什么好女人。"

抓住心灵的震颤

"你怎么又知道了?"

"我以前在宾馆载过那个女的,还说过话呢!"

"哦!现在你又认识了这个请你吃饭的女人。这个女人是不是坏女人呢?"

他愣了一下,慢吞吞地说:"这个女人……这个女人……"突然把声调压低,一个字、一个字地说,"是个难得的好女人!"

母亲赚的"脏"钱

小时候,他最怕吃便当,因为大家一打开便当,那个老师就出现了。

"好香!好香!老师都肚子饿了。"一边是油亮亮的笑着的胖脸,一边是背在后面的摇动着的双手,加上那手上的藤条,让他想起童话故事里,藏着尾巴的狼。

"打开来!让我瞧瞧!"大肥狼一排排地巡视,碰到掩着便当的,就歪着身子往里窥。有一次大肥狼站在他桌前,窥不着,他又硬是压着便当盖,不让肥狼看,肥狼居然用藤条的一端顶住他的手。藤条刺痛了双手,但他就是不让。

抓 住 心 灵 的 震 颤

嘭！便当翻了，撒了一桌子、一地。

肥狼没说话，转身走到别的桌子："哇！鸡腿。""这是什么？老师都没吃过哎！很贵吧？""你家一定很发，你爸爸是做什么的？"

第二天，就见那几个同学的妈妈到学校来，又隔一阵，更见那些人的成绩直线上升。

直到发生另一件事，他才知道原因。

"给你！"坐他右边，那个医生的小孩，突然塞给他一张纸条，小声说，"标准答案！"

纸上写着圈圈叉叉，还有一大串数字。正好跟眼前考卷上的空格相配。

他照抄了。第二天，挨了肥狼一顿臭揍。

"凭你，也能考一百分？你说！你是不是作弊？"

他就是不说，回家却又挨了一顿揍。

"全工地的人都知道了！你怎么这么不争气？"母亲一边狠狠拿扫把打他，一边哭着骂。

母亲去了学校。第二天,他放学之后,也跟着那批同学,去肥狼家报到。

那是个很大的地下室,摆了十几张有塑胶面的软椅子,还有一长条、一长条共用的桌子。

肥狼没给他坐软椅子,拿了张板凳给他:

"坐!要不是你妈求我,我才不收你。"

回家,他就告诉了母亲,哭着问:"你为什么要我补习?我缴一样的钱,他却只给我坐硬板凳。"

母亲先低着头,不作声,突然仰起脸,瞪着他,浑身发抖地说:"我每天做一样的工,比男人做得多,他们还不是只给我一半的钱!"跟着掏出口袋里几张皱皱的钞票,伸到他眼前,"这公平吗?"

母亲拿出的每一张钞票,都是这样皱皱脏脏的,拿在手里,像是拿着砂纸,有水泥、有黄土,还有白白的石灰。

抓住心灵的震颤

"什么东西？脏死了！"有一回，肥狼当着同学的面，把他缴去的钱扔在地上。

他跪在地上捡，捡散在肥狼和同学脚边的钱，一滴滴眼泪落在地上，又赶紧偷偷用膝盖擦干。

他把钱拿去巷口的小店换。

"什么，换大票子？不买东西？去你的！"老板把他赶了出来，"你做梦啊？脏钱换新钱？"

他只好回家，把钱摊在桌子上，用手慢慢地一张张搓，搓掉那些沙土，再叠在一起，用书压平。只是，无论怎么压，那十几张钞票，放在信封里，还好像夹了一块厚厚软软的海绵。

有个同学举着他的信封笑起来："看哪！他缴的钱最多，厚厚一大包呢！"于是大家将信封扔过来扔过去，笑成一团。

"妈！你能不能拿回一些干净钱？"有一天夜里，他终于忍不住开口道。

"妈的钱都是干净钱,没有一文脏钱。"母亲翻过身去,很沉、很小声地说,"从你爹死,妈清清白白、干干净净。"

转眼,十多年过去。

今天,他把一包钱,交到母亲手上。

母亲像是吓一跳,把信封打开,抽出里面崭新的票子。

"一千块一张?"母亲抬起脸茫然地看看他,又低下头数。数一数,就摇头,数完了,把钱颤悠悠地举起来,"这么多,我不能拿。"

"您收下吧!比起小时候,您给我的钱,这些钱上没有水泥、没有黄土、没有石灰,这些钱都太轻了,永远赶不上您赚的钱。"他笑笑。

"但是,跟您的钱一样,它们都是干干净净、清清白白的钱。"

抓 住 心 灵 的 震 颤

误会你十年

"停车!"她对小陈喊,"我要下去吃碗面。"

"董事长……"

"这巷子里有家卖牛肉面的,我想吃,已经想了十年。走!也请你吃一碗。"

走进窄窄的巷子,小陈似乎有点儿不敢相信,吞吞吐吐地问:"这种地方会卖好吃的东西?"

她火了,把脸拉下来,沉声斥道:

"你瞧不起穷人吗?不只好吃的,很多人物都出自这种地方。"

小陈当然不可能想到，十年前，她就住在这儿，而且亲自掌勺，卖牛肉面。

　　自己过去的店面，早就变成了一家裁缝铺。倒是巷底那家，还冒出腾腾的白烟。

　　看到那白烟，她就七窍生烟。想当年，就是那个女人，抢走她的生意，让她在这里混不下去。

　　混不下去，倒也罢了，真正令她生气的，是丢了面子。

　　原来这巷子里，只有她一家，生意还不错。可是，自从巷底那家开张，她的客人就一日不如一日。

　　客人少，倒也没关系，最可气的是到了吃饭的时候，好多老顾客，走进巷子来，故意把脸转开不看她，像是偷偷摸摸地，从她店前匆匆走过，然后一头钻进巷底那家面店。且在饱足之后，又躲着她的眼神，匆匆冲出巷子。

抓 住 心 灵 的 震 颤

他家到底有什么吸引人的地方？口味特殊，装潢讲究，还是服务员漂亮？

有一天，趁店里没客人，她特地溜过去想瞧瞧。

什么嘛，简简单单几张破桌子，屁装潢也没有。客人倒是不少，一个老头子正忙进忙出地端面。

服务员漂亮？更甭提了。那掌勺的女人，大概三十了，一张大扁脸，不说丑，已经算客气的。

这么看来，一定是面做得特别好吃。她原本也想进去尝尝，但是才走近，就看见自己的一个老顾客。她掉头就往回冲。"笑话！要是让老顾客看见我放着自己的店不管，却来吃这丑女人的屁面，传出去，更没人来了！"她咬着牙，连眼泪都咬了出来。

她没办法，也没脸再做下去。草草地收了店，出去做办公设备的推销员。

年轻、漂亮，又能言善道，加上影印机正好开始普及。做完影印做传真。由推销、包销到代理，短短十年，她居然愈做愈大，成为拥有全省五家分销店的董事长。

但是这十年间，她始终没忘记面店的耻辱。每次经过那巷口，都盯着看，看那店还在不在。

她也曾在做推销员的时候，故意走过那家店，那女人居然还笑盈盈地请她进去坐坐。

"去你的！"她狠狠骂了一句，扭头就走，"谁吃你的屁面！"

但是，现在她已经不再恨。她常想，要不是因为那个扁脸女人抢走自己的生意，恐怕至今，自己还在汤汤水水之间打转，哪有现在这么风光。

现在，她就是带着这种风光、带着私人的司机，"君临"这昔日对手的小店。

那女人显然从来不知她是谁，又笑着招手了。

她也笑笑："小陈，就是这儿。"

抓 住 心 灵 的 震 颤

　　她点了店里的招牌面,心想:"我倒要尝尝你做得有多好。"

　　一整碗吃完,她却怎么也吃不出什么特别的味道。

　　"觉得怎么样?"她问小陈,又瞪一眼,"说实话!"

　　小陈支吾了半天,摊摊手,缩缩脖子。

　　"买单!"她喊。

　　正端面的老头应着。匆匆忙忙为客人上了面,转过身来收钱。

　　老头的年纪怕有七十多了。

　　"真辛苦!为什么不让她端呢?"她用下巴指指坐在汤锅前的女人。

　　"她,不方便!不方便!"老头抖着手,接过钱,"小姐大概是第一次来吧?以后请多照顾我们父女。"

　　那女人也转过身,笑着点头。面粉袋做的围裙,边上都破了。

破围裙下,她看到两条粗粗短短的小腿,没有脚。只剩两个红红的肉球。

"不要找了!不要找了!"她喊,匆匆忙忙提起皮包。

"谢谢您!谢谢您!"那女人向她鞠躬。

"不要谢!不要谢!"

她噙着泪冲出门,喃喃地说:

"我误会了你十年……"

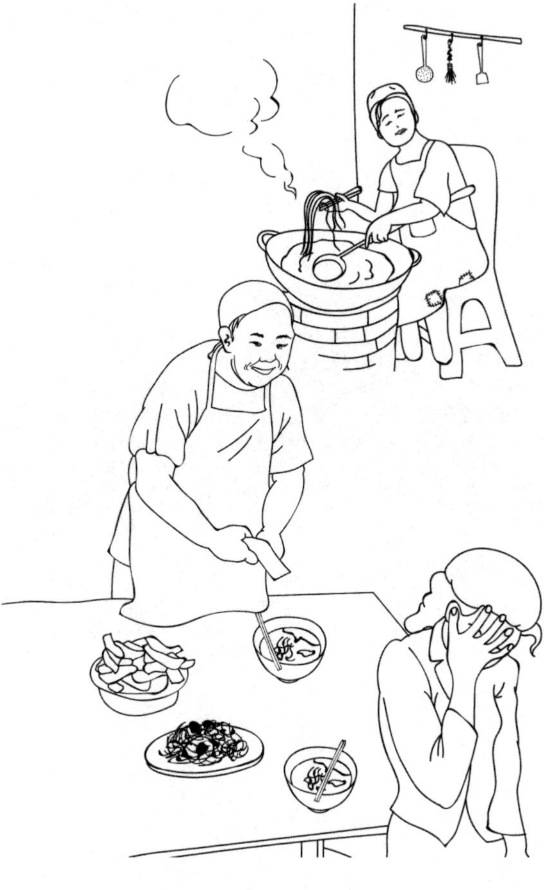

说不出的爱

在这世上,有什么比爱更炽烈?又有什么比爱更隐藏?

在这世上,有什么比爱更炽烈?又有什么比爱更隐藏?

有位父亲,在女儿来找我咨询的时候,偷偷打电话给我,说:"刘老师,麻烦您打探一下,我女儿喜欢什么东西,告诉我。我就算每天加班兼职,也要为她买来。"

那小女生来了,由母亲陪着。母亲又偷偷对我说:

"我先生太凶了,看我管孩子不顺眼,动不动就当着女儿对我吼:'让她去死!'您说,孩子怎么可能爱他?"

门关上,小女生坐在我对面,幽幽地说:

"我好爱我爸爸妈妈,觉得他们为了我,真是太辛苦了。最近他们老忘事情……"突然掉下眼泪,

抓住心灵的震颤

"我发觉他们老了。"

可是言谈间又发现,那小女生常对父母发脾气。她一方面同情父母健忘,一方面讨厌父母啰唆;一方面不愿受到责骂,却又在父母赞赏她的时候,觉得"他们好假"。

爱,就是这么矛盾、这么微妙。看来是恨,实际是爱;外面吵架,里面关怀。最恶毒的言辞,常是对最爱的人说的;最后悔的感觉,总在爱人离开之后产生。

这里,我写了几个爱的小故事。有情人爱、夫妻爱、父母爱和幽明爱,也有似爱非爱、不爱又爱,和牵牵扯扯、拿不起放不下的爱。它们都藏在心灵的角落,它们都是一种特殊的震颤……

总是伸着中指的男人

从任何角度想,今天都不该带小李回家。可是,雨这么大,小李又把雨衣给了小芬,自己淋成落汤鸡,迟疑了半天,小芬还是不忍地说:"进来坐坐!等雨小点儿再走。"

"不方便吧!"

"没什么!我妈也不一定在家。"

推开门。小芬吓了一跳,家里居然不但老妈在,连老爸也坐在客厅。

虽然心里很不高兴,但又不能不介绍。小芬一边脱雨衣,一边对小李说:"这是我爸和我妈。"

抓 住 心 灵 的 震 颤

老爸居然起身过来,跟小李握手。小芬心一惊,要拦,已经来不及了。

"欢迎!欢迎!贵姓?李,李先生。哎哟!全被淋湿了,我去拿件干衣服给你换换,别着凉了。"老爸的眼神扫过小芬,笑容里有些奇怪的味道。

小芬心里的滋味也不对。跟着老爸进去,不耐烦地说:"随便拿件旧衣服就成了,他可不是我男朋友!"

小李进浴室换衣服,老妈那双利眼,像探照灯似的跟着转。转过去,又转回来,盯着小芬。

"不要看!他可不是我男朋友。"小芬没好气地瞪回去。心想:"早知道你们都在家,就算外面下刀子,我也不会叫他进来。"

小芬从来没认为小李是她男朋友,他们顶多只能算谈得来,可以一起出去看场电影,解解闷。他俩认识三个多月,连手都没牵过。

提到手,她就有气,那手怎么能拉呢?她连看都不敢看,小李那只手,简直丢她的脸。

尤其骑机车的时候,一握把手,那只坏掉的中指就跷得高高的。指头又长,直直伸在那儿,多不雅!有一回等红绿灯,旁边机车上的女生,还以为小李吃她豆腐,骂小李:"你少死不要脸了!"又回头狠狠瞪小芬一眼……

"你瞪我干什么?那是他天生的,中指不会弯,还朝相反的方向跷着。"小芬心里暗骂。

现在,老妈又瞪她了,那眼神里仿佛有话。接着,老爸把老妈叫了进去,关上门。

她更气了。干什么嘛,又不是相亲!

"给李先生倒杯茶,暖暖身子。"老妈探头出来,却没等她动,自己就冲去厨房。

"我来!"小芬追过去。

"你去陪着聊聊天。"老妈挥手挡着小芬,把茶端

抓住心灵的震颤

了出来，笑吟吟地绕到小李右边，"李先生喝茶。"

小芬心直跳，所幸，小李是用左手接过茶。

小芬刚松口气，老妈又捧了一盘糖出来，还是绕到小李右边："李先生吃糖。"

"谢谢伯母！"小李又伸左手接过糖。

老妈总算走了。她今天为什么不去打牌呢？小芬心想，还有老爸，干吗这么早回来？看到这个不登样的男朋友。不！不是男朋友，可是他们心里会怎么想？想我这么没眼光？他们介绍的富家少爷不要，却自己找了这么一个既不英俊，又没钱，还……

正想着，天哪！老妈又抱了一大桶饼干出来，还用那种好诡异的眼神笑着："李先生！吃饼干。"

完了！完了！小芬心想。那么大一桶饼干，小李非用两只手接不可了。

"谢谢伯母，太多了！太多了！"小李果然伸出两只手，不过左手从侧面扶，右手藏在桶子下面托着，硬没露马"手"。

"妈!别拿了好不好?他吃不下。"小芬不高兴地说。

果然,老妈去了卧室。老爸藏在里面,一定是老爸刚才在握手的时候发现问题,所以派老妈出来打探。笑话!过去带那么多同学来家,他们哪里招待过,今天干吗这么殷勤?

小芬正想着,听老妈进了厨房,传来叮叮当当的声音。

"不妙!"小芬暗叫一声,对小李说:"你可以走了!"

"可,可是,衣服还在烘干。"

"不用管了!先穿我老爸的走。我妈有点儿讨厌。"

小李乖乖站起身,往里屋看,大概想打个招呼。正巧老妈从厨房出来,端着一碗热腾腾的红豆汤,大

抓　住　心　灵　的　震　颤

声喊着：

"别走！别走啊！喝点儿红豆汤，免得着凉！"说着走到小李面前，笑嘻嘻地说，"两只手接着！烫！"

小李犹豫了半秒钟。伸出左手去接。突然，老妈一松手，碗一斜，汤泼在了小李手上。小李没拿稳，弯着腰蹲下去。啪！红豆汤全洒在了地上。

"烫到没有？"小芬掏出手帕为小李擦。

"还好！还好！对不起！对不起！"

看到老妈脸上闪过的那抹笑，小芬的脸突然涨得通红，大声喊道："没什么对不起，咱们走！"她紧紧拉着小李那只伤残的手，冲出门去。

外面的雨还在下，雨水顺着发丝流下来，机车溅起一片水幕。抱着小李的腰，小芬突然觉得那滂沱大雨，竟是为他们两个人下的……

那一顿烛光晚宴

餐桌上的烛光,好像幸福的光辉,小郑和他结婚十年的妻子小珍正沐浴在这光辉之中。

十年了,他们总是从这个餐馆门口经过,看宾士轿车里走下的绅士和贵妇,昂首阔步地进入餐馆。

"进去吃一顿?"他们想都不敢想。倒是经济最紧的时候,小珍曾经想去里面兼个差。只是再想想,那里面的女侍有多年轻、漂亮,就没勇气了。

而今天,漂亮的女侍,居然为他们又拉椅子,又铺餐巾。另一位男士则递上酒单和菜单。

"我们不喝酒!"小郑像触电似的把酒单挡了回

抓 住 心 灵 的 震 颤

去,"只吃个套餐就成了!"

尽管只是个简单的套餐,两个人也得好几千块。向来爱说话的小珍,不断叮嘱自己:"要专心吃,把每一点儿滋味都吃出来。"

鱼翅汤果然美味极了,接着的鲍鱼更鲜。

"要是孩子能来,用这鲍鱼汤拌饭,他一定会吃好大一碗!"小珍一边刮着碗底,一边感慨地说。

"问题是,如果人家规定孩子也得点菜,怎么办?"小郑说,"而且留妈一个人在家,也说不过去。何况,今天是我们结婚十周年纪念日,难得大手笔,就两个人来点儿情调吧!"

最后上来的一道菜,是富贵炒饭,原以为没什么特别,吃到嘴里才发觉滋味不凡,尤其是那咸鱼肉丁,每咬一口,都有说不出的妙。

"糟了!"吃到一半,小珍突然触电似的,"我们不该吃,可以把饭打包回去啊!"

可是已经吃了,而且只剩下那么一点点,如果再叫人包起来,必定会惹人笑话。

两个人的筷子都停了,我看看你,你看看我。只怪自己太贪吃,居然没想到家里的老小。

"不要想了!把盘里的也吃完!"小郑说,"十年才一次嘛!"

"不!我要带回去!"

"我不好意思说,你说!"

女侍来收盘子了,一把端起所剩无几的炒饭,小珍突然挥手去拦。"等等!"她嗫嗫嚅嚅地开口,"对不起!能不能让我们打包带走?我……我……我想家里的孩子会爱吃。"说着,她从脸红到了耳根。

"当然!"

"恐怕整个餐馆都在笑我们了!"小郑说。

"管他呢!我只想到孩子跟妈。"小珍低着头,"我

抓 住 心 灵 的 震 颤

觉得我们好自私,自己出来吃这么贵的东西。"

"不要提了!"小郑有点儿不高兴,"我说过了,十年才这么一次嘛!"

付完账,没见打包的东西送来。

"正在打包,请二位稍候!"柜台小姐说。

才说完,就见经理亲自提来一个大纸袋。

"对不起!让二位久等了!因为我们再去炒了一盘,送给你们带回去!"经理笑着送二人出门,"家里有小孩,真好!我的孩子都出国了,他们小时候也最爱吃这种炒饭。"

不一样的情人节

最初两年,每到这一天,下班时,他都会拿起电话:

"晚上有空吗?我在对面等你。"接着,就匆匆忙忙地冲出门。

然后,他们走过了红地毯,但是每到这一天,他还是会拿起电话:

"亲爱的,记得今天吗?我在老地方等你。"

又过了两年,到了这一天,他还是会拿起电话:

"张秘书,打个电话给我太太,说老地方见。"

五年前的这一天,他则是在飞机上,匆匆向餐厅

抓住心灵的震颤

打了电话:

"麻烦你找李董事长夫人,告诉她,请她先吃,我尽量赶到。"

四年前,他打电话过去,传来模糊的声音。

"你还在睡觉?几点了?"他喊,突然想到,"噢!对不起,我忘了时差,只是打电话,祝你情人节快乐。"

三年前,他不到四点就拨电话,秘书接的,说副经理在开会。

他坐在餐厅,直到快打烊,才听见她咔嗒咔嗒的高跟鞋声。

回到家,两个人大吵一架。

"你以为你得意了,我垮了?"他吼道。

"我从来没得意过,这样的婚姻,有什么好得意?"她冷冷地说。

他找来报纸,拨了电话,不到二十分钟,就见两

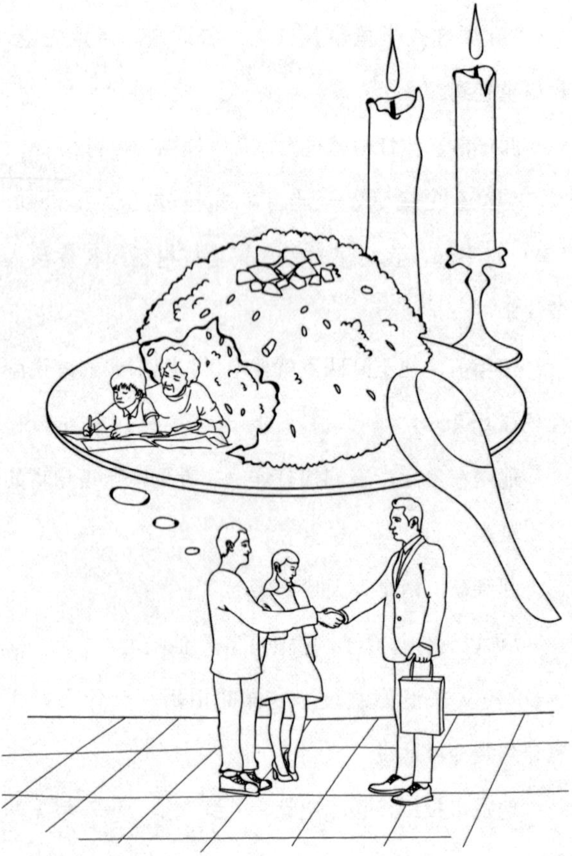

抓　　住　　心　　灵　　的　　震　　颤

个人骑一辆机车赶来。打开湿漉漉的两张纸，叫他们签字。

他提着皮箱，走出家门的时候，雨下得更大了。

三年来。听说她很得意，已经升上了经理。

他也从头做起，先抓回几笔老客户的生意，还清了债，再开拓新市场。

多少美女投怀，他都没理睬，他要做给她看，老子东山再起了！

听说也有不少人追她，她还年轻，又漂亮、又有钱，哪个男人不想呢？

他已经不想了。只是常想起自己以前的暴躁，和刚结婚时的温存。事业大了，人就远了；心大了，情就薄了。

今天，好安静，从百叶窗望出去，几十个员工全走光了，连打扫的老孙都已经收工。

已经七点半了,他肚子直叫。今天没人约,大家都去搂老婆和女朋友了。

拿起公事包,他感慨更深,那是刚结婚的第二年,她送的情人节礼物。

想起她,想起过去常拨的那个电话。他突然一阵心痛,想到她可能正跟某个男人坐在烛光前。

他颓然跌回椅子。多想重温旧梦啊!想着初识的时候,拿起电话的狂喜。想着那句"晚上有空吗?我在对面等你"。

重温一下那触电的感觉吧!

他拿起电话,拨了那个永远不会忘记的号码,这么多年下来,想必早已换成别人的号码了。

"喂!"

他大吃一惊,差点儿把话筒掉在桌上。"你还在上班?"他嗫嚅地问。

"是啊!"

抓　住　心　灵　的　震　颤

"你知道我是谁？"

"是啊！"

"你今天没有约？"

"是啊！"

"我……我……"他清了一下喉咙，"我们能不能一块儿吃个饭？"

"你先订了吗？"

"对了！我没有哎！"

"就在家吃吧，我昨儿新买的菜。"

原来你是那个"贼"

拉开落地窗,走到阳台,小林叫了出来:

"哇!快来看!多美啊!"

香香冲出去,也把嘴巴眼睛全张大了。

可不是吗,一泓碧绿的湖水,就像为他们定做的,静静地摊在眼前。

没有任何阻挡,也没有一点儿声音,只有几只掠过的小鸟,啁啾地叫着。极远处的湖滨,是直直的杉树林,密密层层地堆上去,堆到山头,山头立个白色的古堡。

"运气多好啊!希望每一站都能抽到这么好的

抓　住　心　灵　的　震　颤

View。"小林摸摸阳台上的椅子，坐下来，"多干净的空气，一尘不染。我都不想参加下午的活动了。坐在这儿看看，就足够了。"他突然想到一件事，看看表，"咱们的咖啡壶呢？还有一个小时才集合，喝杯咖啡看风景，多有诗意！"

两个人赶紧跑进房间翻行李。

日本炭烧即溶咖啡，美国加味奶精，中国台北冰糖、茶匙，还有特意买的电壶。

"多齐全啊！"小林得意地把各种材料搬到阳台。

"插头怎么插不进去呢？"里面的香香喊着，"这插座不太一样哎！"

"你别土了！"小林笑道，"那是二百二十伏特的电，你看到圆圆的两个洞，对不对？幸亏你没插进去，否则咱们一百一的壶就要被烧坏了。快把变压器拿出来！"

"变压器？"

"我买的那个方方的小东西呀!"

香香两手一垂:"糟了!我忘记带了!"

"你忘了?"小林的脸色突然变了,"那么重要的东西,你居然忘了?"他重重地把手里的咖啡壶往桌上一放,"那你带这些东西,还有什么用?"

面对这湖光山色,小两口居然不高兴了。

生了几分钟闷气,小林拿起电话,打给房间服务部。幸亏对方有,没多久,变压器就送来了。

小林掏了两块美金当小费,居然连签收都免了。

果然,那变压器的插头跟墙上的插孔正合,咖啡冲好,两人都笑了。

难得好风景,也难得变压器。他们好好利用了一番。不但下午喝、晚上喝,直喝到深夜,连早上天刚亮,都坐在露湿的椅子上,再享受了一次湖光咖啡。

大巴士启动了。依依不舍地告别这美丽的旅馆。突然有人跑过来拦住车,跟导游说话。

抓　住　心　灵　的　震　颤

　　导游就钻上车问:"有谁借了旅馆的变压器没还?快拿出来!不要丢中国人的脸!"

　　"我们的还了吧?"小林问香香。

　　香香点头。于是小林也站起来,扫视着全车三十多人,大声喊:"是谁拿了变压器?快点儿检查一下!"

　　大家都摇头。小林摇头,导游也摇头,对旅馆的人伸伸舌头,耸耸肩。

　　一路上大家都在谈论这件"偷东西"的事。导游也再一次警告:"你们千万别顺手牵羊哟!这种东欧国家,有时候很凶悍,为了一个小东西,也报警。有一次,一个台北来的团,被全团搜查,只为了一件浴袍。结果……"导游用一种很不屑的表情笑着。

　　"除了搜到那件浴袍,还搜到毛巾、花瓶、衣架、烟灰缸,连浴室垫脚的布,都被我们伟大的同胞带走了。"

　　"怎么办?"有人问。

"罚款！还差点儿坐牢！最要命的是一团人的行程，足足误了半天。"

"怪不得听说，有些五星级旅馆不让我们台北客人住。""听说日本还有家旅馆，特意指定一些楼层给台北客，别的楼不准我们去。"大家你一言我一语。又有人大喊："偷变压器的人听着！你是害群之马！"

"对！害群之马！"小林也喊，又回头对香香说，"要是这种害群之马多了，咱们就借不到变压器了。"

香香没说话，拉着小林的手，直点头。又隔了好一阵子，那手愈抓愈紧，突然转过身，凑到小林耳边，怯怯地说："是我拿了变压器。"

"什么？"小林压低嗓子，"我不是把它留在桌上了吗？"

"我又收起来了。想着反正没签收，而且以后不一定借得到，你要是想喝咖啡，怎么办？"

"当时导游问，你为什么不拿出来？"

抓 住 心 灵 的 震 颤

"导游用那种语气问,我怎么拿?多丢人!"

"现在如果人家报了警,搜出来,更丢人!"

"我等下承认好了。"香香低下头去。

小林没再说话,板着脸,看着前面。车外的美景似乎跟他没了关系。

车子停下来,大家去上厕所。

小林拍拍香香:"你不要去讲,我讲。"

趁导游一个人抽烟,小林走过去,低声说:

"对不起!我刚才想起,是我不小心,把变压器装进了行李。"

导游愣了一下,眉头往上挑:"哦!是你呀!刚才看你在骂,原来是做贼的喊抓贼。你说怎么办?"

"您常跑这一线,是不是麻烦您,先跟旅馆说一声,下次还他们,或是寄钱过去,我愿意加倍。"说着塞了一百美金在导游手上。

导游开心地笑了:"变压器不用还了,我会折给他们。你放心好了。"

一路上,小林都搂着香香。一次又一次地,在香香的耳边说:

"我不但不怪你,而且更爱你了。因为你为我偷东西,你偷,是为了爱。"

"我也更爱你,因为你为我承担,是为了爱。"香香笑得好甜,笑到了心深处。

梦中缘

人可能会在同一个时间,活在两个不同的空间。另一个空间的东西,偶尔闪过这个空间,似真非真,就是梦。

我是个很爱做梦的人,夜里做,白天也做。倒不是昼寝得梦,而是坐着出神,突然浑身一震、一惊,就这么一刹那,已经有个完整的故事穿过我的脑海。那画面清晰极了,又因为是在清醒的状态下得来,益发显得真实。所以,我常猜想,人可能会在同一个时间,活在两个不同的空间。另一个空间的东西,偶尔闪过这个空间,似真非真,就是梦。

我还常把白日梦移到晚上去做,先把白天得到的情节想一遍,再进入梦乡,于是顺着上一集的情节,就有了下一集的延续。甚至第一天没梦完,第二天再继续,因而有了长篇大梦。

我也常说梦,最早的对象是我老娘,她总是笑着听,然后哧一声,说:"好好念书,别一天到晚做白日梦。"后来,对象换成我老婆,她是最佳的听众,常

抓 住 心 灵 的 震 颤

静静地听,然后把我的梦带进她的梦。

有一次,我跟医生说我的白日梦,他用奇怪的眼神斜斜地盯着我看,说:"你有突然失去注意力的毛病,最好别开车。"

所以,我到今天还不敢开车。

现在,我要对我的读者说梦了。我偷偷告诉你,这些梦都是真的!最起码,我愈想愈真,觉得自己都活生生地经历了。那艳黄的银杏、灼人的火苗、美丽的少女和插进胸口的刺刀,都在我的眼前,甚至让我伤、令我痛。

请别笑我,请找个安静的时候,看我这些梦中之梦——梦中缘。

我在来生等你

"失火了!失火了!快逃啊!"

他从梦中霍地坐起,惊惶四顾,双手蒙着眼睛,让热泪与冷汗从手臂上滑下。他的手指紧紧扣住眼睛四周,好像十根铁条,深深地嵌进去。从铁条之间,他看到一片熊熊火焰,还有那个倒下去的她。

七年了,他总梦到这一幕,梦见她对他尖叫着:"失火了!失火了!快逃啊!"然后惊醒,然后痛哭。

七年前的那个晚上,先是汗水与激情,然后她喊渴,冰箱空了,他就套上一条短裤,冲到街角的贩卖机。拿着两罐可乐往回走,突然看见一股浓烟从他家

抓　住　心　灵　的　震　颤

楼下冒出来,接着蹿出了红红的火苗。他扔下饮料往前冲,一股热风从楼梯口喷出,火像一条条赤红的蛇,沿着墙往外爬。

他被热风撞倒在地上,本能地向外滚,抬头看,火舌已经钻出了二楼的窗子。

"小芳!小芳!快逃啊!失火了!"他对着三楼的窗子声嘶力竭地喊,看到小芳站在窗边,正想办法拉开铁栅栏。

"你拉不开的!"他心里喊着,跑到街心,再狠狠地向前冲,抓住墙上的排水管往上爬。

火好烫,烟好浓,小芳的声音好凄厉:"我拉不开呀!我拉不开呀!"他像被附体似的,用另一个世界的力量攀上三楼,再跳过去抓住铁栅栏,用两脚向前拼命地蹬,再狠狠地拉,只是那铁条实在太坚固了。他的脸涨得通红,眼睛凸出来,看见屋里也正有红红的火光向前逼近。

小芳先是帮着拉,后来变成紧紧抓住他的胳膊,盯着他,颤抖地喊:"你下去吧!没用了!"

接着一声巨响,他就失去了知觉。

他在医院里躺了两个月,三级灼伤加惊恐过度,总在梦中尖叫着醒来,面对浑身的刺痛、心里的刀割和一片漆黑。在那漆黑中,他看到一团火,在火里有个黑影,慢慢地被火吞噬。

有位消防队员来看过他一次,用奇怪的眼神盯着他,说:"你很勇敢!你的命真大!"

他知道自己是那人救下来的,也知道他们撬开了铁栅栏,拖出了小芳。只是还没上救护车,小芳就去了。

"你尽了力!"那人拍拍他,"你女朋友应该会感激你。"

只是,小芳为什么还总在梦中出现?而且每次都

抓住心灵的震颤

一样,把大大的惊恐的面孔凑到他眼前,尖声喊着:"失火了!快逃啊!"画面清晰得就像那一天,在铁栅栏另一边,她的脸、她的泪、她的无助与失望。

起初几年,他恨自己,想小芳必是怨他没能拉开铁栅栏,也可能怪他装铁窗,却没留个逃生口。

但是后来,他开始怪小芳,何必呢?你死了,就好好超生吧,不要再喊失火了。我真尽力了。看看我这身上,全是疤,还有谁愿意嫁给我?

再过两年,情况不同了。

他居然又找到一份爱,一个不计较他的过去和他身上疤痕的女孩子。他开始哀求:"小芳!祝福我,别再来了!别让我再惊叫着醒来,吓到我的妻。"

然后,他结婚了。

那梦果然不再出现。起初他有点儿不敢相信,直到过了一年多,都没再梦到小芳,他才确定。只是又想："小芳一定生气了，怨我娶了别人。不过，也好。这关系总得断。"

孩子已经两岁，太太又怀了孕，他也搬了新家。小芳真正从他的记忆里消失了。

只是，今夜，鬼魂重新出现，且更凄厉、更惊恐了。

"失火了！失火了！快逃啊！"小芳的眼睛在滴血。

"啊——"他惊叫着坐起，闻到一股怪味。

抱起孩子，拉着老婆冲到马路上，背后一声巨响，火舌已经吞噬了整栋房子。

死了二十七人。瓦斯大爆炸，除了他一家，没人逃出来。

第二天，他们住到亲戚处。

半夜，又梦见小芳，没叫失火，只是幽幽地对他挥挥手，转身去了……

抓　住　心　灵　的　震　颤

追逐到前生

今夜之前,他一直认为妻是他最爱的人。

但是今夜,他变了,他突然发现这个夜夜睡在身边的妻,竟然距离那么远。

其实今夜他遇到的那个女孩子,距离更远,远得让他摸不着,甚至看不清。

他觉得只是看到一双如水的眼睛,又觉得有一抹说不出的勾起嘴角的笑。她一定长得不太高,因为她的眼神是朝上的,像个湖面,飞过两只燕子。

他不知道她的名字,也不知道她的年岁。

她从哪里来?要往哪里去?

他只知道，她应该是属于他的。不！得说他应该是属于她的。在那惊鸿一瞥之中，他也惊了艳、惊了心，顿悟过去四十多年的岁月全是空。

为什么直到今夜，他才见着梦中的她？
为什么直到今夜，她才在梦中出现？

早上醒来，他竟有点儿失魂落魄了。他从不赖床，但是今天例外，他闭着眼，拼命去追想，那个在梦中，令他心颤、心动甚至心痛的女孩子。

他的异常，妻是难以觉察的。他是标准丈夫，每天按时上班、按时回家。薪水袋交出来一文不少，甚至连应酬都难得几次。

只是他在梦中常有着急促的呼吸。这些，他的妻都是无法发现的。即使在欢好中，他不如往日激情，也能让妻谅解。

都是中年人了，本来熊熊的柴火也该变成文文的

抓　　住　　心　　灵　　的　　震　　颤

炭火。

妻岂知道,他的心底,又燃起一堆柴,且引发了满林大火,犹胜少年时。

他确实感觉到一种初恋的勃发,日日夜夜,在眼睛的背后,追逐那个动人的影子。他一定要把她追到,即使用一生去追,也不后悔。

他甚至觉得他来到今生,就是为了寻找她。他是由前一生追进了今生。也可能由生生世世追过来,仿佛从那间房子追进这间房子,玩着躲猫猫的游戏。

她实在太乖巧,只让他瞄见一眼,只对他挑挑嘴角,就溜进梦的深处,不再出现。且不再有一点儿叫声、笑声、轻灵的脚步声传出来。

除了他在梦中怦怦的心跳。

他相信梦里一定有个迷宫,有着许多走道、许多墙壁、许多镜子。使他在梦里追逐得好累,又在白日追溯梦中的记忆,忽而惊、忽而喜、忽而感伤。

他甚至想带一把锤子进去,砸掉每一面墙,甚至放一把火,逼她出来。他可以带着她一起投入火中,烧成一个陶、一块炭。

他也猜想那女人会不会是《聊斋》里的狐精,只是再想想,如果狐精这么动心,又何妨?

每日晨起,洗脸,看着镜子里的脸,他觉得自己是更清癯了。如同表面冷却的熔岩,灰灰的,青青的,里面还在燃烧。

突然,他呆住了,发觉镜子里的脸有些奇怪地熟悉,在那脸的背后,他看见了另外一张脸。

他冲进书房,疯狂地掀落半架书籍,终于找到母亲生前的相簿。

翻开第一页,他浑身颤抖。一张小小黄黄的照片贴在角落,照片里是个十六七岁的少女,背着手、歪

抓住心灵的震颤

着头,俏皮地笑着。

  那是他从没见过面的外祖母。

昏迷的两天两夜

总梦见一个学校,孩子们甜美的歌声,从两层楼的教室里传出来。

总梦见自己迟到了,冲进校门,冲到走廊,却忘了是教哪一班。

总梦见走进教室,孩子们一下安静了。起立、敬礼、坐下,一双双像湖水般的眼睛对着他。

总梦见学校操场的一边,有着高高大大的银杏,到秋天,叶子艳黄艳黄,远远地映过来。

总梦见后面是山,云走得很慢,一小片、一细丝,挂在深蓝色的山腰。

抓　住　心　灵　的　震　颤

总在梦醒时,赖在床上不起,想那些孩子和歌声。

"你上辈子八成是在小学教书。"他的妻子笑着,"大概孩子太可爱了,让你忘不掉,还想回去教。"

"是可能!是可能!"他说,"只是太真切了,好像我现在还睡在教室里。"

"那我不要跟你睡,让大家看到,多不安稳!"她捶他。

这一夜,真不安稳了。

先是听见窗子响,渐渐又响又抖,像是几百人一齐敲杯子。然后开始摇,先忽左忽右,荡来荡去,接着晃得更凶了,墙壁开始响,屋顶有撕裂的声音,天旋地转如同到了世界末日似的。

"不要怕!不要怕!"他抓紧身边的妻,"躲到桌子底下。"

妻跳下床,钻到书桌下面,他却没跟去。"啪"

一声,一块东西,掉在他身上。

地震停了,妻尖叫着冲过去,原来只是一块薄薄的三合板。只是,只是他为什么没醒?

妻用力摇他,他不动。她扑上去听他的心跳,出奇地快。

他被救护车送去了医院,做了脑断层,也检查了心脏的超声波和心电图。都没问题,只是狂跳。

"他是被吓昏了!"医生说,"过一下就会醒。"

不止一下,足足等了两天,他才醒过来。睁开眼,他一个字、一个字地说:"学校的楼震垮了!"

然后开始哭,蒙着脸、蜷着身子哭:"好多孩子都死了!我救,我救,还是救不了全部!"

或许真因为学校垮了,他不再梦见那个小学。只是常想起、常提。

每次提起,他的妻都不高兴,说他有毛病。他只

抓　住　心　灵　的　震　颤

好不再说，但那些孩子的笑脸、歌声，黄叶、青山和白云，还总在他醒时浮现。他多么希望能再一次梦到，只是，每个夜晚都变得那么平淡，每次醒来都是失望。

十年过去，一切都模糊了。他偶尔想起，也觉得有些荒唐。

这一天，他和妻去尼泊尔旅游。从加德满都出来，进入山区。

虽是初秋，山里却很凉，叶子已经开始变色。

他看见一片艳黄，是一大排高高的银杏。

孩子嬉戏的笑声传来，隔着艳黄，他看见一栋楼。

"是个小学呢！"他叫司机停车，"好美呀！进去看看吧！"

他们走进校门，一个老人正出来。抬头看见他，老人愣了一下，回头往里跑，接着出来好几位像老师的人，对他指指点点。

他对他们笑。他们也对着他笑，愈笑，眼睛里愈闪出惊异的光彩。

"是不是不能参观？"他用英文问，赶紧拉着妻朝外走，却被老人拦了下来。

老人指着校门不远处的一丛花，也用英语说："请看看！那里有个雕像。"

他们走过去，看见个白色的石雕，两个人都呆了。多像他啊！

他指了指自己。四周的老师都啊啊地点头。

"十年前大地震，这位老师虽然受了伤，却拼命抢救被埋在下面的孩子。两天两夜，不眠不休，孩子活了不少，他却死了。"老人幽幽地说。

抓　住　心　灵　的　震　颤

那个梦里的娃娃

妻死的时候,他正在军中,辗转得到消息赶回家,妻已经是一抔黄土。

但是从那天,他就常梦见妻,梦见她穿个宽宽大大的花棉袄,笑吟吟地走过来,摸他的脸。

他用手摸她伸过来的手,没摸到,只摸到自己湿湿的面颊。

这样梦了几个月,妻不再出现。再梦见她,已经穿着夏天的薄衫,怀里抱个布包朝他走来。揭开布,他一惊,是个娃娃,一个粉白粉白的娃娃。

当天晚上,连上的弟兄都听见了他的笑,还有那

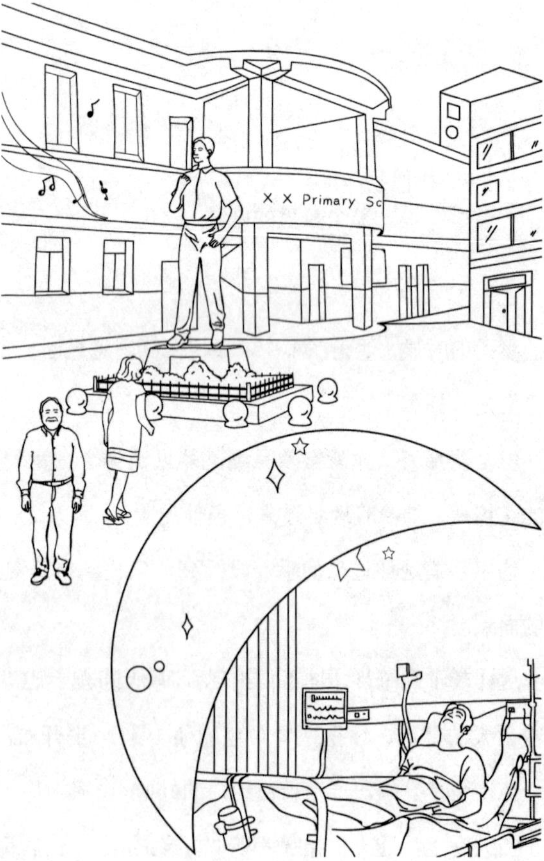
X X Primary Sc

抓　住　心　灵　的　震　颤

笑后的哀号。没有人问。在这个连年征战的部队里，梦见杀人、梦见被杀，尖叫着醒来，已是司空见惯的事。

只是，他似乎很难走出梦中。自那一梦，他就常发愣，哧哧地笑，笑完了摇头、叹气，偷偷地擦掉眼泪。

他多希望那一幕是真的。跟妻结婚三年了，进洞房的第二天，他就被两杆枪架进了军中，莫名其妙地跟着躲炸弹，跟着喊杀，跟着杀人。

那一次，杀到离家不远的地方，他总算磕头请了假，溜回家。

妻正在阴暗的厨房往灶里添柴，只记得她一脸烟灰、一脸泪。

那一夜，妻依偎在他怀里，幽幽地说，要为他生个胖小子。

胖小子是见到了,只是,在梦中。

胖小子常常出现,先是由妻抱着,再由妻搂着,后来则是牵着。

胖小子竟然又跳又蹦地朝他跑来。

他蹲下身去迎,迎上一团夜色、一屋汗酸、一片鼾声。

就这样,他不再睡了。整夜蹲着,闭着眼,把两只手伸向前,喃喃地说:"来!爸爸抱抱。"

连着这样梦、这样醒,几个月下来,他整个人都变了,他开始恨,用狠狠的眼光看每个人。有一夜,他狠狠地瞪着梦中的妻,厉声问:

"你居然做鬼还背叛我,跟别的鬼生孩子气我?"

妻呆住了,突然一手蒙着脸,一手拉着孩子,转身不见了。

他大声喊,叫她回来,只喊醒了一连的弟兄,挨了一顿斥责。

抓 住 心 灵 的 震 颤

自那一夜,妻便不再出现。任他每晚入睡前怎么祈求,任他在梦中怎么呼唤,都不再有妻,不再有梦。

他甚至试着在白天做梦,用呆滞的眼神看世界,看黄黄的高粱地里摇出妻的影子,看绿绿的麦田里钻出可爱的娃娃,甚至在炮弹爆炸之后的大土坑里,看见死去的爱人。

就这样,当敌人冲进他的战壕,他只见一片迷迷离离的影子和一把利刃,安安静静、实实在在,刺进他的胸膛。

他的尸首居然被弟兄们送回了家乡,埋在妻的身旁。

妻的那口薄棺已经朽烂,弟兄说,就把骨头捡起来,放进他的棺材吧!

捡骨师把妻的头颅捧起,放在他的枕边。又把胸骨放在他的肘间。两副臂膀骨是横着搁的,如同他们温存后谈心的那一夜。

捡骨师突然停住了,叫过两位弟兄。

"你们看!"

"看什么?"

"这女人的骨盆当中,那个小小的……"

一副细细小小的枯骨,弯曲着,蜷缩着,躺在他妻子的骨盆之间。